Para Sempre Você

CAPÍTULO 1

Inglaterra, Século XVIII.
Véspera de páscoa, katerina desce correndo o morro, observando atenta... Olha ao redor, vê Harry caminhando lentamente, um pouco mais à frente, o arco e a flecha em punho. Olha para o local onde ele aponta, um coelhinho observa algo calmamente... Harry se prepara para alvejar o animal, concentrado, Kat dá um passo, acaba pisando em um galho seco, o animalzinho assusta e foge floresta adentro.
Os olhos verdes viram para ela impacientes:
___ Mas eu já não disse pra não mover um dedo quanto eu estiver pronto, Kat!
___ Er... Desculpa! Mas também, coitadinho do animalzinho.
Ele nega com a cabeça, Katerina sorri animada:
___ Vem, vamos dar um mergulho antes que minha mãe note minha ausência.
Harry torce o nariz:
___ Ela continua reclamando?
___ Está me ameaçando, disse que vai me colocar em uma escola para moças.
___ Te expulsarão em dois dias_ Harry gargalha.
Katerina dá de ombros, corre por um caminho estreito, saindo na margem do lago, segura o vestido e solta os cordões, fazendo o tecido pesado cair no chão, fica somente com o camisão que usa por baixo e chega no joelho, coloca a pontinha dos pés:
___ Está gelada!
Harry vem logo atrás, observa as mechas de cabelo da amiga, sempre rebeldes, ganham tons aloirados, que se misturam com o vermelho fogo... Sempre achou os cabelos dela lindos... Para ao lado dela, despindo a camisa de algodão, o sorriso de quem está aprontando:
___ Aqui vamos nós.
Katerina olha de canto de olho para o corpo jovem, suspira enlevada... É tão estranho sentir essas coisas pelo amigo de longa data.
Os dois têm um ano de diferença e cresceram praticamente juntos... Bem que sua tia disse que algumas coisas iam mudar quando suas regras chegassem, o que aconteceu há alguns meses, pouco antes de completar 15 anos. Observa ele caminhar lago adentro, o segue.
Harry mergulha, indo mais para o fundo com longas braçadas, Katerina o imita, se deliciando com a sensação das águas límpidas... Depois de vários minutos, os dois saem da água de alma lavada, ela segura o vestido e começa a vestir:
___ Meus pais disseram que tua família virá no jantar essa noite.
___ Iremos. Minha mãe e meu avô estão cheios de segredos, só queria saber o que está acontecendo.
Katerina abaixa o olhar, amarrando os cordões:
___ Irás mesmo para o seminário?_ Abaixa o olhar triste.
Harry veste a camisa desanimado:
___ Assim parece. Só vão esperar o feriado passar. Eu não queria ir.
___ Eu não queria que fosses.
Harry passa os dedos nos cabelos que cobrem a nuca... Acabou de completar dezesseis anos, idade crucial para iniciar os estudos, mas sabe que não tem vocação nenhuma.
Caminham até a árvore de amoras ali perto, sentam no tronco da árvore cortada por algum lavrador, pegam as frutinhas, comendo com prazer.
___ Já tentou falar com seu avô?
___ Aquele velho não ouve ninguém! O mínimo que ele faria é me deixar de castigo.
Kat respira fundo, Harry segura outra porção das frutinhas:

3

— Eu não sei porque tenho que me submeter! Imagina que nunca vou beijar uma mulher!

Katerina ri:
— Ficou tanto tempo espiando o cocheiro com madame Judith e agora não vai desfrutar de seus conhecimentos.
— Não devia ter te contado isso.
— Porque não?
— Porque és uma moça... As vezes me esqueço disso.
— Bem, imagino que não é muito diferente dos animais cruzando_ Katerina chupa os dedos com sugo da fruta.

Harry a encara:
— Eu nem sei como é beijar!
— Nem eu ué! Porque não treinas comigo?

Harry a olha como se ela tivesse falado um desaforo:
— Porque não!
— Qual é o problema? Não queres saber?
— Quero mas....
— Então?_ Katerina dá de ombros, arruma os cabelos rebeldes.

Harry a encara perplexo.
— Está bem, morra de curiosidade então_ Kat leva outra fruta à boca.

Harry fica com uma expressão de estranheza:
— Seria muito estranho.
— Tu que sabes.

Harry a olha, pensativo:
— Está bem então.

Katerina volta a dar de ombros, o encara, aguardando, assiste o amigo respirar fundo, como se tomasse coragem, a olha... Então ele aproxima o rosto e toca gentilmente os lábios macios e adocicados... Permanece inerte, ele se afasta:
— Espera. Tens que abrir a boca.
— Ah é?
— Sim, eu vi, eles usam a língua.
— Ah sim. Está bem, vamos de novo.

Harry afirma com a cabeça, se aproxima outra vez, volta a beijá-la, lembrando como viu Marchall fazer uma vez, entreabre os lábios e abocanha os dela, uma sensação gostosa sobe até a nuca.

Katerina o acompanha, então isso é beijar? Nossa, é gostoso! Sente a língua dele encostar na sua, o imita, sendo um pouco atrapalhado, se afastam devagarinho, se olham...

Harry quer um pouquinho mais:
— Vamos tentar de novo?

Katerina afirma com a cabeça, perguntando-se porque está sem voz? Ele aproxima os lábios e abocanha os seus, entreabre, permitindo a língua deslizar para dentro, ele à abraça pelo ombro, puxando-a para mais perto, o beijo torna-se ainda mais gostoso.

Harry percebe que "aquilo" está acontecendo... Nunca antes aconteceu na frente de ninguém, o volume em sua calça vai deixá-lo envergonhado! Interrompe o beijo... Ela abre os olhos devagarinho, a expressão sonhadora... De repente, Harry toma consciência do que já tinha percebido há pouco tempo, a lembrança dela saindo com o camisão colado no corpo, os quadris arredondados e os seios despontando... Levanta:
— Acho que é isso. Vamos embora?

Katerina levanta, tentando conter o tremor das pernas:
— Vamos.

Os dois caminham até o cavalo preso em uma árvore:
— Pelo menos matou a curiosidade?

4

__ Eu sim_ Harry monta, oferecendo o pé para ela apoiar e montar logo atrás de si.
__ Eu também. Depois podemos treinar mais_ Katerina apoia o pé no dele e monta, uma perna de cada lado, sem se importar de expor parte das pernas, o abraça pelas costas.
__ Ahãm_ Harry segura as rédeas e começa a cavalgar, notando pela primeira vez a sensação dos seios da amiga pressionados em suas costas...

*****

Quatro da tarde, a casa está em polvorosa com os preparativos da ceia de páscoa, Katerina observa os criados caminhando de um lado para o outro organizando tudo, logo os convidados começarão a chegar...
__ Katerina!_ Miranda aparece com seu vestido espalhafatoso, encara a filha_ Ainda está ai? Pelo amor de Deus, vá se vestir! Logo os convidados chegam e ainda estarás parecendo uma mendiga! Já basta não ser bonita, por favor! Não me envergonhe!
Katerina revira os olhos, essa noite será uma tortura, é possível até visualizar sua mãe diminuindo-a perante todas as convidadas e suas filhas, apontando o quanto uma ou outra é superior á ela.
__ Venha, milady, deixe-me te aprontar_ Elene sorri docemente.
Katerina corresponde agradecida, Elene é a única que lhe demonstra real afeto... É sua babá desde que nasceu, a "prima pobre" de sua mãe.
Elene nunca se casou, se tornou dama de companhia de sua mãe e é até hoje... É como se fosse uma criada para os outros, mas para katerina é melhor amiga e confidente.
Horas mais tarde, a casa esta lotada, os convidados satisfeitos após o jantar, várias vozes misturadas conversam...
Katerina caminha lado a lado com Megan Fitsburgh no jardim onde a maioria dos convidados mais jovens estão.
Megan é filha de lady Fitsburgh, tem dezesseis anos e já é a beldade do local, poucos homens não a olham com admiração... E por incrível que pareça, o único que faz os olhinhos azuis brilhar não está interessado. Harry. Como sempre, Megan a enche de perguntas, afinal, sabe que são grandes amigos, Kat responde o que pode, entediada.
Pouco mais das dez respira aliviada, os convidados foram embora, deixando a casa vazia, os criados correndo para organizar tudo. Sobe para o quarto um tanto desanimada, mal falou com Harry, que ficou no meio dos rapazes como sempre faz nessas ocasiões, junto com seu irmão e outros amigos.
Deita exausta procurando dormir, logo a casa vai ficando silenciosa, os criados se recolhendo.
Meia noite e meia, Katerina acorda assustada, percebe o quarto iluminado pela luz da lua, vê um vulto sair de perto da janela, reconhece a sombra de Harry, senta na cama subitamente:
__ Harry? O que estás fazendo aqui?_ Sussurra.
Não é a primeira vez que o amigo invade seus aposentos a noite.
Harry vai até a porta, passa o trinco, volta e senta na pontinha da cama:
__ Meu avô avisou que vou para o seminário amanhã. Vou partir cedinho, mas antes preciso fazer uma coisa.
__ O que?_ Katerina faz menção de acender a lamparina.
__ Não, vai chamar atenção_ Harry sussurra, impedindo-a com a mão_ Eu vou partir mas não posso deixar de provar isso, Kat...
__ Provar o que? Minha nossa!
Harry não responde, a segura pelo rosto com as duas mãos e a beija, Katerina fica surpresa mas logo corresponde, vai deitando devagarinho enquanto ele vai se inclinando para frente, por cima. Se abraçam...
O beijo é carinhoso e já não tem inseguranças, ele puxa-lhe a camisola, enfiando a mão por baixo, toca-lhe a coxa, Katerina sente uma coisa estranha no corpo, em especial num lugar que não ousa admitir, ofega ao sentir a mão dele apertar sua carne de leve, param de se beijar, se olham com carinho:

5

__ Quer que eu pare?_ Harry pergunta suavemente.

Katerina nega com a cabeça, o acaricia no rosto... Ele é tão bonito! E lhe sorri satisfeito, tirando a camisa pela cabeça, voltando a beijá-la... O abraça, puxando-o para cima de si, se beijam demoradamente, parando só quando o fôlego falta.

Harry sobe a camisola puxando pela cabeça dela, os olhos fixam nos seios juvenis, um tanto encantado, a ouve respirar ofegante apesar de não demonstrar pudor... Cobre os seios com as duas mãos, olhando com adoração, continua deslizando a mão até embaixo, desenhando a curva dos quadris, fixa os olhos na intimidade coberta por uma camada de pelos ruivos, fica ainda mais excitado, tira as botas e segura o cordão da calça, despe sem desviar os olhos dela.

Katerina observa curiosa, sabe que aquilo não é certo mas... Porque seria errado? Seus olhos param no local "proibido", já viu várias vezes o de bebês mas o dele é muito maior, com uma camada de pelos acima... E está reto e endurecido! Fica um pouco assustada mas permanece decidida a ir em frente, não sabe nem o por quê. Curiosidade talvez?

Quando ele deita e a abraça completamente nu, percebe a sensação gostosa de pele com pele, voltam a se beijar, entrelaçando as pernas, as mãos tocando inexperientes, ele gira o corpo por cima, se posiciona abrindo as pernas dela, katerina obedece os comandos, sente ele pressionar a sua entrada, um desconforto, ele volta a tentar, penetrando-a o comecinho...

Katerina franze o cenho, uma dor horrível e incomoda, o segura pelo peito:

__ Ai!_ Reclama ofegante.

__ Está doendo?_ Harry fica confuso, supostamente era pra sentir prazer, assim como ele sente, essa sensação gostosa, a vontade de ir até o fim... Mas não quer machuca-la.

__ Sim!_ O rosto meigo se contorce.

__ Quer que eu pare?_ Harry apoia as mãos no colchão, fazendo menção de sair.

__ Não! Continue!

__ Não era pra doer, Kat_ Harry a beija nos lábios_ Desculpe.

__ Estou bem. Continue...

Harry força um pouco mais, uma gota de suor escorre em sua testa, fecha os olhos trêmulos... Jesus, aquilo é muito melhor do que sozinho!

Katerina agarra o lençol, tentando aguentar a dor, ele dá mais um impulso, finalmente penetrando-a, gemem alto, ele tomado pela sensação de prazer, ela surpresa pela forte fisgada, cobre a boca em seguida, assustada... Se alguém ouvir vai ser pior que... Não consegue finalizar o raciocínio, atenta a ele.

Harry geme baixinho, nunca imaginou que era possível sentir assim, é uma junção de fatores... O cheiro feminino é tão inebriante, estar dentro dela e tão...! Franze o cenho iniciando as investidas, ela o acompanha ondulando o corpo, olho no olho, a lua cheia ilumina o quarto, dando uma boa visão à eles.

Katerina sente a dor indo embora aos poucos, vai relaxando, observando os cabelos dele colados na testa, o rosto dele expressivo... Ele desliza a mão por seus braços subindo até chegar no pulsos, pressiona no colchão e aumenta o ritmo das estocadas, as respirações pesadas, gemidos discretos... De repente ele aperta os olhos e trava os dentes, grunhindo como um animal selvagem, os ombros tensionando com o êxtase:

__ Oh Deus!_ Harry se altera, continua investindo até acabar, para trêmulo, abrindo os olhos...

Katerina continua tomada pelo rubor, o rosto expressa surpresa e satisfação, os últimos minutos foram muito gostosos! Então é isso que as pessoas fazem... É bom mesmo, por isso aparecem com um monte de filhos!

Harry deixa o corpo cair pesadamente no colchão, olha para o teto ainda extasiado, fica assim por algum tempo.

Katerina segura o cobertor e cobre o próprio corpo... Um minuto depois, quando as respirações começam a normalizar, rompe o silêncio:

__ E agora? Não poderás ir para o seminário.

__ Não mesmo.

6

__ Vamos ter que nos casar?
__ Acho que sim...
__ Se olham... Começam a rir baixinho, Harry gira o corpo e a puxa para perto, beijando-a:
__ Amanhã falo com meu avô.
__ Está bem.
Ficam se olhando por vários minutos com ternura, Harry suspira:
__ Preciso ir.
__ Sim, é perigoso ficar aqui, e se alguém nos pega?!
Harry levanta, vai pegando as roupas e vestindo, calça as botas, Katerina observa em silêncio, ele termina e vai até a cama, se inclina e a beija:
__ Até amanhã.
__ Até... No horário de sempre para darmos um mergulho?
__ Uhum...
Harry caminha cuidadosamente até a janela, passa uma perna e depois a outra, caminha pelo parapeito e vai descendo o muro, muito fácil de escalar... Logo corre em direção ao cavalo.
*****
Harry entra no quarto do avô na primeira hora da manhã, não conseguiu dormir e precisa contar o que fez.
Os olhos azuis cristalinos o encaram curiosos:
__ Já de pé?
__ Bom dia, meu avô, preciso lhe falar...__ Antes que Harry possa continuar, Henry entra, vindo da varanda... O irmão é quase dez anos mais velho, os cabelos lisos e curtos penteados para trás, os olhos castanhos sérios. Harry olha para o avô, que ordena:
__ Suas malas já estão no coche, Harry. Tome o desjejum, você irá logo em seguida_ A voz de Lorde Milward soa firme para alguém tão idoso.
__ Vim falar sobre isso. Eu não posso ir. Não posso aceitar a batina...
__ Essa decisão não é tua, Harold_ O velho conde responde desinteressado.
__ Não tenho vocação para isso! Vou me casar e...
__ Irás para o seminário, Harry. Não estamos abertos à discussão. Vá vestir uma roupa decente!_ Lorde Milward ordena autoritário_ Não demore! Hoje teremos um dia muito ocupado.
__ Eu não vou à lugar nenhum!__ Harry tenta manter a voz controlada, o gênio ruim começando a fluir.
__ Podemos envia-lo amanhã, vovô? Assim ele participa do meu noivado_Henry tenta apaziguar, olha para Harry_ Vou pedir a mão de Lady Katerina essa noite, conforme o conselho do vovô.
Harry congela, olha para o avô, e de volta para o irmão:
__ Katerina? Não! Não pode!
__ Eu sabia que essa mania sua de andar grudado com essa moça não era boa coisa. Gostas dela? Pois tire-a da cabeça, ela vai se casar com meu herdeiro, tu irás seguir o costume da família e se comprometerá com o sacerdócio.
Harry trava o dente, percebendo que de nada adiantara discutir, afirma com a cabeça fingindo conformismo... Gira nos calcanhares...
__ Ainda não te dei permissão para sair, Harold_ Lorde Milward fala autoritário.
Harry vira e olha para o avô revoltado.
__ Agora sim, pode se retirar.
Harry faz uma mesura exagerada, debochado:
__ Meu Senhor_ Cumprimenta.
Vira e sai, ouvindo o avô e Henry voltarem a conversar:
__ Esse rapaz precisa ser mantido na linha, olha só a petulância!
__ Sinto muito vovô...

7

Harry desce a escadaria do castelo correndo, passa pelo salão, olhando a mãe e a irmã, seu coração aperta... Difícil tomar essa decisão, mas não vai perder sua vida nem sua juventude pelos outros.

Corre em direção à saída, vai até a baia e pega uma das montarias, nem mesmo coloca a sela, sai em disparada.

*****

Pouco mais de três horas chega nas docas, o cavalo exausto pela corrida, desmonta e corre em direção ao cais, quase desesperado.

Um barco cargueiro está de saída, se mete entre os marinheiros pedindo um emprego, o capitão do barco estranha o jovem bem apessoado com falas educadas, decide contratá-lo de ultima hora, vendo um grande futuro no jovem rapaz.

Menos de meia hora, Harry observa o barco se afastando da costa britânica, o coração pequeno... Katerina nunca irá perdoá-lo... Mas também nunca se perdoaria se ficasse. Henry é um bom homem e a fará feliz...

*****

Katerina acorda pela manhã com Elene batendo na porta, levanta de um pulo e corre, abre o trinco:
__ Bom dia.
__ Bom dia, Kat... Porque estava trancada?
__ Acho que tranquei sem querer, ontem estava tão exausta que não raciocinei direito...
Elene vai até a cama para arrumar, olha no lençol:
__ Suas regras desceram outra vez!
Katerina congela, olha para o lençol, tem uma mancha de sangue aparente, levanta o olhar:
__ A... Acho que sim_ Mente.
__ Então vou mandar preparar seu banho.
Katerina afirma com a cabeça, olha para o nada preocupada... Se aquela é uma maneira de fazer bebês, o que lhe garante que não tem um bebê dentro de si naquele exato momento? Tenta não se desesperar.

O dia passa voando, Harry não comparece no lugar de sempre para fazerem o passeio.

A noite, recebe a notícia de que lorde e Lady Milward virão jantar com o filho, fica aliviada. Tudo dará certo afinal, porém, para sua desagradável surpresa, ao entrar na elegante sala de recepção, quem está ali é Henry, não Harry, e por sinal, seu pai já está ciente do acordo... Para seu desespero, se vê comprometida, ouvindo todos fazerem planos para que se casem assim que completar dezessete anos. E o pior ainda está por vir...

No dia seguinte no castelo dos Milward, a preocupação se alastra, nem sinal de Harry. Pouco mais tarde, um rapaz aparece trazendo o cavalo e informando que Harry foi visto zarpando em um barco para a África. O escândalo se espalha por toda a cidade, a família Milward chora pela perda e humilhação.

Katerina sofre calada, o coração em pedaços, completamente decepcionada, convencida de que o amor só existe em livros inúteis.

CAPÍTULO 2

O mar calmo dessa manhã e a brisa marítima agradável já deixa saudades no coração do jovem capitão Edwards... Há cinco anos aproveita essa liberdade maravilhosa, saber que deixará tudo isso para trás o desanima.

Começou como marinheiro logo que fugiu de casa e entrou no primeiro barco que estava de saída do porto naquela manhã, sofreu duras peripécias até chegar onde está agora, um capitão bem sucedido de um navio mercante.

Por causa de sua educação e instrução conseguiu reconhecimento mais rápido do que qualquer marinheiro.

Voltar para sua pátria mãe deixa a sensação de ver uma prisão à sua frente, cheia de regras e protocolos formais que o deixam com um aperto na garganta. Está sendo inevitavelmente acorrentado:

__ TERRA Á VISTA!_ Joffrey, o mais jovem dos marinheiros, com 11 anos, grita do alto do mastro.

Harry agarra a corda amarrada à bombordo e sobe na lateral do barco, observando a costa britânica aparecer á certa distância, grita ordens para aumentar a velocidade da navegação, os tripulantes correm de um lado para o outro alçando a vela mestra, vozes masculinas se misturam falando ao mesmo tempo aos berros... Sorri satisfeito com a confusão... Adora aquilo!

Logo o barco começa a cortar as águas do rio Tâmisa, onde se vê de longe outras embarcações saindo e entrando em alto mar... Incrível como não reconhece esse lugar como sendo seu lar.
*****

Katerina segura a espada decidida. O sol raiou há algum tempo, avança contra o "adversário", decidida a vencê-lo, mesmo que pra isso precise jogar sujo. Com um golpe traiçoeiro acaba fazendo o primo perder o equilíbrio, caindo no chão, um passo e a ponta da espada encosta no queixo bem barbeado do rapaz... Felizmente a lâmina não foi afiada, pois se estivesse, do corte fino que causaria já estaria jorrando sangue.

__ Isso não foi certo, Kat, tu sempre trapaceia.

__ Ora, ora, meu querido primo, sou inferior na força bruta mas superior no raciocínio_ Katerina retira o lenço do cabelo, os cachos cor de fogo caem pelos ombros até quase os quadris. Recolhe a espada_ Vamos voltar logo para a casa, preciso chegar antes do desjejum_ Caminha a passos largos até o cavalo, monta e observa o primo engomadinho tirar a poeira da roupa:

__ Não sei porque ainda aceito participar dessas suas maluquices.

__ Porque não resistes passar um tempo comigo sem o olhar vigilante de nossa família_ Katerina ri, puxa as rédeas, girando o cavalo e sai a galope.

Nathan observa a linda ruiva em cima do cavalo como uma perfeita amazona, suspira encantado, porém ao mesmo tempo preocupado... Terá que domar a pequena selvagem quando se casarem e não faz ideia de como irá conseguir essa façanha!
*****

Harry atraca e desembarca no porto de Londres na primeira hora da tarde, o movimento no local é frenético, embarque e desembarque de mercadorias e passageiros, nas ruas estreitas trafegam vendedores, trabalhadores, marinheiros, mulheres alegres que vendem mercadorias ou o próprio corpo, bêbados, bárbaros, enfim, todo tipo de pessoas.

Olha para seu primeiro imediato, um amigo de longa data, o ruivo observa atento a movimentação no convés:

__ Isso vai demorar ainda, Harry, melhor você partir. A viagem até Yorkshire vai ser demorada e quanto mais rápido saíres, mais cedo chegarás.

__ Não quero nem ver a confusão que vou encontrar_ Harry respira fundo e solta lentamente_ Se eu tivesse uma fuga.

9

Ed olha para o amigo e dispensa dois tapinhas no ombro dele:
__ Boa sorte, capitão.
__ Obrigado, meu amigo_ Harry estende a mão e o cumprimenta com um aperto firme, começa a descer a rampa em direção a plataforma.
__ Cap. Edwards!_ Joffrey aparece correndo trazendo um belo cavalo pela mão_ Sua montaria, sir!
Harry vira e vê o loirinho imberbe correr afobado:
__ Ótimo, Joffrey, obrigado_ Harry segura_ Se comporte ouviu, não estarei aqui mas estou de olho!_ Faz um sinal com o indicador e o dedo médio em direção ao rosto.
__ Pode deixar capitão!_ O rapaz sorri meigo.
Harry apoia o pé no estribo e monta, segurando as rédeas e guiando o cavalo a galope, os cabelos ao vento, tentando se conformar com seu destino.
*****
Katerina chega em casa e desmonta antes mesmo do cavalo parar, Fred segura as rédeas olhando-a atento:
__ Minha senhora, está atrasada!
__ Já acordaram?
__ Ainda não, mas falta pouco!
Katerina sorri travessa e corre para dentro, entrando pelos fundos, sobe as escadas e caminha silenciosamente pelo corredor, abre a porta de seus aposentos já despindo a roupa masculina que esta usando.
Pegou emprestada com Fred e sempre usa quando quer "Fugir".
Se banha usando a água na bacia para lavar o rosto rapidamente, disfarçando o cheiro de suor e cavalo.
__ Minha senhora?_ Elene entra no quarto_ Já está de pé!
__ Sim, pegue meu vestido por favor?_ Katerina seca o corpo na toalha.
Elene segura o vestido junto com o espartilho, Kat torce o narizinho:
__ Não, por favor, só o vestido.
__ Muito bem_ Elene obedece_ Se lady Mullingar descobrir...
__ Ela não irá, e se o fizer reclamará comigo, como sempre_ Katerina se olha no espelho enquanto Elene amarra o vestido, respira fundo, começando á sentir falta da Espanha. Na casa de seus avós tudo é mais divertido, muito mais livre.
Esteve vivendo com os avós nos últimos anos desde o acidente de seu falecido futuro marido...
Henry caiu de um cavalo no dia do casamento deles, antes de consumar o ato, com isso se tornou uma jovem viúva, conseguindo um pouco mais de liberdade em sua vida tão regrada. Ir para a Espanha só ajudou a sua personalidade livre fluir. Porém, agora que está de volta, por algum motivo sua mãe não suporta olhá-la.
Esse ano será obrigada á desfilar pela sociedade para arranjar outro marido conforme a vontade de seu pai, fato que irá evitar até não poder mais.
__ Tranço seus cabelos?
__ Por favor_ Kat senta na cadeira e assiste Elene lhe pentear os cabelos com agilidade. Assim que está pronta, agradece e sai do quarto, desce pronta para vestir a máscara de boa moça da sociedade.

Poucos minutos depois, Katerina bebe o chá ouvindo o tagarelar exaustivo de sua mãe, que força o inglês britânico tentando disfarçar o sotaque espanhol. Miranda Mullingar tem vergonha de suas origens e depois de ter se casado com o Barão, fez questão de apagar todos os sinais, quase nunca visita os pais que residem em Madrid, não os vê há alguns anos!
Porém kat ama cada detalhe de suas origens, fala espanhol fluênte, obrigando-se a se comportar como uma lady britânica por pressão da sociedade:

__ Não vai ser fácil inserir Katerina. Desde que Megan debutou, continua sendo um sucesso, é impossível competir com a beleza daquele anjinho. Estou surpresa por ela não estar comprometida ainda! E Katerina, se pelo menos fosse bonita, mas é tão sem graça com essas sardas e magreza que te deixa com aparência doentia... E esses cabelos que parecem arames farpados... Jesus! Sendo viúva então! Já não podemos garantir a seu futuro marido sua pureza... Talvez nem acreditem em nossa palavra!
Katerina quase revira os olhos, mantém o olhar baixo, tentando evitar as lembranças um tanto fracas em sua mente... Pode ter se passado anos e ignorado de maneira tão pungente a ponto de esquecer os detalhes daquela noite, isso não muda o fato de não ser mais pura.
__ Nada que um bom dote não resolva mamãe_ Albert fala com desdém.
__ Dote que acabarei ficando sem, se continuar gastando tudo com seu vício_ Katerina rebate olhando o irmão com o mesmo desdém.
__ Basta!_ Oliver Mullingar ordena_ Vamos comer em paz.
Oliver Mullingar é um homem calmo e ponderado. Diariamente assiste a mulher desdenhar a filha, que sofre isso há vinte anos, piorando muito nos ultimos meses... Não há nada que possa fazer para evitar esse tratamento, infelizmente. Olha para a filha, se tornou uma linda mulher, a aparência delicada e franzina esconde a personalidade forte e radiante.
Abaixa o olhar e volta a comer:
__ Há rumores por toda a vila de que Harold está voltando para a casa_ Albert comenta.
Katerina arregala os olhos, quase engasgando, levanta o olhar chocada, o rancor aflorando:
(Maldito!)
__ Já imaginávamos isso, depois que Lorde Henry faleceu, ele se tornou o único herdeiro_ Lorde Mullingar comenta.
__ Aquele selvagem, fugiu de casa ao invés de se tornar um homem de Deus, como pode? Imagino a vida de promiscuidade que deve ter vivido!_ Miranda comenta venenosa_ Deus me livre!
Katerina deixa a xícara no pires, enjoada:
__ Posso me retirar?
__ Não seja mal educada, Katerina, ainda não terminamos_ Miranda responde, azeda.
Katerina olha para a mãe desejando respondê-la mal, mas engole as palavras malcriadas, cruza as mãos por baixo da mesa, aguardando... Esta cansada de ser tratada como uma criança indesejada. Felizmente hoje seu dia será cheio, suportar a presença da mãe é uma tortura!
Assim que todos terminam, Katerina levanta, sai da casa dando boas vindas ao sol agradável, caminha em direção à capela onde ultimamente, desde que voltou, da aulas de espanhol para os órfãos. Essa tarefa a ajudará a distrair-se da novidade... Harry está voltando! Meu Deus!
*****
Já anoiteceu, Harry enxerga de longe as sombras da propriedade do avô. Dá alguns tapinhas no pescoço do cavalo:
__ Vamos garoto, quase lá!_ Esporeia a montaria, o vento gelado batendo no rosto.
Vinte minutos depois, adentra os grandes portões do castelo, segue o caminho por dez minutos, puxa as rédeas do cavalo em frente a escadaria, o rapaz do celeiro se aproxima:
__ Pois não?
__ Ora, Francis, não estás me reconhecendo?_ Harry observa o velho conhecido que agora tem alguns cabelos grisalhos entre os castanhos.
__ Er... Desculpe, sir..._ Os olhos negros se iluminam_ M... meu senhor!
♦ Como estás?_ Harry sorri amigável, dando alguns tapinhas no ombro do homem, que fica sem jeito. Nobres não tem por costume demonstração de estima com os serventes.
__ Seja bem vindo, sir.
__ Obrigado, Francis_ Harry sobe os degraus de dois em dois, antes mesmo de bater, a porta se abre e Augus aparece.

11

Harry se surpreende, o velho homem não parece ter envelhecido um só ano desde que foi embora, e ele já tinha 70 anos quando fugiu!
__ Seja bem vindo, Lord Milward_ O homem faz uma elegante mesura.
__ Augus, meu caro, ainda estás vivo!_ Brinca debochado.
__ Felizmente, meu senhor_ O homem se esforça em manter a expressão neutra. Já tinha esquecido o quanto o jovem Harold era atrevido.
Harry abraça o homem, carinhoso, sem se importar com as convenções:
__ E vai viver muito mais, meu velho, esta exalando saúde.
O mordomo fica sem reação, Harry ri e se afasta:
__ Minha mãe já se recolheu?
__ Sim, há alguns minutos.
__ Vou subir e ver se a encontro de pé ainda. Não precisa me acompanhar_ Harry arruma o paletó e sai caminhando pelo saguão gelado do palácio passando pelas salas individuais e saindo na escada estreita que sobe para a ala superior, sobe rapidamente, assobiando contente.
A porta de um dos quartos abre e Victory aparece efusiva, os cabelos lisos e castanhos caindo pelos ombros brilhantes:
__ Haaaz, não acredito que estás aqui!
__ Olá, minha pequena!_ Harry sorri surpreso, recebendo-a nos braços. Ela esta enorme! Já alcançou os 15 anos, é uma moça! Realmente, esteve longe de casa por muito tempo.
Logo sua mãe também sai do quarto sorridente, se abraçam apertado:
__ Que alívio, meu filho, que alívio. Seja bem vindo de volta.
__ Como está a senhora? Sempre linda!
Anne sorri amorosa:
__ Estou ótima... Venha, vamos tomar um chá, precisas descansar, como foi a viagem?
Harry se deixa levar, contando as novidades, conversam por quase duas horas.
Anne conta, sentida, sobre o acidente do filho mais velho. Se passaram três anos mas a dor parece muito recente! Na época, Henry estava domando um cavalo recém adquirido e caiu, quebrando o pescoço no dia do casamento com Katerina...
"Katerina".
Harry engole a seco. A lembrança da ruiva o deixa com um aperto no peito. Continua a ouvir sua mãe descrever a situação... Foi uma tristeza muito grande, seu avô nunca se recobrou do choque de perder o herdeiro promissor, mas em pouco tempo iniciou as buscas para reencontrá-la, buscas que duraram anos, até meses atrás, quando por coincidência, ouviu a história da morte do jovem herdeiro de Yorkshire. Então pela primeira vez enviou uma carta para sua mãe e recebeu a confirmação, junto com uma carta de seu avô, obrigando-o a largar seus negócios e vir "cumprir seu dever". Então voltou para a casa imediatamente.
Após entregar os presentes para elas, joias exóticas que trouxe de suas várias aventuras e de muita conversa, se despede para ir descansar, o corpo dolorido pelas longas horas de cavalgada, um tanto desacostumado.
Depois de um banho rápido, vai para a cama, caindo em um sono pesado até as primeiras horas da manhã.

*****

O sol nasceu há poucos minutos, katerina sai da mansão sorrateiramente em direção ao estábulo, ao chegar, coloca os cabrestos no cavalo e monta a puro pelo, cavalgando em direção ao bosque.
Toda manhã, desde que voltou para a Inglaterra, voltou a se banhar no lago de costume, que fica na divisória da propriedade de seu pai e dos Milward.
Cavalga livremente, uma sensação boa no peito, observando a linda paisagem que a primavera presenteia, para próximo ao lago e desmonta, caminhando com cuidado pela trilha, trazendo o cavalo consigo.

Para chegar à margem segura, tem que cruzar os limites de terras, invadindo a propriedade dos Milward, mas isso não é um problema, não tem como eles descobrirem.
Para à beira da margem, dando de beber ao cavalo, está prestes a tirar o lenço da cabeça onde esconde seus lindos cabelos quando nota movimento há alguns metros... Outro cavalo esta amarrado em uma árvore, se desespera com a possibilidade de ser descoberta, olha para água, seu queixo cai ao ver um homem saindo de costas, os cabelos castanhos e úmidos chegam na altura dos ombros e o bumbum a mostra é branquinho, uma grande diferença com o restante do corpo bronzeado.
Desvia o olhar rapidamente, muito envergonhada... Também tem o costume de nadar nua, já pensou se fosse o contrário e ele a visse? Ave maria! Se agacha e segura um pouco do barro, suja parte do rosto para usar como disfarce caso seja pega, vai saindo de fininho, percebe que o cavalo esta mancando na pata traseira direita, para e olha... No casco tem um pedregulho... Se agacha e saca sua adaga de dentro da bota, inclina e segura a pata, tirando a pedra, em seguida volta a andar.
Está terminando de sair da trilha quando ouve:
__ O que estás fazendo em minha propriedade rapaz?!
Trava, assustada, vira e quase cai dura... Harry esta montado no cavalo, a túnica preta gruda no peitoral, com calças pretas e bota, os cabelos úmidos, meio rebeldes soltos... Muito mais maduro do que a última vez que o viu, aos dezesseis... Sua tia vivia falando que ele se tornaria uma bela espécime de homem... Ela não estava errada!
Harry observa o rapaz franzino petrificado à sua frente, provavelmente um ladrão de cavalos por causa das roupas gastas e do cavalo puro sangue negro sem cela. O rosto imundo esconde os traços, impedindo de enxerga-lo direito... Camuflagem, uma ótima ideia para se esconder! Franze o cenho irritado com o marginal:
__ Vamos, me responda! O que estás fazendo em minhas terras?

CAPÍTULO 3

___ Responda, rapaz!_ Harry ordena, autoritário.
Katerina engole a seco, se pudesse sair correndo, o faria com toda certeza!
Ele não a reconheceu, felizmente, engrossa a voz tentando parecer um rapazote:
___ Meu senhor, perdoe-me. Não tinha intenção de invadir, é que a montaria precisava beber água.
___ A quem pertence esse cavalo?_Harry mantém a expressão séria, os olhos verdes atentos, tentando lembrar onde já viu esse rapaz antes.
___ É minha, sir_ Katerina fala segura, tentando passar confiança.
Harry passa a perna para o lado e desmonta de seu cavalo:
___ Interessante_ Dá alguns passos parando há um metro, de frente com o rapaz, tem alguma coisa nele... Observa com atenção o cavalo puro sangue bem alimentado, é impossível pertencer a um molecote vestindo trapos:
___ Tsctsc. Devias ter um pouco de vergonha ou inventar uma mentira melhor. Solte o cavalo, irás comigo até as autoridades.
___ Eu juro, sir, estou falando a verdade!_ Katerina o encara pela primeira vez, fica com uma sensação estranha no estomago, ele está tão alto! Sua cabeça mal alcança o queixo dele! Esta ainda mais bonito, um homem feito! Os olhos verdes tão diferentes! Mais profundos... Não há nada do menino Harold ali.
(Katerina, tenha um pouco de amor próprio, lembre-se do que ele te fez!)
Harry fica com a impressão de familiaridade, dá um passo a frente decidido:
___ Venha comigo_ Agarra o pulso extremamente delicado... Frágil demais, mesmo para um moleque dessa idade.
Katerina quase se desespera, se ele reconhecê-la corre o risco de sua família descobrir que se veste com roupas masculinas toda manhã para passear com liberdade! Ele não pode reconhecê-la! Levanta a adaga que tinha escondido na manga da camisa:
___ Não vou a lugar nenhum, e é melhor o senhor sair do meu caminho!_ Katerina tenta acertá-lo.
Harry assobia surpreso com a precisão do golpe, intercepta, encarando o adversário enquanto lhe torce o pulso, desarmando-o, o encara... Os olhos castanhos, o narizinho delicado... A lembrança o invade como uma enxurrada, levanta a mão e arranca o lenço da cabeça do "rapaz", uma cascata de cabelos ruivos e cacheados caem pelo rosto e ombros até quase os quadris:
___ Ora, ora, ora!_ Harry volta a sorrir_ Sabia que não me eras estranha. Mas continuas metendo-se em problemas, Katerina!
___ Urgh, me solta!_ Katerina solta raivosa puxando o pulso, ele não a impede:
___ O que estás fazendo essas horas sozinha com esses trapos?
Katerina levanta o queixo orgulhosa:
___ Não é da sua conta!_ Tenta desviar, porém ele entra na frente:
___ Acalme-se! Minha nossa! Perdõe meus modos, estou chocado que quase não te reconheci! O que diabos estas fazendo por aqui? Não é possível que ainda tem por costume nadar no lago..._ As faces dela ficam ainda mais ruborizadas, motivo o suficiente para chegar á conclusão óbvia..._ Não me diga que... _Ela o viu nadar!_ Oops.
Katerina trava os dentes, completamente constrangida, ele parece fazer questão de desconcerta-la!
___ Devolva-me a arma_ Ordena altiva, desconversando.
Harry olha para a adaga, estende com o cabo virado para ela:
___ Não deverias desembainhar uma arma se não sabes usá-la.

Katerina estende a mão e segura:
_ Eu sei usá-la.
Harry a olha com atenção... Mas que beleza! Apesar de continuar com o rosto muito jovem parecendo ser mais nova do que é. Ultimamente tem preferido as mais velhas e experientes, melhor ainda se forem comprometidas, para não correr o risco delas se apegarem demais... Mas não pode negar que Katerina se tornou uma linda mulher!
Nota o hematoma que causou na pele branquinha do pulso, a segura pelo antebraço com delicadeza, segura o pulso acariciando com o polegar, gentil. Levanta o olhar:
_ Perdoe minha brutalidade, Kat.
Katerina prende a respiração ao sentir o toque, engole a seco, se irritando pela liberdade que ele tomou tocando-a daquela maneira, chamando-a pelo apelido carinhoso. Ele realmente acha que ela é a mesma garotinha de antes?! Decide lhe dar uma lição:
_ É lady Katerina, sir.
Harry levanta as duas sobrancelhas, surpreso pela frieza na resposta, a solta e se afasta, compreensivo. Ela o odeia, esta transparente... De repente a culpa que ignorou todos esses anos o incomoda;
_ Muito bem, minha senhora. Minhas sinceras desculpas_ Faz uma mesura_ Há anos tenho me mantido distante dessas formalidades britânicas, perdi o traquejo social.
Katerina semicerra os olhos, desvia dele:
_ O senhor nunca teve, na verdade, nunca soube tratar uma dama_ Torce o narizinho com desdém.
Harry ri divertido:
_ Na verdade, nunca presenciei uma dama vestida como um rapazote desengonçado, tente entender minha surpresa.
Katerina revira os olhos, vira na intenção de ir embora, porém para, volta a olhar para ele:
_ Ah, já ia me esquecendo..._ Se aproxima de Harry, levanta a mão e o estapeia em cheio no rosto_ Agora sim! Passar bem!
Harry sente o ardor na face surpreso com a força da garota em sua frente. Ela parece tão miúda, inacreditável! A olha:
_ Bem, acho que mereci isso_ Responde divertido.
Katerina semicerra os olhos, querendo gritar tudo o que guarda na garganta há anos. Não, não vale a pena tocar nesse assunto. Vira e caminha até o cavalo, apoia as mãos suspendendo o corpo e montando sem dificuldade. Segura as rédeas e o olha de cima com desprezo, gira o cavalo em direção a Mullingar's house.
_ TENHA UM BOM DIA!_ Harry fala querendo rir, achando graça no jeito mal humorado da garota que um dia foi sua melhor amiga. Aparentemente ela não mudou nada! Observa os cabelos de fogo que ganha mechas douradas com os raios de sol, continuam muito bonitos! Aliás, sempre foram lindos desde quando ela usava duas tranças com fitas de cores chamativas na cabeça. Coloca a mão na face ainda ardente:
_ Au!_ Faz uma caretinha de dor, vira e volta até o corcel que esteve montando, sobe e se acomoda na sela, puxa as rédeas e sai em um trote calmo, pensativo... Foi um tapa mais que merecido, não foi digno o que fez...
Katerina tenta acalmar os batimentos descompassados de seu coração, a boca seca... Está irritada consigo mesma, a última coisa que queria era ter reencontrado aquele pulha! Não gosta nadinha dessa sensação estranha no estomago... Mas tudo bem, deve ser raiva.
A lembrança do corpo másculo e nu saindo da água aumenta a sensação... Isso não é bom. Não é nada bom! Bate o salto da bota na lateral de Tempere, que sai em disparada.

*****

Harry termina de vestir o blazer, se olha no espelho com estranheza, os babados da gravata causando uma leve gastura, fora o corpete que lhe sufoca... Assim que chegou de volta

15

ao castelo recebeu a notícia de que seu avô quer vê-lo, por esse motivo vestiu-se a caráter com toda elegância.

Passa os dedos nos cabelos crescidos, completamente diferente da moda ditada atualmente, respira fundo... Nega com a cabeça e começa a arrancar a gravata espalhafatosa, em seguida tira o blazer, retirando o corpete, volta a vestir o blazer, finalmente gostando do que vê. Seu avô que o desculpe, mas definitivamente não tem paciência para formalidades.

Vira e caminha até a porta, o rapaz que foi colocado como seu valete o encara quase ofendido:

— Perdão, meu senhor, precisa de ajuda com o colete e a gravata?
— Não, e... Como é mesmo seu nome?
— Jhonatan.
— Obrigado, Jhonatan, estou ótimo como estou. Pegue todos esses coletes e gravatas desnecessárias e retire desse quarto, sim? Felizmente Henry não era muito menor que eu, mas essas coisas são apertadas pra diabos.

O rapaz enrubesce chocado com o vocabulário do jovem lorde, Harry percebe e fica com vontade de rir:

— Quero dizer, são muito desconfortáveis_ Modela a voz de maneira coquete, sarcástico.
— Se milorde quiser, posso dar um jeito em seus cabelos, deixá-los em ordem.
— O que há de errado com meus cabelos?_ Harry encara o rapaz.

Outro criado aparece no corredor:

— Meu Senhor. Me acompanhe por favor?

O valete respira aliviado, assinalando mentalmente que não deve falar do cabelo do jovem lorde em nenhuma circunstância.

Harry gira os calcanhares e segue o criado.

O quarto continua exatamente igual a última vez que entrou ali, é surpreendente! Harry caminha em silêncio até a mesa posta na varanda, onde seu avô está sentado na poltrona confortável... Muito debilitado, os cabelos ralos bastante embranquecidos... Fica chocado com a aparência do velho homem, mas assim que ele vira o rosto ao perceber sua aproximação, os olhos de um azul pálido demonstram toda a sagacidade que continua naquele ser, intacta. A debilidade do senhor é só uma ilusão, ele continua consciente de tudo e todos ao seu redor.

Harold, o velho conde, observa o neto mais jovem caminhar em sua direção, a postura segura e dominante, vestido como um selvagem, os cabelos rebeldes e longos demais para a moda do momento, os olhos verdes atentos... Tao verdes como de sua Cecília... Esse rapaz sempre foi difícil, agora deve estar ainda mais indomável! Terá que tomar medidas drásticas caso ele não o obedeça:

— Senta rapaz.
— Meu avô, bom dia, como estás?_ Harry faz uma leve mesura, educado.
— Não vieste aqui interessado em meu bem estar, tenho certeza, pulemos essa parte.

Harry senta, observa seu avô segurar a xícara de café e beber lentamente.

— Vamos direto ao ponto. Agora que voltaste, irás liderar os negócios e tomar a frente de tudo, se preparar para receber o título assim que eu morrer, teremos que tomar algumas providências.

Harry não move um só músculo, aguarda o avô continuar.

— Eu não tenho muito tempo e quero morrer em paz, para isso preciso saber que meu nome continua nas próximas gerações. Terás um prazo para casar e me dar um herdeiro. E já tenho a escolhida.

(Claro que tem!)

Harry disfarça o desejo de revirar os olhos, cruza as mãos paciente... Já imaginava que seu avô teria tudo planejado, ele sempre se meteu na vida de todos mandando e desmandando a bel prazer... O pobre realmente acha que vai se submeter.

__ E não faça essa expressão, meu jovem, sei que estás pensando em se rebelar, mas aviso desde já, se não me obedecer, não receberá minha fortuna e sua mãe e irmã serão as mais prejudicadas pois ficarão desamparadas. Deixarei tudo a serviço da coroa e á igreja. Vamos ver se com o que faturas como comerciante conseguirás sustentá-las e arranjará um casamento decente para a sua irmã.

Harry trava o dente... Sempre se perguntou como seu avô consegue adivinhar o que está pensando. Aparentemente ele ainda tem esse poder!

__ E quem é a escolhida?_ Pergunta com uma calmaria surpreendente.

__ Katerina Mullingar.

__ Ela é viúva do meu irmão!

__ O casamento não foi consumado, não se preocupe, lady Katerina é pura como uma flor.

Harry sabe que não, e ele é o culpado. Bom, nada mais justo que arque com essa responsabilidade, mesmo que seja três anos depois. Ouve de longe o avô continuar:

__ A Família tem dívidas comigo e não poderão fugir do acordo.

Harry entreabre os lábios, volta a fechá-los, deixa o corpo displicente na cadeira encarando o avô:

__ Porque essa fixação tua nela, meu avô?

__ Não te interessa, faça o que eu mando e tudo ficará bem.

Harry dá um sorrisinho debochado:

__ Sim senhor!

Harold olha para o neto sério... Ele sempre foi assim, enquanto Henry sempre abaixou a cabeça e acatou seus conselhos, Harry sempre questionou e tentou impor a própria decisão. Nunca o perdoará por fugir de casa porque não aceitou a imposição de se tornar padre, como sempre aconteceu com o segundo filho desde sempre em sua família. Essa geração foi a única que não teve um Milward no clérigo. Mas no final de tudo, felizmente não aceitou, agora é sua única esperança de realizar seus planos.

Rapaz difícil... Exatamente como era na idade dele, é estranho se reconhecer tanto em alguém... Talvez por isso ele sempre foi seu preferido.

__ Se é só isso..._ Harry faz menção de levantar.

__ Ainda não terminei. Quero deixar claro que estive te acompanhando todos esses anos e sei que esteve metido com alguns negócios escusos, então vou deixar bem claro. Sem escândalos. Não permitirei que suje o bom nome da nossa família. Fui claro?

Harry encara o avo sério:

__ Cristalino.

__ Ótimo. Já mandei um convite para os Mullingar virem jantar conosco essa noite, uma oportunidade para te aproximar de Katerina. Pode se retirar.

Harry levanta, faz uma mesura e se afasta irritado... Poderia mandar o velho para o inferno, mas tem que pensar no bem estar de sua irmã e mãe. Apesar de ter independência financeira, não tem condições de manter o padrão de vida no qual elas são acostumadas. Terá que se submeter... E pensando em Katerina, a conhece desde de pequena, não será tão difícil conviver com ela... Lembra dos cabelos ao vento, o rosto delicado, o olhar um tanto rebelde... Não será um sacrifício afinal.

CAPÍTULO 4

__ Jantar? Mas assim, de última hora?_ Miranda olha para o marido desgostosa.
__ Sim, chegou quase agora o convite de lorde Milward, não podemos recusar_ Oliver Mullingar responde.
Katerina se força a focar no livro que esteve lendo na ultima hora... A possibilidade de rever Harry depois do fiasco dessa manhã é assustadora. Respira fundo incomodada, as letras no livro dançam, os olhos sem ver... Tinha planos para essa noite, e agora?
__ Não será nada formal, acredito. O jovem lorde voltou, sempre foi muito amigo de Albert, de Katerina, natural convidar-nos para as boas vindas_ Oliver Mullingar olha para a filha, que se mantém em silêncio_ Como foi a aula hoje, Katerina?
Kat levanta o olhar:
__ Bastante produtiva, as crianças são bastante inteligentes e...
__ Perda de tempo total_ Miranda fala seca_ Um bando de miseráveis sem futuro, deverias usar esse tempo para se preparar, mês que vem vamos para Londres e se quer arranjar um bom marido, estaria focada nisso.
__ Acontece, mamãe, que essa não é minha prioridade_ Katerina fala sem levantar o olhar do livro.
__ Bem, há vários viúvos de idade avançada querendo alguém jovem para passar seus últimos dias, não vou me preocupar demais com isso_ Miranda é puro desdém.
Katerina morde a língua, olha para a mãe, abaixa o olhar respirando fundo... É difícil ouvi-la sempre repetir que não é boa o suficiente.
Nathan entra na sala:
__ Boa tarde meu tio, Minha tia_ Segura a mão de Miranda e se inclina respeitoso.
__ Boa tarde meu filho_ Miranda responde_ Ora, onde esta Albert? Não estava contigo?
__ Estava mas, assim que finalizamos as contas ele se retirou e foi para a vila.
__ Ele levou algum dinheiro?_ Oliver pergunta preocupado, não quer nem pensar no filho gastando ainda mais com o vício.
__ Não que eu tenha notado_ Nathan senta ao lado de Katerina, trocam um olhar terno.
Miranda levanta:
__ Vamos Katerina, escolher o que vamos vestir, deixemos os homens falarem de negócios.
Kat levanta contra vontade, se retira silenciosa, engolindo a palavras que estão presas na garganta... Quem deveria estar ali com seu pai é Albert, mas ele definitivamente não tem interesse, fica tudo nas costas de Nathan, que mal completou dezoito anos e já leva toda a responsabilidade junto com seu pai, o pobre se vê obrigado a ajudar sem cobrar nada por ter uma dívida de gratidão.
Sua história com Nathan e simples e genuína. Nathan é filho do marido de sua tia, irmã de seu pai. Sempre foi tratado por todos como único filho do casal, já que sua tia nunca pode gerar.
Nathan perdeu os pais há mais de um ano atrás, ficando na miséria porque o pai também sofria do vício com jogos, só restou uma pequena propriedade que deseja reformar futuramente. Vive com os Mullingar desde que saiu do internato para garotos. Katerina e ele se tornaram grandes amigos desde que ela voltou da Espanha, apesar de ela não fazer ideia dos verdadeiros sentimentos do primo.

*****

Harry observa o cavalo selvagem do qual o irmão caiu... Ainda não foi domado e fica em uma baia separada. É um belo espécime, cor de âmbar com patas mescladas de branco. Muito lindo!
  __ Quando ele foi capturado?_ Pergunta para Francis.
  __ Foi sem querer, em uma caçada... Lorde Henry, que Deus o tenha, se encantou assim que o viu e o capturou.
  __ Ninguém tentou adestrá-lo desde o acidente?
  __ Não. E lorde Milward não quis sacrificá-lo, seria um desperdício.
  Harry destrava a baia, Francis o encara assustado:
  __ Meu senhor, não é uma boa ideia, esse cavalo é amaldiçoado.
  Harry nega com a cabeça:
  __ Eu não acredito nessas crenças, Fran_ Entra na baia e caminha até o cavalo, que levanta o focinho parecendo encará-lo arrogante.
  Harry para de frente ao cavalo, estudando-o:
  __ Ele não me parece tão arisco.
  __ Ele se acostumou com a proximidade mas ninguém nunca tentou montá-lo outra vez...
  __ Vou domá-lo e dar de presente à minha noiva, ela sempre adorou montar.
  Francis não responde apesar de estar ciente de tudo... Entre os criados não se fala de outra coisa além do jantar dessa noite e do desejo do velho Lorde em unir as famílias... Os mais velhos sabem os motivos mas não falam sobre, os mais jovens ficam curiosos e especulando.
  Harry se aproxima do cavalo e o acaricia nas crinas:
  __ Agora somos tu e eu_ Encara o cavalo como se ele pudesse entendê-lo_ Fique sabendo que vaso ruim não quebra.
  O cavalo grunhia discretamente, parece entender o recado.
  Harry da alguns tampinhas amigáveis no pescoço do animal e vira, saindo da baia:
  __ Começaremos amanhã_ Avisa Francis.
  __ Milady e milorde não gostarão disso.
  __ Eles não precisam saber_ Harry olha para o homem firme, se afasta a passos largos... Ainda precisa se arrumar para o bendito jantar.

  Uma hora mais tarde.
  Katerina sobe as escadas do grande castelo, as portas de madeira estão abertas e o velho mordomo os aguarda.
  Lembranças de sua infância permanecem vívidas em sua mente. Quando visitava os Milward para brincar com Harry... Aquele lugar é onde tem as melhores memórias!
  Observa seus pais um pouco a frente entrando no castelo com Albert. Ao seu lado, Nathan caminha calmamente, aguarda que ela entra como um perfeito cavalheiro e entra em seguida.
  Foram anos sem pisar ali, desde o fatídico dia. Viajou para a Espanha na mesma semana do acidente, assim que enterrou o marido e mesmo quando voltou, não teve a oportunidade de visitar os Milward. Até hoje.
  Entram na grande sala, lady Anne os aguarda com a filha, que usa um vestido azul cheio de babados, típico de adolescentes que ainda não saíram dos costumes infantis... Mas também pudera, ela acabou de completar quinze anos!
  Após os cumprimentos de praxe, tudo muito formal, todos sentam nos sofás luxuosos conversando amenidades enquanto aguardam Harry e o avô aparecerem.
  Katerina sente o estômago revirar de nervosismo e se irrita profundamente por isso!
  Harry anda pelo corredor ouvindo as vozes educadas, a conversa monótona... Entra despercebido, observando sua mãe e lady Milward... A última apresenta poucos fios brancos no cabelo negro, um penteado espalhafatoso... Logo ao lado esta lorde Mullingar e sua calvície acentuada e Albert, os cabelos negros impecavelmente penteados para trás com vaselina, o rosto

19

pálido de quem vive de ressaca... Inacreditável que já tenha sido tão amigo de alguém e agora não tem nada em comum.
No outro sofá tem um rapaz que não conhece e Katerina... Fica surpreso com ela, não lembra nada a garota rebelde dessa manhã! Uma perfeita lady, delicada e meiga, os cabelos presos em um penteado simples que a deixa com a aparência angelical... Muito bonita! Apesar de que, lá fundo, prefere a garota rebelde e descabelada que conheceu a vida inteira.
__ Boa noite a todos_ Fala, se mostrando presente, os homens ficam em pé.
Katerina levanta o olhar, quase se engasga... Ele só veste o casaco, calça e camisa preta, completamente informal, sem corpete ou gravata, nem mesmo abotoaduras ou broches como é o costume. Um escândalo! Para as convenções da sociedade é como se estivesse nu! E os cabelos soltos dando um ar selvagem um tanto sensual! Outra vez se vê baqueada com a imagem dele, o que lhe causa um mal humor horrível.
Imediatamente olha para sua mãe, Miranda com seu conservadorismo irá ter uma síncope, no mínimo. Quase ri com a expressão horrorizada estampada no rosto dela.
Harry aperta a mão de Albert e Lorde Mullingar se inclinando discretamente, em seguida faz uma mesura galante ao segurar a mão enluvada de Lady Mullingar, o olhar estupefato dela o diverte... Lhe dá seu melhor sorriso:
__ Lady Mullingar, sempre encantadora!
__ Boa noite_ Miranda responde quase rude, retirando a mão assim que possível... O jovem lorde se tornou um homem do tipo que mais despreza! Conquistador que usa a beleza para seduzir as mulheres e fazê-las perder a cabeça. Felizmente sabe se manter imune àquele sorriso. Desvia o olhar e foca em lady Anne.
Katerina engole a seco ao vê-lo se aproximar, a sensação no estômago com força total. Observa ele segurar sua mão enluvada e depositar um beijinho demorado demais para seu gosto.
Harry volta a sorrir:
__ Lady Katerina, seja bem vinda! Soube que ficou um bom tempo sem adentrar nossa propriedade_ Provoca.
Katerina sente o rosto queimar ao lembrar que tem invadido quase diariamente. É lógico que ele irá tentar desconcertá-la outra vez:
__ Boa noite, sir. Seja bem vindo de volta ao lar_ Fala formal_ Esse é meu primo, Nathan.
Harry olha para o rapaz franzino, muito menor que ele, ainda em fase de crescimento... Os olhos negros o encaram como se fosse um inimigo. Se cumprimentam com um leve aceno de cabeça. Só então caminha ate a poltrona e senta, observando Katerina descaradamente.
A voz de Albert o tira de seus devaneios...
Poucos minutos depois, Lorde Milward aparece em uma cadeira de rodas de madeira empurrado por seu valete:
__ Boa noite senhores, senhoras...
Todos ficam em pé, fazendo uma referencia respeitosa ao homem de Idade, que move a mão impaciente:
__ Vamos logo para a mesa, já passou da hora do meu jantar_ Fala rabugento.
O valete vira a cadeira e todos seguem para a mesa, Harry oferece o braço para acompanhar lady Mullingar, Lorde Mullingar acompanhando lady Anne, Albert com Victory e Katerina com Nathan assim como a etiqueta dita.
(Mas que diabos!)
Katerina morde o lábio inferior, imaginando o que sua mãe diria ao saber que as vezes usa palavreado de homens de boteco... Mas não consegue evitar! Não comeu uma só ervilha porque sente os olhos verdes cravados em sua face. Porque está olhando-a com tanta insistência? Segura o talher e leva aos lábios com um pedacinho de carne, mastiga lentamente sem sentir o sabor, implorando mentalmente que ele encontre outra distração.

Harry não consegue acreditar que aquela jovem contida é a mesma Katerina que se lembra, que o ameaçou com uma arma pela manhã... Como pode?

Está sufocando para que ela o encare com os lindos olhos castanhos daquela maneira rebelde que lhe é tão familiar... No fundo se pergunta porque se importa tanto? Mas é impossível não lembrar com algum carinho da menina sardenta que corria atrás dele e tentava imitá-lo subindo em árvores e compartilhando seus jogos preferidos. Tão carente de atenção a pequena Katerina!

Leva a taça de vinho aos lábios e bebe um longo gole, ouve lorde Mullingar falar de negócios, o assunto finalmente chamando sua atenção, observa as ideias de seu avô, um tanto ultrapassadas... Vai precisar mudar muita coisa para que continuem tendo lucros decentes.

Katerina olha disfarçadamente para Harry, nota que ele presta atenção em seu pai, finalmente o observa sem medo de ser pega no flagra... Mas como pode ser tão bonito? E como um imã, ele volta a olhá-la, seus olhos se encontram, Katerina abaixa o olhar rapidamente, segura a taça e bebendo delicadamente tentando disfarçar, pode sentir que ele esta dando um de seus sorrisinho debochados.

E não está de todo enganada, Harry umedece os lábios para disfarçar o sorriso, continua encarando-a alguns segundos até que se vê obrigado a responder uma pergunta de Albert... Nos minutos seguintes não é mais possível observar Katerina, o jantar termina e como de costume, os homens vão para o escritório tomar um brandy e as mulheres vão para a sala aguardar que os homens terminem seus assuntos.

Katerina assiste Victory tocar o piano com perfeição, cruza as mãos ansiosa fazendo contas mentalmente... Prometeu ir a festa de Serena mas não sabe como vai fazê-lo... Se não tivessem esse compromisso, seus pais iriam dormir cedo como sempre facilitando sua fuga, porém agora eles chegarão tarde em casa... Terá alguns minutos para fingir que vai dormir, se vestir e fugir.

Serena é filha de um dos criados que acompanhou sua mãe quando ela se mudou da Espanha casada com o barão inglês. Agora Antônio se tornou o padeiro da vila. A festa com certeza será divertida, não pode perder, irá matar a saudade das modas espanholas e rever algumas pessoas que sua mãe tem proibido desde que voltou.

Na verdade sua mãe está bem mais difícil que antes, talvez porque fará uma espécie de debute esse ano, ou sabe-se lá porque... Tudo é motivo para brigar e colocar defeito, toda liberdade que desfrutou na casa de seus avós acabou assim que pisou na Inglaterra.

Ouve vozes masculinas no corredor tirando-a de seus devaneios...

Harry caminha junto com o grupo de homens, as mãos para trás, taciturno. A conversa no escritório foi um tanto tensa! Seu avô não chegou a pedir, exigiu que Lorde Mullingar "ceda" Katerina para outro matrimônio, e apesar de Mullingar não se mostrar disposto no início, logo foi induzido, depois de seu avô mostrar todas as promissórias que tem em seu poder. Os Mullingar estão completamente presos à aquelas promissórias feitas em dívidas de jogo. Segundo lorde Milward, tudo será perdoado assim que o casamento for consumado. Ele também não faz questão do dote. Para Harry é um tanto estranho seu avô fazer tanta questão que seja ela, o velho lorde esta irredutível!

Mais alguns passos e entram na sala, Victory para de tocar e lady Anne e Lady Miranda param de tagarelar, parece ter um ar de expectativa por todos os lados.

Harry sabe que agora é sua responsabilidade fazer o pedido como é o desejo "das duas famílias".

Olha para Katerina decidido:

__ Lady Katerina, poderia me acompanhar em um passeio no jardim?

Katerina o encara com estranheza, olha para seu pai, Albert e em seguida Nathan que tem uma expressão de quase desespero, vira já decidida a negar, porém seu pai se adianta:

__ É claro que sim, Katerina sempre reclama da saudade que sente desses jardins, não é minha filha?

Katerina quase desmente, o olhar de seu pai a avisa para se comportar:

__Bem, um pouco de ar puro não fará mal a ninguém, não?_ Força um sorriso e levanta.
Harry estende a mão para ela, Katerina coloca a dela por cima, o contato a arrepia não sabe o porque... A mão dele e tão grande e tão quente, o calor passando pelo tecido fino da luva... Engole a seco e o acompanha até a saída que dá no jardim como se estivesse indo para a forca...
Já Harry tem a mesma sensação apesar de estar conformado com o fato de finalmente se responsabilizar por um ato mal pensado de sua adolescência.

CAPÍTULO 5

Harry observa a jovem calada caminhar ao seu lado, olha por cima do ombro, já estão há alguns metros do castelo.

Respira fundo, olhando para o pomar/jardim, o aroma das flores e frutas se misturam, um tanto agradável, a noite apesar de fresca não chega a estar gelada.

Katerina tenta ignorar a sensação estranha no estômago, olha para o nada incomodada com o fato de ter que fazer essa caminhada contra sua vontade, só está perdendo tempo! Quanto mais demorar, mais tarde será para ir à festa... Fica pensando em alguma desculpa para se livrar da situação.

Esse lugar não mudou nada, é surpreendente! É como se eu não tivesse me ausentado por anos Harry comenta.

_ Não sei porque a surpresa, Lorde Milward sempre fez questão de deixar as coisas organizadas e intocadas desde que me conheço por gente, mania de se negar a mudanças e alterações de rotina.

Harry ri:

_ Isso me lembrou as armaduras do salão e o quanto meu avô é obcecado por elas.

_ Nem me fale. Lembra quando ficamos de castigo quase uma hora ajoelhados olhando para a parede só porque ousamos chegar perto demais?_ Katerina não consegue evitar o sorriso com a lembrança.

Harry a olha com ternura:

_ Outro dia te acompanho e te deixo tocar em uma_ Brinca.

Katerina respira fundo, fica séria, sem querer manter um diálogo amigável:

_ Está um vento gelado, acho melhor voltarmos.

_ Não, espere. Preciso lhe falar.

_ Sobre o que?

_ Acho que te devo desculpas... Se passaram anos mas, me vejo na obrigação de...

_ Não vou nem lhe dizer o que deve fazer com suas desculpas!_ Responde ríspida.

_ De verdade, Katerina, eu era muito inconsequente, nós éramos...

_ Por favor, não quero falar sobre esse assunto, como o senhor mesmo disse, passaram-se anos!

_ Sim, mas acho que tenho essa obrigação de... Bem, creio que não será grande novidade para voc... Milady, afinal, nossas famílias são próximas há anos, o casamento com Henry não deu muito certo, infelizmente aconteceu aquela tragédia e...

_ E?_ Katerina para de andar, o encara, a postura altiva.

_ Posso chamá-la por você? Acho ridículo essas formalidades, Katerina, nos conhecemos desde que tinhas esse tamanho!_ Harry mostra a altura de suas coxas, a mão virada com a palma para baixo.

_ Bem, já não tenho esse tamanho e nem intimidades com o senhor, prefiro que nos tratemos como a etiqueta dita.

Harry torce o nariz:

_ Minha nossa, é muito desnecessário isso, principalmente agora!

_ Agora o que?_ Katerina fala suave, cruzando as mãos em frente ao corpo, mantendo a postura formal.

_ Bem, como disse antes, não será novidade... Vou direto ao ponto. Tivemos uma longa conversa no escritório, meu avô, seu pai e eu, e chegamos a uma decisão... Um acordo.

_ Estou confusa, sir.

_ Então... Eles decidiram que será uma boa aliança e eu concordei pois me vejo na obrigação de consertar meu erro_ Harry respira fundo, tomando coragem. Até agora não tinha notado que precisava de alguma_ Lady Katerina, aceita se casar comigo?

Katerina o encara estupefata... Já se imaginou várias vezes sendo pedida em casamento outra vez e sempre sentiu vontade de sair correndo, mas nunca a vontade foi tão forte como agora!

__ E então? Espere, antes que responda, vamos ser honestos. Somos amigos desde criança, Katerina, será um negócio proveitoso para nós dois. Não vou tirar sua liberdade nem quero perder a minha. Será um casamento de conveniência, assim que te engravidar e você dar a luz á um herdeiro, te deixarei em paz, podemos fazer esse acordo entre nós. O que me diz?

Katerina o encara desejando socar o rosto lindo:

__ O senhor está me achando com cara de vaca parideira?

Harry fica chocado com o linguajar xucro saído da boca delicada, definitivamente, ela não mudou nada! Aliás, parece ainda mais desbocada!

O brilho de fúria nos olhos castanhos o deixa com a sensação de arrepio na nuca.

__ Estou profundamente ofendida! Lógico que não esperava um pedido romântico, até porque não aceitaria de qualquer forma, mas a maneira que o senhor colocou é estapafúrdia. Me dê licença!_ Katerina levanta o vestido, girando os calcanhares e voltando em direção ao castelo.

Harry a segue:

__ Não! Espere! Eu não quis ofendê-la, somente estava sendo prático. Katerina! Há vários casamentos por ai que funcionam assim... Aliás, a grande maioria. São acordos que abrangem o interesses dos dois... _ A segura gentilmente pelo braço.

Kat vira o rosto encarando-o, se desvencilha, Harry a olha atentamente:

__ Perdoe-me pelo mal jeito, talvez fui direto demais, me esqueci que já não temos a mesma liberdade de antes. Pense, por favor, nossas famílias ficarão muito satisfeitas com essa união, será bom para todos!

Katerina levanta o queixo orgulhosa, realmente ofendida... Ele fala como se estivesse fazendo um negócio!

__ Eu já cumpri um acordo imposto por minha família. Sou livre agora. E se for me casar de novo, pode ter certeza que não será com o senhor! Outra coisa, não se sinta obrigado a nada, foi uma bobagem o que fizemos e já não interfere em nossas vidas. Com sua licença_ Faz uma rápida mesura e volta ás pressas para o castelo.

Harry observa ela se afastar, dividido entre o alívio ou o sentimento de ofensa por ela ter negado.

Coloca as mãos nos quadris sem reação, nega com a cabeça e volta pelo caminho lentamente, se preparando para o que vai encontrar ao adentrar a sala luxuosa onde todos os esperam... Seu avô irá ficar extremamente frustrado!

Katerina entra na sala um pouco ofegante pelo esforço de se locomover rapidamente, os homens ficam em pé educados, todos a encaram com expectativas, olha fixamente para Lorde e lady Milward:

__ Desculpem-me, não estou me sentindo muito bem, obrigada pelo jantar. Milorde, milady, boa noite_ Faz uma rápida mesura e se retira da sala em direção ao corredor de saída.

Todos os olham confusos, Lorde Mullingar se levanta:

__ Perdoe-me os modos de minha filha, esses jovens dos dias de hoje estão difíceis. Lady e Lorde Milward, foi um prazer revê-los_ Também faz uma rápida mesura.

Miranda levanta, se despedindo rapidamente dos anfitriões, segura no braço do marido e seguem a filha, Albert e Nathan fazem o mesmo.

Segundos depois, Harry entra na sala, seu avô o encara:

__E então?

__ Então o quê?_ Lady Anne esta visivelmente confusa.

Victory cruza as mãos nas saias curiosa.

__ Victory, vá se deitar, minha filha_ Lorde Milward ordena.

__ Mas porque? Ainda está cedo vovô, eu...

__ Vá, menina, não me desobedeça!_ O velho lorde encara a neta firme.

Victory respira fundo, levanta obediente:
__ Bem, boa noite. Sua benção, meu avô.
__ Deus a abençoe, criança_ Os olhos azuis a encaram inteligentes.

Victory beija o rosto da mãe, olha para Harry condescendente, como se desejasse sorte, afinal, se tem que sair da sala é porque o assunto é sério. Caminha em direção ao corredor que leva as escadas um pouco desanimada... Esta tão cansada de ser tratada como criança por todos! Já tem quinze anos, suas regras desceram há quase um ano, não entende porque tem que ser excluída dos assuntos da família!

Harry olha para o avô:
__ Meu avô fez um acordo sobre meu casamento com lady Katerina, mãe_ Olha para Anne um tanto debochado, caminha até o bar e serve uma dose de brandy.

Anne fica boquiaberta:
__ Como assim, de última hora?_ Encara o sogro_ Meu senhor?
__ Sempre tive planos sobre os Mullingar porém não deu tempo com Henry já que ele faleceu, restou a Harry concretizar essa minha vontade.
__ Será impossível, meu avô_ Harry dá um sorrisinho de lado, se divertindo pela situação. Nem precisou se esforçar, katerina mesmo se rebelou.
__ Como?_ Harold Milward encara o neto.
__ Ela se recusa e conhecendo-a como a conheço, não tenho nenhuma chance.

Harold encara o neto, quase irritado:
__ Muito bem. Por hora, estou cansado demais para discutir sobre isso, amanhã venha tomar o desjejum comigo, conversaremos sobre esse assunto.
__ Sim senhor_ Harry beberica o brandy.
__ E tira esse sorrisinho idiota dessa face, eu não vou desistir tão fácil, rapaz. Vamos David_ O velho lorde chama seu valete.

Harry levanta uma sobrancelha, respira fundo tentando ser paciente.

Está desacostumado em ser manipulado e receber ordens, há dois anos é capitão do próprio barco, não é fácil se submeter... A não ser á seus superiores, mas isso é outra história. Decide dar uma volta para espairecer:
__ Mãe, vou à vila, preciso me entreter com alguma coisa_ Ainda lembra do pequeno clube para cavalheiros no centro, quem sabe pode praticar um pouco de pugilismo para desestressar?
__ Vá, meu filho, eu vou me recolher.
__ Bom descanso.
__ E tu, juízo!_ Anne beija o rosto de filho, se retira da sala.

Harry termina de beber o cálice e vira, decidido a encontrar algum divertimento que o livre daquele tédio.

*****

Katerina revira os olhos impaciente, está á quase uma hora ouvindo o sermão de seu pai desde que saiu do castelo:
__ Onde já se viu? Não vou me conformar jamais!_ Lorde Mullingar esbraveja.
__ Marido, devo confessar que concordo com Katerina, eu também diria não! Henry era um cavalheiro, um príncipe, agora olha para aquele selvagem? Parece uma aberração com aqueles cabelos, e as roupas? Mal educado, vestindo trapos, leviano! Merecemos um lorde digno para ser nosso genro, alguém de idade, experiente e bem sucedido_ Não quer imaginar a filha casando com alguém tão jovem e atraente outra vez. Ela não merece essa sorte!
__ Mulher, não se intrometa! Se estou falando que Katerina tem que aceitar, ela tem que aceitar! Só iremos nos ver livres de nossas dívidas se esse casamento acontecer!
__ Albert erra e sou eu quem pago? Ele deve cumprir com as obrigações dele..._ Katerina tenta se defender.

__ Cale-se maldita! Não sabes de nada!__ Albert a encara violento como se fosse agredila.

Katerina tensiona o corpo, pronta para se defender. Pode até apanhar, mas que ele vai sair com várias mordidas e arranhões, a vai!

__ Chega!__ Lorde Mullingar ordena. Olha para Katerina__ Irás reverter essa situação, está me ouvindo? Irás aceitar sim! É uma ordem.

Katerina respira fundo:

__ Não tenho essa obrigação papai, acha justo...?

É interrompida pela voz esgarçada de sua mãe:

__ De quanto é essa dívida?__ Miranda pergunta ao marido.

__ Estamos falidos, mulher... Falidos! Já coloquei a venda a casa de Londres, se não cumprirmos o acordo perderemos essa propriedade também!

Katerina assiste calmamente a mãe ter uma sincope... Os olhos da mulher quase saem de órbita, ela cai para trás, dura como uma pedra, uma bagunça de saias e saiotes.

Um reboliço se instala, correria de criados em busca dos sais, Albert fazendo drama, seu pai e Nathan tentando carregar sua mãe até o sofá.

Lady Mullingar volta a consciência em um pranto desgostoso:

__ Oh meu Deus, que escândalo! O que minhas amigas vão pensar? Será um fracasso o debute de Katerina! Não é justo!__ Ela senta de supetão__ Irás aceitar, Katerina, ponto final, não há escolha!__ No fundo torce para que aquele selvagem tenha costumes ilícitos, não consegue lidar com a possibilidade de Katerina se sair bem.

Kat levanta do sofá, sorri docemente:

__ Boa noite á todos__ Ignora a todos, se retirando enquanto ouve ameaças de sua mãe e Albert. Não quer pensar em nada agora, irá á festa de sua amiga, sem preocupações. Quer se divertir um pouco, dançar uma boa moda. Depois pensará em algo para se livrar daquilo. Sorri satisfeita.

Minutos mais tarde, após a Casa Mullingar estar em completo silêncio, todos em seu merecido repouso, uma silhueta escapa pelos fundos caminhando silenciosamente até uma das baias... Logo o cavalo se afasta do local á galope, em direção a vila.

*****

Harry cavalga lentamente pela vila, logo na entrada já ouviu a cantoria, o violão e castanholas soam livres pelo ar, melodias espanholas.

As ruas estão quase desertas, sabe que todos devem estar na praça que fica exatamente no centro, guia o cavalo naquela direção, de longe vê pessoas em volta da fogueira, desmonta e caminha até lá, parando a certa distância curioso... Vários casais dançam sorrindo, a alegria é contagiante... Fica surpreso ao reconhecer os cachos ruivos, cruza os braços observando...

Katerina gira conforme a coreografia, o vestido rodado acrescenta um charme, os ombros a mostra... Tem uma flor amarela como arranjo nos cabelos... Não tem uma beleza estonteante do tipo que faz todos caírem aos seus pés, mas é cativante, com uma graça natural.

Percebe ela sair e segurar uma caneca de cerveja, um dos músicos o vê:

__ Lorde Milward, que honra! Junte-se á nós!__ Convida.

Katerina olha na direção que o violeiro fala, vê Harry se aproximar, fica tensa... E agora? Ele vai entregá-la ou vai guardar segredo?

Harry para de frente com ela:

__ O que diabos estás fazendo aqui esse horário e sozinha?

__ Vim festejar com amigos__ Kat soa na defensiva.

__ E seus pais sabem disso?

__ Claro!__ Kat mente, sente uma mão segurar a sua, vira, Eli, um rapaz morador da vila sorri:

__ Venha dançar, milady!

Katerina se deixa levar aliviada, olha para Harry por cima dos ombros antes de se meter entre as pessoas para dançar uma quadrilha.
__ Milorde? Venha dançar também_ Serena sorri amigável.
__ Desculpe, eu não sei dançar essas..._ Não termina de responder, nota Katerina sorrir para o rapaz que a levou, sente um aperto no peito, segura a mão da moça e caminha até o grupo, se posiciona ao lado do acompanhante de Katerina, olhando-a sério. Katerina o ignora.
A quadrilha começa animada, Harry acompanha os passos tentando não se perder, nunca foi muito de dançar. Em certo momento, na troca de casais, pula a moça que iria ser seu par e segura Katerina pela cintura, que deixa de sorrir imediatamente:
__ Mas o que...?
Harry continua passando pelas pessoas até saírem do círculo de dança, a segura pelos braços:
__ Bem, fiquei preocupado com a possibilidade de uma fuga tua... Não vou ficar na festa mas Albert está chegando, então não tem perigo_ Mente.
__ Albert está aqui?! Meu Deus!!!_ Katerina se desvencilha, olha para Serena, que a olha de longe enquanto dança. Acena e sai as pressas.
Harry observa ela praticamente correr ate o tronco onde deixou o cavalo, montar e sair a galope... Tão fácil pegar as pessoas na mentira! Olha para os demais participantes da festa, estão entretidos entre si, volta até o cavalo, monta e esporeia, indo atrás de Katerina. Não demora muito, a vê na estrada, a alcança:
__ Sabia que estavas mentindo!_Emparelha o cavalo com o dela, Katerina diminui a velocidade, o cavalo resfolegando de cansaço, o ignora outra vez.
Harry também diminui, fica irritado:
__ Não tens juízo nenhum, não é? Olha o perigo que correste vindo aqui a essa hora sozinha!
__ Sei me cuidar muito bem_ Katerina responde rude.
__ Essa sua adagazinha minúscula não vale de nada quando se trata de um adversário maior e mais forte!
__ Ora, não me subestime! Tens certeza que Albert estava indo pra lá?_ Muda de assunto.
__ Er... Não, eu menti_ Responde sincero.
Katerina olha para ele chocada... Seu rosto se torna expressivo, enfurecido, agarra o chicote e tenta acertá-lo na coxa, Harry levanta a mão e segura, enrolando no punho e arrancando da mão dela, o movimento brusco quase os derruba no chão:
__ Estás maluca? Se isso assusta tua montaria ou a minha?! Olha o acidente que pode acontecer!
__ MALÚCO É O SENHOR! COM QUE DIREITO ACHAS QUE PODE MENTIR PARA ALCANÇAR O QUE DESEJA?! HIPÓCRITA!
__ Se eu tivesse pedido para vir embora, teria vindo?
__ É CLARO QUE NÃO!
__ Bem, os meios justificam os fins.
Katerina o encara furiosa, acerta o flanco da égua, que sai em disparada:
__ MINHA MÃE ESTÁ CERTA! ÉS UM SELVAGEM MAU CARÁTER!
Harry ri:
__ É isso o que ela pensa?_ Acha graça. Faz um bom tempo que não se preocupa com julgamentos alheios. Esporeia o cavalo e a segue.
Katerina olha por sobre o ombro:
__ VÁ EMBORA!
__ NÃO ATÉ DEIXÁ-LA EM SEGURANÇA EM CASA!_ Responde alto para que ela o ouça.
Katerina vê os portões da Mullingar House, puxa as rédeas, desmonta antes mesmo da montaria parar.

27

Harry nega com a cabeça:
__ Vai! Tropeça mesmo na barra do vestido, torce mesmo o pé!_ Repreende suavemente.
Katerina vira com as duas mãos na cintura:
__ O que queres?
__ Ah, finalmente, parou com as formalidades agora!
__ Estás me seguindo? Quais suas intenções?
__ Não para a primeira pergunta, as melhores para a segunda_ Harry segura as rédeas e a olha de cima do cavalo... Ela parece ser ainda mais pequenina.
__ Muito bem. Pare. Não estou interessada em suas intenções, não vou mudar de ideia, não vou me casar com o senhor.
__ Senhor de novo?_ Harry revira os olhos, desmonta e para de frente_ Não tens escolha, Kat. Quero consertar o meu erro. O que fiz não foi certo, te deflorei.
__ Tarde demais!
__ Nunca é tarde para tomar a decisão certa. Quero torná-la uma mulher decente.
Katerina fica boquiaberta, cai na gargalhada:
__ Se casar-me com o senhor me tornará uma mulher decente, prefiro continuar sendo uma meretriz!
__ Porque me repudia Katerina?
__ Não te repudio, Sir. Sou viúva de seu irmão, já pequei uma vez por sua culpa, não vou fazê-lo de novo!
__ Minha culpa? Me lembro muito bem de ter te dado escolha de parar e respondeste "continue"!_ (Afina a voz, debochado).
__ Ai, mal me lembro daquela noite, agora já não me importa! Me deixe em paz!_ Katerina vira, caminhando em direção ao portão.
Harry assiste ofendido... Ora, sofreu como um condenado para tirá-la da cabeça na época pelo simples fato de saber que ela estava comprometida com seu irmão, nunca foi muito bem sucedido, agora descobre que ela não lembra de nada! É um ultraje!
Volta até o cavalo e monta, uma sensação estranha no peito... Decepção? Esporeia o cavalo, decidido a voltar para Milward House.
Bom, tentou uma segunda vez, seu avô terá que se contentar, não poderá culpá-lo, muito menos deserdá-lo.

CAPÍTULO 6

Harry para em frente a porta do quarto de seu avô exatamente no horário combinado, está aberta.
Dá uma batidinha:
__ Com licença?
Os olhos azuis levantam da xícara de chá, lorde Milward acena com a mão para que ele entre:
__ Gosto de sua pontualidade rapaz, entre.
__ Bom dia_ Harry entra e caminha até a mesa de café da manhã posta, senta.
__ Muito bem, e então? Me diga exatamente o que aconteceu ontem.
Harry se serve de chá:
__ Ela disse não, foi o que aconteceu. Estou sim disposto à fazer sua vontade, meu avô, mas ela se nega, não posso obrigá-la.
__ Não me pareces do tipo que desiste facilmente.
__ Não sou. Mas nunca obriguei uma mulher a me aceitar, não vou começar agora_ Harry levanta o olhar para o avô, os olhos verdes irredutíveis.
Lorde Milward beberica o chá placidamente, levanta o olhar para o neto:
__ Ninguém está falando para obrigá-la. Seduza-a até que ela esteja em sua cama por livre e espontânea vontade. Depois disso, ela não terá escolha.
__ Não vou jogar sujo, meu avô.
Harold deixa a xícara no pires, encara o neto:
__ Pensas que me engana? Estou muito bem informado de suas ações, de seu comportamento e de seu mal caráter. Sei tudo sobre seus negócios e que és um fora da lei, usando um nome falso! Agora quer se fazer de bom samaritano?
Harry fecha os pulsos, um início de fúria nascendo em seu interior... Seu avô não sabe de nada, não sabe tudo o que passou e acha que sabe!
__ Não vou seduzir ninguém. Nunca precisei desrespeitar mulher alguma para tê-las em minha cama, não vou descer tão baixo. Tenha um bom dia_ Harry levanta da mesa colocando o guardanapo com rudeza, vira em direção a porta.
__ Então não reclame com minha maneira de tomar providências. Quero Katerina como sua esposa e como sempre, vou conseguir o que quero.
Harry trava o maxilar irritado, caminha até a porta e sai sem dizer nenhuma palavra. Outra vez se vê encurralado sem poder impor suas vontades. Odeia se sentir nessa posição.
Desce as escadas correndo, passa pelo salão como um furacão, sai no pátio:
__ FRANCIS!_ Berra furioso,
O homem aparece em segundos, ofegante e pálido, a expressão assustada:
__ Sim, milord.
__ Atrele meu cavalo, um para ti e o Death_ Batizou o cavalo selvagem com esse nome como em uma piada macabra_ Vamos para as colinas. Preciso gastar energia.
__ Sim senhor!_ O homem sai praticamente correndo.
__ Quem é Death? O que irás fazer na colina?_ Anne se aproxima do filho.
Harry passa os dedos nos cabelos, impaciente:
__ Vou domar aquele animal.
__ QUE? Não, Harold, por favor...
__ Mãe, agora não!_ Harry se afasta.
Anne fica trêmula... Ele vai tentar domar aquele animal assassino! O meu Deus! Não sabe o que fazer! Vai em direção ao estábulo, em minutos encontra Francis distribuindo ordens para os seus subordinados:

29

__ Francis! O que Harold quer com aquele cavalo?
__ Milady_ Francis faz uma mesura respeitosa_ O jovem Lorde decidiu domá-lo para dar de presente à noiva.
__ Não! Eu não quero meu filho perto daquele animal amaldiçoado... Por favor, tente impedi-lo!
__ Perdão milady, mas o jovem lorde é muito obstinado! Acredito que a única pessoa que possa fazê-lo mudar de ideia seja a própria lady Katerina. E olhe lá!

Anne afirma com a cabeça angustiada, gira nos calcanhares e caminha ás pressas para dentro do castelo. Precisa enviar um recado para Katerina, urgente!

Kat sorri meiga ao ver seus alunos saírem pelas portas da abadia da capela onde esta ministrando as aulas, todos bem arrumadinhos e penteados, com seus cadernos embaixo do braço... Valeu a pena suas doações!

Levanta o olhar e vê um rapaz se aproximar à galope com uniforme usado pelos criados dos Milward, ele puxa as rédeas e desmonta assim que o cavalo para, corre em direção á ela com uma mensagem na mão:
__ Lady katerina, não a encontrei em Mullingar House e fui informado que milady estaria aqui. É uma mensagem urgente de lady Milward.

Katerina estranha, segura o papel, abre... Conforme lê seu coração se torna pequeno de preocupação:
__ Harry enlouqueceu? Oh meu Deus_ Levanta a barra do vestido_ É claro que vou impedi-lo!
__ Se quiser usar minha montaria..._ O rapaz oferece.
__ Não, vou cortar o caminho, só dá pra ir a pé. Obrigada por me avisar!
__ Por nada.

Katerina se afasta as pressas. Dez minutos sai de entre o bosque, as colinas verdejantes com longos pastos livres aparecem a sua frente... Ofegante, suada, ruborizada pelo esforço, sobe o pequeno morro sem diminuir a velocidade, ouvindo-o de longe:
__ HAROLD!

Harry segura a ponta da corda em volta do pescoço do belo cavalo, uma vara na outra mão, faz o animal cavalgar em círculos:
__ Bom garoto!

Ouve a voz feminina, vira o rosto e se depara com uma Katerina furiosa subindo o morro rapidamente, um tanto descabelada, vermelha como uma pimenta. Sorri charmoso:
__ Bom dia!
__ ENLOUQUECESTE HOMEM?!_ Katerina vê tudo vermelho, de tão nervosa, que só nota ele sem camisa quando está perto o bastante, emudece. O corpo definido tem desenhos por várias partes na pele, principalmente nos braços! Já tinha lido sobre homens do mar que se tatuam quando vão para à Índia mas ver assim, a olho nu é horripilante. Engole a seco assustada.

Harry percebe o horror estampado no rosto delicado, não sabe porque, aquilo o diverte!
__ Estavas falando o quê?_ Continua a fazer o cavalo trotar em um grande círculo.

Katerina desvia o olhar constrangida, passa as mãos nos cabelos rebeldes que escaparam da longa trança:
__ Vista-se por favor!
__ Oh! Claro! Francis?_ Harry estende a corda para o ajudante, que vem e segura. Caminha até a camisa jogada no chão, veste e começa a fechar os botões. Termina e a olha:
__ Prontinho. Perdoe-me, não queria ferir suas sensibilidades.

Katerina olha para ele, se nega a se sentir intimidada, coloca as duas mãos na cintura:
__ O que pensas que está fazendo?!
__ Uhm! Tivemos um bom avanço, me chamou pelo nome, me tratou por você! Muito bem!_ Debocha.
__ Olha, não me irrite!_ Katerina aponta o indicador para ele, ameaçadora.

Harry observa como a mão dela é pequenina e delicada:

30

__ O que foi agora Katerina?
__ Eu te proíbo de domar esse animal! Está me ouvindo? Sua mãe está desesperada! Não quero ter essa responsabilidade em minhas costas! Por favor! Nem mesmo vou aceitar esse presente.
__ Poxa, estragou minha surpresa!_ Harry força a expressão triste.
__ Para de brincar, Harold! Esse é um assunto sério!_ Katerina repreende.
__ O animal não tem culpa da arrogância de Henry que quis montá-lo como se fosse dono, não teve respeito. Eu estou criando uma amizade com a criatura, estou respeitando-o, assim como ele aprenderá a me respeitar. Não há perigo, acredite!
Katerina observa o rosto bonito, os cabelos úmidos pelo suor tem as raízes lisas e fazem cachos na região do pescoço. Os olhos verdes estão um pouco mais claros com o reflexo do sol, os lábios rosados... Difícil não ficar embasbacada com tanta beleza!
__ Harry, não vou aceitar esse presente e não quero correr esse risco. Esse animal é muito violento, eu estava presente quando aquela tragédia aconteceu!
__ Eu sinto muito, Kat. Meu irmão subestimou esse animal e sofreu as consequências, não vou cometer o mesmo erro... Olhe para ele, como é uma bela espécime! Seria um desperdício deixá-lo escondido e muito cruel sacrificá-lo!
Katerina olha para o cavalo, que trota com graça. Não vai negar que se apaixonou por ele assim que o viu mas... Imaginar a possibilidade de acontecer com Harry o que aconteceu com Henry a deixa desesperada, não suportaria perdê-lo assim...
(Que besteira estás pensando Katerina? Oras Bolas!)
__ Venha vê-lo de perto, assim entenderás que não há maldição alguma, esse negócio de mal espirito é crença de ignorantes.
__ Estás xingando á todos nós de ignorantes!_ Katerina se ofende.
__ Pois é. Permita-me te provar que estás errada?_ Harry estende a mão.
Katerina olha para a mão enorme, olha para ele... Não. Não vai amolecer! Olha para Francis:
__ Mr Smith. Traga esse cavalo até aqui.
__ Sim, milady_ Francis obedece, segura a focinheira e traz o cavalo.
Harry coloca os braços para trás, apoiando o peso do corpo em uma perna, observando.
Katerina parar de frente ao cavalo.
É a primeira vez que o vê desde a tragédia, os grandes olhos castanho-escuro do animal a encaram atentos... Parecem carente... Katerina estende a mão e acaricia o focinho delicadamente, um pouco insegura.
__ Nunca imaginei vê-la com medo de um cavalo_ Harry fala baixinho.
Katerina não responde, a lembrança de Henry no chão com o pescoço disforme vem em sua mente. Se afasta, olha para Harry:
__ Venda-o. Eu não o quero.
Harry a olha com tristeza... Será que ela amava tanto Henry que não é capaz de perdoar um animal inocente?
__ Não consegues perdoá-lo? A perda foi tão dolorosa assim?
Katerina afirma com a cabeça, Harry sente o coração sangrar... Ela amava Henry!
__ Muito bem, vou vendê-lo...
Katerina respira aliviada.
__ ...Depois de domá-lo_ Harry conclui, determinado, segura a corda e se afasta, levando o cavalo consigo.
Katerina assiste impotente... Nega com a cabeça, olha para Francis:
__ Não permita que ele monte até que o animal esteja pronto. Por favor!
__ Vou tentar... Mas não prometo. Milady conhece-o suficiente para saber que milorde só faz o que quer.
Katerina olha para Harry preocupada, abaixa a cabeça e começa a descer a colina.

Harry vira e a observa se afastar, o olhar entristecido... Não entende o porque está tão triste!
Então ela amava Henry... Assim como todos sempre o amaram, o rapaz justo, bem educado, decente. Completamente diferente de si, que já era difícil antes, agora então, depois de ter sujado tanto as mãos... Henry a merecia. Não se sente digno dela.

*****
Katerina fecha a mensagem que enviara para lady Anne, apoia o queixo na mão, lembrando de Harry sem camisa... Apesar daqueles desenhos horríveis, não pôde deixar de perceber como o corpo dele é bonito... Aiai....
_ Lady Katerina?_ A voz adolescente de Elliot soa interrogativa.
_ Ãh?_ Katerina levanta o olhar confusa, se dá conta de que está sonhando acordada_ Ah!_ Disfarça_ Entregue isso para Lady Milward por favor.
_ Sim, milady_ O rapaz responde, segura a mensagem e se retira.
Katerina volta à apoiar o queixo na mão, lembra do corpo másculo, completamente nu saindo da agua_ Minha nossa senhora!_ Levanta, atrapalhada, arrumando a mesa da escrivaninha como se tivesse sido pega em flagra... Precisa se confessar!
Harry chega no castelo quase na hora do almoço, sai distribuindo ordens, mal humorado, querendo que lhe preparem um banho, ver as criadas e criados agitados para cumprir suas ordens lhe deixa nostálgico... Saudades de ver seus homens correndo pelo convéns, saudade do mar, saudade da sensação de ter o coração livre, não devia ter voltado... O que diabos Katerina está fazendo com ele? Seu humor piora um pouco mais, se é que é possível!

CAPÍTULO 7

A água do lago está agradável essa manhã, Katerina desliza com facilidade, tentando relaxar um pouco... Teve um pesadelo horrível com Harry, via toda a cena do acidente mas ao chegar perto não era Henry e sim Harry no lugar... A angustia ainda aperta o peito.
Depois de dez minutos relaxando, nada em direção á margem, encontra o solo e fica em pé, passando a mão no rosto para tirar o excesso de água, abre os olhos e paralisa. Harry esta entrando, um sorrisinho fofo nos lábios:
__ Bom dia!_ Fala animado.
__ Como ousa?!_ Katerina tenta desviar o olhar do peitoral e daqueles desenhos estranhos.
__ Nossa! Trocou as ferraduras hoje?_ Harry soa ofendido.
__ Grosseirão! Como ousa entrar na água sabendo que estou aqui, seminu ainda!
__ Ora, Kat, o lago está a maior parte em MINHA propriedade, portanto é um direito meu...
__ Há outras margens mais para lá, porque escolheu logo essa?
__ Porque é MINHA propriedade e eu escolho o local que me aprazer!
__ Já se vê que não és um cavalheiro! Jamais me constrangeria se fosse um.
__ Não ficavas nada constrangida quando nadávamos aqui antes.
__ Antes era muito diferente!
__ Me aponte as diferenças então?
__ Éramos amigos e inocentes...
__ Aaaaah, agora não somos mais... Não tem problema, podemos cultivar nossa amizade. Agora, sobre a inocência, sinto muito_ Sorri sacana.
__ Inconveniente. Hum!_ Katerina faz menção de sair, o encara_ Vire-se e me dê privacidade.
__ Com certeza! Porque ao contrário do que dizes, sou sim um cavalheiro_ Harry vira. Katerina examina as costas largas, ele é tão atraente, minha nossa!
__ Fico tentando entender porque insistes em duvidar do meu caráter_ Harry reclama_ Sou muito bem educado, obrigado.
__ Ora, a começar por esses rabiscos que tens na pele_ Katerina começa a sair.
__ Tatuagens? Isso é normal, Kat, só não estás familiarizada, mas no Oriente isso é um costume...
Katerina o ignora, Harry vira e a olha, ela usa um camisão branco que cola na pele, deseja vê-la de frente para admirar os seios...
Katerina o encara:
__ Vire-se!_ Cobre os seios com o braço.
Harry não vira, porém evita olhar em outro lugar que não seja as faces delicadas:
__ São desenhos, Katerina, feitos por artistas.
__ São vulgares!_ Katerina franze o cenho desgostosa.
__ Não quer ver de perto? Saber o que significa?
Katerina fica curiosa:
__ E não dói?
__ Só na hora de fazer e alguns dias para cicatrizar. Venha ver.
Katerina fica desconfiada, mas a curiosidade é maior. Se aproxima, Harry também vêm ao encontro dela, deixando o tronco todo fora d'agua.
Kat para de frente com ele, observa os dois pássaros... São muito bem desenhados!
__ É um macho e uma fêmea! Olha os padrões!
__ Esses significam que estou voando livre mas sempre estou olhando pra ela...
__ Quem é ela?

__ Ainda não encontrei.
__ Uhm.
__ Essa é o desenho do meu barco_ Harry mostra do braço.
__ Tens um barco!
__ Tenho. Pode tocar.
Katerina observa os detalhes encantada:
__ Mas isso é pura arte!
__ Sim. Tem esse_ Harry mostra duas mãos dadas_ Aliança... E essa_ Uma carta do baralho_ Essa salvou minha vida...
Katerina o encara surpresa, Harry sorri:
__ Longa história.
__ Não são tão estranhas vendo de perto_ Katerina toca a rosa com a ponta do dedo.
__ Essa é uma lembrança...
__ Lembrança de quem?
__ De uma jovem que conheci e ficou adoentada. Faleceu...
__ Oh! Sinto muito!_ Katerina levanta o olhar, percebe que ele está perto demais, engole a seco retirando a mão.
Harry observa os lábios dela imaginando como seria beijá-los agora... Ela foi sua primeira experiência, como seria agora que já experimentou tantas... Sem querer, fixa os olhos nos seios, são pequeninos e arredondados, os mamilos rosados destacam através do tecido transparente... Sente a garganta seca, o corpo reage com intensidade, estranha... Katerina não faz seu tipo, gosta de mulher voluptuosa com seios fartos e curvas sensuais, ela é franzina, parece estar em fase de crescimento, muito magrinha, então por quê esta sentindo tanto desejo de afundar o rosto entre os seios juvenis e provar o sabor da pele macia? Já faz tanto tempo!
Katerina dá um passo atrás, sem graça:
__ Vou sair. Vire-se por favor?
Harry vira, aproveitando para acalmar os ânimos do próprio corpo.
Katerina se afasta o mais rápido que pode... O que estava pensando ao aceitar observá-lo tão de perto? Onde estava com a cabeça ao tocá-lo? De repente, seu rosto queima de vergonha.
Sai correndo pela areia, segura a roupa corre para atrás de uma moita.
Harry mantém os olhos fechados tentando resistir a vontade de olhar, quando acha que já deu tempo dela se esconder, vira e acaba tendo uma boa visão das pernas extremamente femininas, a cintura fina e o bumbum com o camisão colado enquanto ela dá uma corridinha até a moita mais próxima. Vira de costas subitamente, mordendo o lábio inferior, excitado... Mas que droga!
Katerina termina de se vestir, começa a sair de detrás da moita, vê Harry vindo, vestindo a camisa, arruma os cabelos em uma trança torta e rápida:
__ Vou indo. Tenha um bom dia.
__ Não, espere. Quero voltar à aquele assunto, Katerin...
__ Não comece!
__ Porque te negas? Teu pai já deve ter comentado sobre a situação financeira de tua família, seria interessante aceitar. Meu avô está decidido em tê-la como a nova lady Milward. Teus pais ficam felizes, meu avô fica feliz, nós ficamos felizes e fim.
__ Harry, desista! É muito inconveniente essa insistência!
__ Pense comigo, Kat, nós combinamos! Se bem me lembro, foi tão agradável aquela noite!
__ Ai, por favor!_ Katerina torce o nariz_ Éramos duas crianças, você mudou e eu também.
__ Está bem. Um beijo. Se você não gostar, te dou minha palavra que não tocarei mais nesse assunto.
Katerina o encara incrédula... Começa a cogitar a possibilidade... Não é má ideia já que ele a deixará em paz depois:

__ Promete? Nunca mais falaremos sobre isso ou sobre aquela noite.
__ Prometo.
__ Ótimo_Katerina se aproxima_ Pode beijar.
Harry a encara... Parece estar tendo um dejá-vu, como se fosse levado para anos atrás... Porém agora sabe muito bem o que fazer.
O rosto delicado permanece plácido, ela aguarda de olhos fechados, a sua disposição. Estende a mão e a puxa pela nuca, amassando os lábios doces, entreabre os lábios abocanhando os delas, envolvendo-a pela cintura e pressionando-a contra si, cheio de vontade.
Katerina esperava tudo, menos aquele beijo ardente que vai arrepiando-a de baixo para cima... Quase não sente o chão nas pontas de seus pés, o peitoral forte pressionado em seus seios é a melhor sensação! A língua dele invade sua boca impondo o ritmo do beijo, estava esperando algo singelo como das outras vezes porém ele enrosca sua língua de uma maneira lânguida e urgente ao mesmo tempo! A mão em sua nuca segura seus cabelos com firmeza, já a mão em sua cintura aperta suas carnes com vontade... Sente os joelhos trêmulos, agarra a camisa para se segurar, sua cabeça gira enquanto corresponde tomada por uma paixão que não sabia ser capaz de sentir.
Harry desliza a mão da nuca pela costa, estreita o abraço perdido no sabor inocente, inebriado... De repente se afasta, assustado com a própria reação ao beijo.
Katerina se sente vazia quando ele a solta, quase dá um passo a frente sem querer interromper aquela sensação gostosa, abre os olhos...
Harry disfarça a própria agitação.
__ Bem, acho que isso foi o suficiente.
__ Vai me deixar em paz?_ Katerina pergunta suave.
__ Não gostou?
__ Não_ Katerina mente, se recompondo.
__ Não?_ Harry ri divertido_ Mentes muito mal, pequena.
Katerina semicerra os olhos:
__ Não vai manter sua palavra?
__ Eu disse se tu não gostasse..
Katerina se enfurece, vira e vai até o cavalo, monta, olha para ele:
__ O senhor não é de confiança! Bastardo!_ Chuta o flanco de Tempere, que sai em disparada.
Harry fica sério, não gostando nada da ofensa. Olha para o lago, outra vez, sente aquele mal humor voltar... Bastardo? Quem ela pensa que é? Já cansou dessa situação! O pior é não poder se livrar disso!
Katerina cavalga como um furacão, só para em frente ao escritório na outra extremidade de Mullingar House, onde Nathan passa o dia trabalhando. Desmonta e entra a passos largos, sabe que mesmo sendo muito cedo, ele já deve estar por lá. Abre a porta, o jovem rapaz levanta o olhar de algumas folhas:
__ Katerina? Bom dia!
Katerina caminha até ele decidida...
__ Aconteceu alguma c..._ Natham não termina a pergunta.
__ Me beije.
__ O que?
__ Me beije, Nath.
__ Mas o que... Como?
Katerina o segura pelo rosto e o beija, exatamente como Harry fez...
Nada. Não sente nada! Com Harry foi tão...! Solta o primo, Nathan está afogueado, os lábios inchados:
__ Kat! Quem lhe ensinou a fazer isso?
__ Fiz errado?

35

__ Não! Quem foi que te ensinou a fazer isso? Aquele brutamontes degenerado? Me disseste que teu falecido nunca tinha encostado em ti!_ Nathan a encara visivelmente decepcionado_ Katerina, uma moça decente não faz essas coisas!

Katerina o encara impaciente, vai em direção a porta, nega com a cabeça:
__ Me desculpe. Eu precisava fazer um teste.
__ Quem foi, Katerina? Quem tirou sua inocência?_ Nathan fala raivoso.

Katerina fica tentada a contar que não é inocente...
__ Eu. Eu tirei_ Katerina responde triste, sai desanimada... Naquela maldita noite... É a única culpada por aquela noite, sempre foi. Culpou Harry todos esses anos porque não tinha coragem de assumir, era só ter dito "pare". Uma única palavra e teria evitado tanto sofrimento.

Katerina engole o choro voltando pelo corredor, alguns trabalhadores a olham com curiosidade cumprimentando-a respeitosos, sai da construção e monta no cavalo, esporeia e volta para casa lentamente... Porque tinha que ser o Harry entre tantos homens?

Seu noivado com Henry foi tão calmo, ele era um cavalheiro, o máximo que fazia algumas vezes era segurar sua mão, nunca nem ao menos a beijou, mantendo a compostura sempre. O único beijo que trocaram foi um leve toque de lábios após a benção do padre. E logo depois aquilo tudo aconteceu, nunca mais teve nenhum relacionamento. Tinha tanto carinho por ele!

Começa a ficar chocada consigo mesma... Minha nossa senhora, o que Nathan deve estar pensando agora? Cobre os olhos com uma mão, nega com a cabeça e aumenta a velocidade da montaria dando a volta no prédio enorme ate chegar no celeiro... Vai escutar um sermão daqueles de sua mãe por chegar tarde em casa!

*****

Harry lê atento as ultimas anotações do irmão no balanço mensal de todas as propriedades, lucros, pagamentos, etc. Os meses seguintes estão uma bagunça desorganizada, terá que viajar para Londres o mais rápido possível para se reunir com os advogados e contadores do seu avô, só depois, ao se informar, conseguirá organizar aquilo. Seu avô, por sinal, não está ciente de toda essa desorganização.

Lady Anne para na porta:
__ Filho? Desculpe interromper mas... Preciso saber. Como vão as coisas com Katerina?
__ Não vão, mãe. Ela me repudia_ Harry fala, percebe estar magoado com essa realidade e isso é um tanto estranho já que nunca se sentiu assim antes.
__ Veja bem, vou convidar ela e a mãe para tomar chá comigo amanhã, você terá a chance de se aproximar.
__ Não sei se irá funcionar...
__ Pelo menos, tente voltar a ser um amigo, um passo de cada vez.

Harry olha para a mãe, apoia o cotovelo na mesa e segura a testa com a ponta do indicador:
__ Pode ser. Há outras coisas que estão me preocupando mais no momento. Vou ter que viajar para Londres.
__ Somente na semana que vêm, seu avô me mandou organizar um grande jantar, para introduzi-lo a sociedade como o novo herdeiro.
__ Ora, mas isso pode esperar!
__ Não, segundo ele... Seu avô quer que aconteça no próximo domingo.
__ Está na hora de meu avô perceber que ele precisa ser cuidado agora, não cuidar da vida dos outros.
__ Há, parece que não conheces o famoso Conde Harold Milward.

Harry revira os olhos irritado.
__ Bem. Vou mandar meu convite, aproveite a oportunidade_ Anne sorri docemente, se retira.

36

Harry dá de ombros, como "tanto faz", volta a se concentrar no caderno de balanço e nos vários papéis de contas, gastos e ganhos espalhados na mesa, tentando manter a cabeça ocupada.

CAPÍTULO 8

Katerina olha pela janela do coche, que transita livre pela estrada. Felizmente não chove há alguns dias então a estrada está bastante transitável apesar de sacolejar um pouco por causa dos pedregulhos.
__ Esse seu vestido é uma vergonha! Porque estás sem espartilho, Katerina? É muita falta de bom senso, pelo menos iria avantajar um pouco mais esses seios! Como esperas atrair a atenção de um homem se não se esforça? Seu rosto já não ajuda!
Lady Mullingar veio reclamando desde que saíram de Mullingar House, há quase 50 minutos. Katerina não responde, como sempre, ignorando as críticas quanto à sua aparência. De qualquer jeito não tem interesse em seduzir ninguém mesmo, está indo naquele chá por obrigação!
__ Precisas amarrar o jovem Lorde, nossa vida depende disso! Está mais do que na hora de pagar o que seu pai e eu fizemos por ti!
__ E o que fizeram por mim?_ Katerina olha para a mãe, altiva_ Me criaram todos esses anos? É exatamente o que pais fazem quando colocam filhos no mundo! Pelo menos a maioria dos pais, não entendo seus argumentos, mamãe.
__ CALE-SE! Não retruque quando eu estiver falando!
Katerina nega com a cabeça:
__ Porque a senhora me odeia tanto? O que eu fiz para merecer toda essa rejeição?
Miranda levanta o nariz a olhando com desprezo, desvia o olhar, sem responder.
O restante da viagem não voltam a se falar. Minutos depois chegam em Milward Castle, um criado abre a porta do coche e as ajuda a descer, Katerina olha para a grandiosidade do castelo e caminha ao lado de sua mãe até as escadas exteriores. Sobem, sendo recebidas pelo mordomo empolado, que faz uma profunda reverência.

*****

Harry beberica um brandy para relaxar enquanto olha a janela, tentando encontrar alguma distração... Realmente, o problema das finanças é preocupante e se suas desconfianças estão certas, seu avô andou perdendo um bom montante em negócios mal feitos nos últimos meses, o administrador não conseguiu fazer o trabalho direito.
Respira fundo, sentindo falta da época que sua única preocupação era saber se estaria vivo no dia seguinte... Vê um coche vindo pela estrada, reconhece o brasão dos Mullingar, fica surpreso ao perceber que tinha esquecido da confraternização simples organizada por sua mãe... Se prepara psicologicamente... Irá ver Katerina, e depois de seu atrevimento no dia anterior provavelmente ela estará munida com cinco pedras nas mãos.
(Ora, mas não é possível que o famoso Capitão Edwards está se sentindo intimidado por uma moça do interior! Tenha vergonha, homem!)
Dá de ombros fingindo não estar agitado por aquela visita... Não está com bom humor para galantear e jogar charme, será um teste a sua paciência. Olha para o teto entediado... É hoje!

Pouco mais de 30 minutos, Katerina beberica o chá docinho na xícara, devagarinho, para manter a boca ocupada e não ter que participar da conversa fútil que a pobre Lady Anne participa como ouvinte, sua mãe tagarela sem parar.
Victory também beberica o chá com a mesma expressão de paisagem no rosto e no momento que trocam um olhar, quase riem divertidas por reconhecerem uma na outra o próprio humor impaciente.
E o assunto termina. Lady Anne aproveita para liberar as duas jovens daquela formalidade:

__ Vic, querida, porque não mostra suas pinturas para Lady Katerina?
Victory levanta o olhar de sua xícara e sorri contente, olha para Kat:
__ Gostarias de ver?
__ Sim, por favor!_ Katerina também sorri. Nunca foi muito boa com artes, suas pinturas sempre foram uma vergonha mas qualquer coisa é melhor do que ficar ali.
__ Então vamos até meu Atelier, tenho várias...
Katerina levanta:
__ Lady Anne, com sua licença.
__ Fique à vontade, minha querida.
__ Obrigada!
__ Por aqui_ Victory indica com uma das mãos, as duas saem caminhando aliviadas.

O corredor no castelo entre a ala esquerda e o Atelier é longo e espaçoso, muito próximo a sala de música antes do grande salão, as duas jovens caminham pelo local, as vozes soando alegres e empolgadas enquanto conversam. Harry pode ouvi-las de onde está, a risada divertida tão familiar de Katerina o faz sorrir, corta o caminho por entre as passagens até encontrar o grande corredor onde elas estão, aguarda alguns segundos e sai como se fosse coincidência encontra-las ali.

Katerina para de sorrir assim que vê o belo gigante aparecer entre as grandes colunas do castelo, sente o coração acelerar ao encontrar os olhos verdes, sem saber como agir depois do beijo trocado.

Harry faz uma mesura elegante:
__ Boa tarde, Milady.
__ Milorde_ Katerina faz uma rápida mesura sem entender a atitude distante apesar do leve sorriso que ele tem no rosto.
__ Harry, vou levar Katerina para ver meus quadros_ Victory fala quase saltitante.
__ Ora, nada como um pouco de arte para melhorar o humor, não? Eu gostaria muito de acompanhá-las mas tenho que resolver um assunto, assim que terminar, as procuro para compartilhar de tão agradável companhia.

Katerina se vê tentada a testar a temperatura do homem à sua frente... Porque ele está agindo assim, como se estivessem em um salão de baile da mais alta estirpe?
__ Se as senhoritas me derem licença agora_ Harry faz outra mesura e sai caminhando, Katerina o segue com o olhar, estranhando.

Victory cruza o braço no dela:
__ Venha, terás bastante tempo para ficar com seu noivo...
Katerina a encara chocada:
__ Mas ele não é....
__ Tenho uma pintura muito recente, ainda não terminei, vou adorar ouvir sua opinião...
Katerina vai com ela sem escolha.

Harry observa as duas jovens sumirem de suas vistas, gosta da amizade entre elas. Continua a andar até a sala, assim que cumprimentar a futura sogra, irá atrás de Katerina para levá-la em um rápido passeio pelo salão de armas... Prometeu à ela aquele dia, sempre gosta de cumprir suas promessas.

As telas são realmente lindas, Victory apresenta sua arte toda sorridente, Katerina observa atenta a cada cor e cada nuance... Sempre achou muito lindo apesar de sua falta de talento.

Em certo momento levanta o olhar, se deparando com um par de olhos verdes.... Harry está na entrada do Atelier encarando-a de maneira intensa.

Harry espia as duas há alguns minutos, um sorrisinho encantado nos lábios... Não consegue lidar com o fato de Katerina ter um riso tão adorável.

Alguns passos e para na entrada do Atelier, querendo observa-las por mais algum tempo porém como um ímã, Katerina percebe sua presença, os lindos olhos cor de mel o encaram com certa reserva.

39

— Ah, ai estás!_ Victory sorri meiga, se dirigindo a Harry_ Katerina?_ Olha para a futura cunhada_ Meu irmão ficará encarregado de acompanhá-la, vou ter aula daqui há alguns minutos.

Katerina abre a boca na intenção de dar uma desculpa como negativa, Harry entra:
— Uma ótima oportunidade para vermos de perto aquelas benditas armaduras, o que me diz?

Katerina olha para ele engolindo a seco, queria poder fugir:
— Pode ser.
— Ótimo!_ Victory bate palminhas animada_ Então, até mais tarde, Katerina_ Faz uma leve mesura.

Kat assiste a jovem a sua frente se tornar em uma versão feminina e mais jovem do irmão, o mesmo sorriso, as mesmas covinhas... Victory praticamente escapa pela porta de madeira, Kat fica sem escolha:
— Pois bem, vamos então.

Harry dá a passagem mostrando o caminho com a palma da mão para cima, a segue caminhando lado a lado:
— E então... Não estás mais brava comigo?
— Estou.
— Uhm?!_ Harry coloca as mãos para trás, os olhos verdes tem um brilho divertido.
— Porém sou educada, não irei tratá-lo como merece.
— O que mereço, Kat? Não fiz nada de errado!
— Prometeu me deixar em paz...
— Se não gostasse de meu beijo.
— Não cumpriu sua palavra.
— Porque gostou_ Harry afirma categórico.
— Quem disse isso?_ Katerina o encara com as duas mãos na cintura.

Harry também para de andar:
— Seu corpo, sua boca, sua pele arrepiada sob meus toques_ Os olhos verdes tem um brilho intenso.

Katerina sente o ar faltar com tanta proximidade, desvia o olhar, voltando a andar:
— Não vamos discutir. Hoje será a primeira vez que poderei entrar naquela sala e ver de perto aquelas armaduras, portanto não vou desistir só porque não sabes agir como um cavalheiro.

Harry se ofende de verdade pela primeira vez:
— Estás me cansando, Katerina. Até quando usarás esse argumento contra mim? Sei que não tivemos um bom recomeço mas nunca lhe tratei como um patife.
— Já disse que não vou discutir.
— Como EU disse, não tens argumentos.

Harry franze o cenho incomodado, estende a mão e abre duas grandes portas de madeira. Katerina ignora a irritação de sua companhia, entra, olhando por toda extensão da grande sala, Harry também entra, respirando fundo, tentando manter a calma.

Caminham lado a lado, conforme vão passando pelas armaduras, Harry vai narrando a história de cada uma, lendas e lembranças de seus antepassados. Algumas Kat já tinha ouvido, outras, escuta pela primeira vez, vidrada pela magia de cada narrativa... Um clima amigável se instala entre eles.

E finalmente param de frente com uma das mais belas, onde a espada embainhada vem cravejada de pedras preciosas, uma fortuna. Katerina estende a mão, tocando com as pontas dos dedos:
— Maravilhosa! Posso segurar?

Harry ri:
— Essa deve ter quase teu peso, Kat_ Estende a mão e segura no punho, desembainhando_ É realmente muito linda, mas muito pesada... Esses homens deviam ser uns

monstros no quesito força bruta pois carregavam o peso da armadura, cota de malha, espada e escudo. Pense!
__ Não deve ser tão pesada assim_ Katerina observa Harry girar a arma duas vezes no ar com habilidade.
__ Felizmente meu avô parou com a mania de deixá-las afiadas. Isso aqui era um perigo, talvez outro motivo para manter crianças longe.
__ É_Katerina estende a mão, Harry estende a espada para ela.
Ao segurar, seus dedos se tocam, em seguida as mãos, Katerina outra vez fica com a respiração agitada:
__ Pode soltar.
__ Não vais aguentar, é pesada para mim!
__ Solta homem, eu aguento!
__ Então muito bem_ Harry retira a mão, Katerina sente o peso, acaba tendo que agarrar com as duas mãos, afasta as pernas para ter equilíbrio e mantém em guarda, pronta para a defesa:
__ Jesus! É muito pesada mesmo!
__ Eu disse!_ Harry segura de volta_ Aquela ali deve ser mais acessível para teu tamanho, era de um dos filhos que foi sagrado cavaleiro ainda adolescente... Meu tatatatata e assim vai, avô.
Katerina começa a rir:
__ Tatatatatassim vai...
Harry caminha até a outra armadura e desembainha uma espada um pouco mais leve e menor, estende para ela:
__ Quer testar?
__ Quero!_ Os olhinhos cor de mel ficam animados.
__ Em guarda_ Harry se posiciona.
Katerina segura a espada e olha para ele desafiante, agarra o vestido:
__ Só um minuto, deixa eu resolver essa desvantagem_ Dá a espada para ele, segura a barra do vestido, passando entre as duas pernas e faz um nó, improvisando uma calça.
Harry olha para as canelas branquinhas surpreso, acha fofo esse jeito moleca. A olha:
__ Pronta?_ Estende o punho da espada.
Katerina segura firme:
__ Pronta_ Afasta as duas pernas, segurando a espada ameaçadora, um sorrisinho sarcástico nos lábios.
Harry dá um sorrisinho, superior, estudando-a:
__ As damas primeiro.
Katerina levanta uma sobrancelha:
__ Irás arrepender-se por isso, Sir_ Inicia com um golpe seguro.
Harry somente se defende nos primeiros minutos, percebe que ela sabe muito bem o que esta fazendo mas parece ser segura demais de si, dando a impressão de subestimar o adversário... Ela não devia ter essa atitude.
Acaba cansando de "brincar", decide terminar logo com aquilo mas se surpreende... Não é tão fácil! Ela é boa! Muito boa! Conhece maneirismos, joga sujo para vencer!
Pode ser boa, mas não tão boa quanto ele!
O barulho do choque de metais preenche a sala, Katerina sente a adrenalina correr livre pelo sangue, adora cada segundo... Porém logo percebe que ele não está atacando, só defende, decide apertá-lo e jubila ao perceber que está dando trabalho, chega a acertá-lo no ombro, se estivesse afiada tinha feito um ferimento profundo.
Então ele avança em seguida, um golpe certeiro, o peso da espada que ele usa junto com a força do golpe a desestabiliza.
Harry aproveita para desarmá-la, os dois assistem a espada mais leve voar e cair no chão, a encara sorrindo de satisfação ao mesmo tempo que encosta a pontinha da espada abaixo do queixo gracioso:

__ E acabou.
Katerina torce o nariz, a respiração ofegante:
__ Sim, és o vencedor_ Fala contrariada.
Harry ri, achando graça no jeito carrancudo:
__ Realmente achaste que conseguirias me vencer? Kat, eu sou muito maior e mais forte!_ Desliza o aço gelado até entre os seios dela lentamente_ Apesar que vencerias facilmente um homem mal treinado_ Os olhos verdes fixam onde a ponta da espada parou, o decote expõe o colo branquinho e as curvas discretas dos seios...
Katerina fica sem graça com o calor daquele olhar, afasta a espada com a mão e se inclina, desamarrando o vestido, disfarçando a agitação interior:
__ Melhor voltarmos_ Arruma a postura e passa as mãos nos cabelos, vários fios se soltaram da trança por causa do exercício_ Jesus, devo estar horrível. Não estou com paciência para ouvir sermões hoje!_ Solta a ponta da trança e começa a desfazer com os dedos.
__ Posso te ajudar? Como nos velhos tempos?
Katerina afirma com a cabeça, insegura, ele se aproxima e acaricia as madeixas avermelhadas, começa a trançar:
__ Seus cabelos são tão bonitos, Kat... Acho que nunca disse isso antes.
__ Não_ Katerina sente o rosto queimar, tímida... Sempre recebeu tantas críticas por causa da rebeldia de seus cachos que é difícil acreditar no elogio.
__ Ele entrega muito de sua personalidade sabia?_ A voz grave e rouca soa intimista.
Kat permanece em silêncio sem saber o que dizer...
__ ... Rebelde e Ardente_ Harry termina de trançar, aperta os ombros dela, gentil.
Katerina se afasta imediatamente, meio trêmula:
__ Obrigada_ Olha para ele desconfiada.
__ Por nada_ Harry não desvia o olhar_ Kat...
__ Uhm?
Levanta uma mão e a acaricia com as costas dos dedos:
__ Eu senti sua falta. Todos esses anos_ Harry afirma, amigável.
Katerina dá um passo atrás, evitando-o:
__ Eu não. Eu senti rancor_ Responde sincera. Vira e se afasta, segurando o vestido para poder andar mais rápido.
Harry a observa se afastar, entristecido... Mas no fundo sabe que nada é mais justo do que esse rancor que ela sente. Errou, e errou feio.
As despedidas acontecem um pouco desconfortáveis, Katerina não volta a trocar olhares com Harry, que por orgulho não insiste. Lady Mullingar e Katerina vão embora no coche um tanto aliviadas por motivos diferentes.
Já Harry e Lady Anne observam da porta, ele taciturno e ela confusa, sem entender muito bem o porque do clima estranho entre os jovens.

CAPÍTULO 9

O sol brilha alto e agradável, naquela manhã de sexta feira, Harry caminha ao lado de Death, trazendo-o pelo cabresto, na outra mão os arreios de Arrow.
Passa em frente a capela, ouve as vozes infantis repetindo palavras ditas pela voz suave e firme de Katerina. Fica curioso, amarra os cavalos no tronco e se aproxima parando na janela.
__ Lady Kat, e como que eu falo "não posso"?_ Uma menina de cerca de 10 anos pergunta.
Katerina olha para a Sara, um sorriso suave nos lábios:
__ No puedo_ Responde.
Harry sorri de lado... Sempre adorou ouvi-la falar em espanhol mesmo não entendendo nada... Sabe que a maioria das vezes que a ouviu, provavelmente estava lhe xingando.
__ Mas está cedo para aprenderem frases, temos que focar na gramática primeiro, sim?
__ E como dizemos "te amo"?_ Outra menina pergunta.
Katerina respira fundo:
__ Te quiero.
__ Te quiero, meu amor_ Sara repete sonhadora.
__ Te quiero, Cariño_ Katerina sorri divertida, se sente observada, olha para a janela e vê Harry do lado de fora, uma mão apoiada no batente.
__ Milorde!_ As crianças também percebem, ficam em pé imediatamente, educados e respeitosos.
__ Não se acanhem com minha presença, continuem_ Harry mexe a mão displicente_ Estava interessante!_ Olha para Katerina_ Como é mesmo a frase que acabaste de dizer.
__ Qual? Te quiero, cariño?
__ Te quiero, cariño_ Harry repete com um forte sotaque, sorri, jogando charme.
Katerina fica sem jeito, olha para as crianças:
__ Amores, por hoje é só. Tenham um bom dia_ Caminha até a mesa e segura alguns papéis_ Irei corrigir esses textos e na próxima aula entrego. Não se esqueçam, a melhor historinha será lida para a sala por mim.
__ Sim, lady Kat. Bom dia_ As vozes infantis soam em uníssono, vão saindo da capela.
Kat também sai e fecha a porta, olha para Harry... Não o vê há quatro dias! Achou que o veria só amanhã no jantar que acontecerá em Milward Castle, onde ele será introduzido como novo herdeiro e futuro conde. Passa por ele altiva:
__ Vieste aqui fazer o que?
Harry a segue, se colocando ao lado:
__ Não vim "aqui", estava passando e ouvi as vozes, fiquei curioso.
Katerina o olha de canto de olho, mais um passo e vê o cavalo:
__ Ainda domando esse animal?
__ Sim. E ele está indo muito bem, diga-se de passagem.
__ Urgh. Tire ele de minhas vistas!
__ Ah, mas não é possível que mantenhas essa birra do pobre animal! Tenho treinado ele todos os dias, já evoluiu bastante! Não quer ver?
__ Deus me livre!
Harry gira o corpo, se colocando de frente com ela, apoia o braço no portão, impedindo-a de sair:
__ Katerina?
__ Uhm?_ Kat para de frente com ele, levanta o olhar, encontrando o par de esmeraldas reluzentes que são os olhos dele.
__ Sentias amor por meu irmão?
__ Porque essa pergunta agora?

__ Quero saber. Sei que sou capaz de lutar contra qualquer um, menos um espectro. Isso estaria além do meu poder_ Brinca.
Katerina o encara meio chocada:
__ Não há um porque lutar, será que não fui clara o suficiente?
__ Sim ou não? Seja sincera!
__ Tinha um carinho por ele.
__ Então nunca amaste ninguém?
__ Amei. Uma vez. E não vou sentir isso de novo. É doloroso e cruel.
__ Quem?_ Harry fica incomodado, se perguntando quem seria o salafrário?
__ Já passou. Não vou falar sobre isso, esqueça.
__ Me conte, eu conheço?
Katerina respira fundo:
__ Sim.
Harry franze o cenho:
(Nathan)
__ Aquele seu primo frangote?
__ Ora, não o menospreze, Nathan é muito mais homem e responsável do que alguns por ai. Agora me deixe passar?
__ Então é ele?
__ Não interessa, Harry, me dê licença, sim?
Harry a encara sério, abaixa o braço e a deixa passar, Katerina se afasta a passos largos.
__ Não quer que eu te leve em casa? O sol está quente_ Harry oferece.
__ Não precisa.
__ Faço questão, preciso falar com teu pai.
__ Estás só com uma montaria, e não vou montar aquele ali, nem irás montá-lo na minha frente!_ Katerina indica Death com a cabeça.
__ Não, estou com minha montaria e com Death.
__ Esse o nome que deste a ele? Isso é piada?
__ Nunca fui tão sério!_ Harry coloca as mãos para trás, os olhos brilham atrevidos.
__ Não, vou caminhando mesmo_ Katerina começa a caminhar.
__ Meia hora de caminhada, Kat!_ Harry vai até o outro cavalo e monta, cavalga até ela e oferece o pé e a mão de apoio_ Venha! Pare de ser orgulhosa!
Katerina olha para o pé, levanta o olhar para ele, o sol alto incomoda sua pele... O pior é que nem começou e já sente sede!
__ Vou me arrepender por isso..._ Apoia a mão na dele e sobe, usando o pé como alavanca, monta atrás dele com uma perna de cada lado, o vestido subindo até quase os joelhos. O abraça pela cintura.
Harry sorri satisfeito e esporeia a montaria, saindo em um trote leve, percebe que ela segura em sua cintura sem tocá-lo demais, agarra uma das mãos delicadas fazendo-a envolvê-lo direito no abdome:
__ Segura firme, não quero que sofras uma queda.
Katerina sente as costas largas contra seus seios, engole a seco, seu corpo reagindo de maneira constrangedora ao toque... Já se arrependeu por ter aceitado, só quer que chegue logo!
Harry também sente a maciez das curvas delicadas contra si, sorri de lado, sacana, deixando o cavalo trotar livremente... Não há pressa...
Alguns minutos de cavalgada em completo silêncio, quebrado pelo suspiro satisfeito de Harry:
__ Tão gostoso cavalgar assim contigo! Já tinha me esquecido da sensação.
Katerina tenciona o corpo:
__ Como assim? Ah, Harold, não acredito que estás usando de malícia comigo!
Harry vira o rosto de lado, tentando vê-la:
__ O Que?

__ É muita falta de vergonha nessa sua fuças!_ Kat emburra.
__ Mas o que falei de errado agora, mulher? A maliciosa aqui és tu! Estou comentando inocente.
__ Há, inocente!_ Kat debocha.
__ Sim! Até porque era super inocente na época, só comecei a te ver com outros olhos depois do primeiro beij...
__ Não! Não vamos falar sobre isso!
__ Por quê não?_ Harry puxa as rédeas e olha para trás_ Aconteceu, Kat, isso faz parte da nossa história, não precisa ficar na defensiva!
__ JÁ disse. Por favor.
__ Por quê? Por quê não queres tocar nesse assunto?
Katerina passa a perna pelo cavalo e desliza para o chão:
__ Obrigada por me trazer. Boa tarde.
__ Mas que...! Katerina, espere!_ Harry também desmonta, a segue a passos largos_ Kat, me permita remediar isso? Ainda há tempo de eu consertar...
Kat vira furiosa:
__ Por quê? Por quê essa insistência? Ãh? Deixe-me ver... Foste ameaçado por teu avô não é? Serás deserdado se não me conseguir como esposa!_A expressão chocada de Harry serve como confirmação, isso a magoa profundamente_ Então meu irmão não mentiu ao trazer esse assunto ontem, no jantar. Teu avô está te pressionando! Não queres consertar nada, estás sendo obrigado!
__ Não, Ka...
__ Pois avise teu avô que não vou aceitar, e essa decisão é minha palavra final!_ Katerina gira os calcanhares, sai a passos largos, retendo as lágrimas.
Harry fica irritado... Por quê Albert tinha que abrir aquele bocão?! Que droga!
Volta até Arrow e monta, saindo em disparada, uma agonia por dentro, passa pela capela e segura as rédeas de Death, logo chega nas colinas, voltando ao treino com o intuito de gastar as energias acumuladas... Só se da conta de que não falou com Lorde Mullingar um bom tempo depois.

Uma hora mais tarde.
__ Muito bem rapaz, vamos ver se dá certo?_ Harry arruma a sela em Death apertando as fivelas, passa as mãos nos cabelos úmidos de suor, olha para a camisa há alguns metros jogada no chão, caminha até lá e segura, chacoalha tirando a poeira e coloca sobre a cabeça como um lenço, quem sabe assim evita o sol forte e incômodo... Sempre adorou o calor mas também sempre tinha a brisa marítima para amenizar.
Volta decidido, apoia o pé no estribo, suspende o corpo e monta, o cavalo permanece quietinho, calmo...
Harry observa atento, dá alguns tapinhas no pescoço do animal:
__ Muito bem, garoto. Vamos fazer um passeio?_ Levanta a bota e enfia o salto no flanco do cavalo ... Voa pelos ares, caindo de bunda, em seguida de costas no chão...
__ Dor... Dói o corpo todinho! Geme, olhando para o céu azul e límpido, recuperando o ar que faltou por um segundo. Gira lentamente...Fecha os olhos e aguarda o corpo acostumar com o baque, vai levantando devagarinho:
__ Filho da...
Levanta e alonga o corpo, olha para o cavalo ameaçador. Manca quase imperceptivelmente até o animal, para de frente, os olhos verdes brilham de fúria contida:
__ Não tens medo de morrer não?
O cavalo continua impassível, Harry coloca as duas mãos na cintura, respira fundo:
__ Muito bem, já entendi. Flanco sensível. Vamos tentar de novo_ Dá a volta, ficando ao lado do cavalo, apoia o pé no estribo outra vez, o cavalo dá alguns passos a frente fazendo-o dar pulinhos com um só pé para não voltar a cair:

__ Parado, fi d'uma égua!_ Segura firme nos arreios obrigando-o a parar, suspende o corpo com agilidade e monta. Solta o ar lentamente pela boca_ Agora sim, devagarinho_ Segura as rédeas e começa a fazê-lo andar, alguns segundos de tentativa em círculos, logo o animal começa a trotar_ Isso, ótimo, ótimo... Um pouco mais_ Aumenta a velocidade, sorri animado, o vento batendo no rosto...
Muito veloz! E resistente! Harry inclina o corpo para a frente em um galope pelas planícies, Death parece ter uma determinação sagaz, cavalo e cavaleiro como se fossem um só. Vai diminuindo a velocidade, Death resfolega até parar completamente.
Harry desmonta satisfeito, faz carinho na bela crina:
__ Vamos ver agora se ela te aceita ou não_ Sorri orgulhoso_ Uhm!_ Faz uma caretinha_ Estou faminto!_ Segura as rédeas e vai até Arrow, monta e toma o caminho de Milward Castle com sensação de dever cumprido.

*****

__ Katerina?!_ Miranda Mullingar entra no quarto esbaforida_ Rápido, desça e vá fazer sala ao jovem lorde até que seu pai chegue!
__ Harry está aqui?!
__ Sim!_ Miranda torce o nariz ao olhar as vestes da filha_ Mas antes troque esse vestido, já lhe disse que verde não lhe cai bem.
Kat revira os olhos, levanta:
__ Por quê a senhora não faz sala para ele?
__ Porque eu supostamente estou indisposta. VÁ LÓGO!
Katerina reprime a vontade de responder malcriada, solta o coque dos cabelos e prende duas mechas para atrás com um arranjo, deixando o restante solto. Desce em direção à sala de recepção.
Harry aguarda olhando pela janela, as mãos no bolso, paciente, observando alguns gatos caminharem preguiçosamente pelo muro do lado de fora, ouve a porta abrir, Katerina agradece o criado, olha para ele:
__ Boa tarde. Estou surpresa por vê-lo outra vez hoje.
__ Boa tarde, Katerina. Vim falar com seu pai porém ele ainda não chegou.
__ Uhm. Sente-se, vou pedir um chá.
__ Não precisa, obrigado.
Os dois param de falar ao ouvirem o miado dolorido de um dos gatos da casa, Harry volta a olhar pela janela:
__ Será que machucou?_ Da meia volta e vai em direção a saída para o jardim.
Katerina o segue através das grandes portas, caminham apressadamente pela passagem de pedregulhos, no final há uma grande roseira, o gato esta no meio, entre espinhos, continua miando de dor a cada movimento.
__ Pobrezinho!_ Katerina estende as mãos e segura com cuidado.
Harry tenta ajudá-la, o gato se debate e a arranha no pulso, Kat solta ao sentir a dor:
__ Ai!
Harry estende uma mão e segura o gato pela parte de cima do pescoço, puxando-o para fora:
__ Ora, seu malcriado, estamos tentando ajudar!_ Observa o gato com cuidado para ver se não machucou muito, felizmente não aconteceu nada grave. Deposita o bichano no chão, que foge as pressas.
Katerina assiste tentando disfarçar a admiração... Ele sempre teve muito jeito com todos os tipos de animais.
Harry vira sorrindo, percebe que ela alisa o pulso:
__ Machucou muito?
__ Não, só um arranhão bobo.
__ Deixa eu ver_ Harry estende a mão e segura delicadamente.

46

Katerina engole a seco, sua mão quase some entre as dele, tão grandes e gentis... Harry acaricia com o polegar, levanta o olhar, fixa em nos lábios dela, não resiste, se inclina e rouba um selinho.
Katerina desvia o rosto:
__ Harry?!_ Repreende.
__ O que significa isso?_ Nathan soa revoltado.
Kat e Harry encaram o rapaz surpresos. Nathan se aproxima e levanta o braço para socar, Harry desvia rapidamente e o agarra pelo pulso, girando-o de costas, imobilizando-o.
__ Jesus!!!_ Katerina se assusta.
Harry empurra o rapaz para longe, os olhos verdes com fúria contida:
__ Nunca! Jamais tente isso outra vez, vais acabar se machucando!
__ SALAFRÁRIO! MALDITO, COMO OUSA SE APROVEITAR DA INOCÊNCIA DE KATERINA?_ Nathan se descontrola, avança outra vez, Katerina entra na frente:
__ Nath, calma!
__ É verdade então? Aceitaste te casar com esse patife?
Harry revira os olhos e se afasta, porque se reagir vai machucar o frangote.
__ Não aceitei nada!_ Katerina se irrita_ E se eu aceitasse, qual o problema?
__ Exato, qual o problema?_ Harry repete a pergunta, olhando de longe para o rapaz furioso.
__ Cale sua boca!_ Nathan aponta para Harry ameaçador.
__ É isso mesmo, cale a boca, Harold!_ Katerina responde irritada por Harry ficar colocando lenha na fogueira, olha para o primo_ Não estou entendendo sua crise, Nathan, vamos parar?!
Os três paralisam ao verem Oliver Mullingar aparecer:
__ Lorde Milward, que prazer recebê-lo em minha casa!_ Lorde Mullingar não percebe o clima tenso.
Harry encara Nathan, um tanto sério, vira e caminha em direção ao homem calvo, que aguarda sorridente.
Katerina respira aliviada, olha para Nathan, que se aproxima:
__ Não podes aceitá-lo Katerina. Eu te amo!

CAPÍTULO 10

Katerina encara o primo chocada, ele se aproxima e a segura pelas mãos com gentileza:
— Há meses venho tomando coragem para declarar meus reais sentimentos, o beijo que me deste foi o empurrãozinho que eu precisava.
— Espere, Nã...
— Eu sei que não estou á sua altura, não posso lhe dar essa vida de luxo a qual estás acostumada, mas estou trabalhando duro, seu pai confia em mim, deixou nas minhas mãos grande parte dos negócios. Vou estudar, me tornar um doutor digno de uma lady e tentarei te fazer a mulher mais feliz do mundo! Case-se comigo?

Katerina engole a seco:
— Eu... Nath, estou muito lisonjeada mas... Desculpe, não posso aceitar.
— Aquele Patife te seduziu? Ele não te merece, Kat, irá ferir seus sentimentos! A fama dele corre longe, é sujo e mal caráter, tem uma mulher em cada porto, desvirtua donzelas inocentes assim como fez contigo, fora os rumores de negócios escusos, parece que ele está metido com pirataria!

Katerina não sabe o que dizer. De Harry não duvida nada, se percebe a quilômetros que não há nada nele de seu amigo querido de anos atrás.

Nathan continua, tentando convencê-la:
— Eu te amo, lhe dou minha palavra de honra que serei fiel e entregarei minha vida à ti. Serás minha prioridade sempre! Diga que sim?

Katerina sente a maciez das mãos dele, sem nenhum calo ou rudeza, muito diferente das mãos de Harry, lhe deixam claro que ele fez trabalhos pesados. Suspira ao perceber que está comparando, retira as mãos das dele:
— Sinto muito, Nathan. Não posso aceitar, eu que não sou digna de ti. Além do mais, não pretendo me casar outra vez_ Abaixa o olhar e desvia, caminhando apressada para dentro.

Ao passar próximo ao escritório, vê Harry saindo conversando com seu pai...
"A fama dele corre longe, é sujo e mal caráter, tem uma mulher em cada porto, desvirtua donzelas inocentes assim como fez contigo"

O encara com desprezo, apressa o passo, subindo as escadas.

Harry percebe o olhar frio, ignora, interessado em resolver logo o assunto sobre o administrador de Milward Castle. Precisa saber se o homem é de confiança, porém Lorde Mullingar não tem essa informação. Terá que investigar com os criados do castelo e com seu avô de maneira disfarçada para não levantar suspeitas... Espera estar errado quanto as suas desconfianças.

*****

Harry aguarda os rapazes arrumarem a tina de banho, temperando a água, logo eles terminam e saem, a criada permanece, terminando de ajeitar a toalha e sabão.

Observa o corpo cheio de curvas, ela deve estar chegando aos 35 anos, melhor idade para mulher, madura e cheia de vontade de dar carinho... Pena ser casada, não é capaz de desrespeitar a casa de seu avô e causar um escândalo.

Está há meses sem sexo, desde que partiu de Bahamas onde tem uma casa e a doce Karoline como governanta, sorri de leve ao lembrar da amiga e dos vários banhos ardentes que tomaram juntos.

Karoline foi sua primeira mulher depois da experiência juvenil. 15 anos mais velha do que seus 17 na época, foi excitante e educativa cada experiência, com ela aprendeu e praticou todas as maneiras de fazer um sexo gostoso e gratificante, e como ela mesma diz, pode estar com quem quiser mas no final sempre voltará para ela. Até agora, isso foi 100% verídico.

Observa Dayse caminhar até a porta, começa a desamarrar os cordões da camisa, ela espia por cima do ombro antes de fechar a porta... Reconhece o olhar de cobiça, acaba ficando com um sorrisinho de lado, sacana.

Despe a roupa e entra na tina, suspirando de prazer com a água morna... Dificilmente desfruta desse prazer quando viaja, gosta de limpeza e sempre se banha mergulhando na água fria em alto mar, só usa água doce quando precisa de uma limpeza mais detalhada ou água da chuva, pois nas viagens a água é escassa e usada para beber e cozinhar.

Fecha os olhos lembrando da despedida com Karoline naquela noite quente em Bahamas, o corpo feminino cheio de curvas sendo espremido contra a parede enquanto a penetrava profundamente... Deita a cabeça na borda da banheira se deixando levar pelas lembranças... De repente a imagem sensual de Karoline é substituída pelas lindas pernas de Katerina, branquinhas e delicadas, o vestido chegando até o joelho conforme ela cavalga... Em cima dele, sua mão se aventura por dentro dos saiotes tocando a pele macia, agora ela está por baixo, os seios juvenis diante de seus olhos...

Harry abre os olhos ofegante, despertando do rápido cochilo e... Seu corpo está em chamas, é como se aquela bendita noite tivesse sido ontem!

_ Que droga!_ Xinga, irritado. Afunda a cabeça na água, felizmente está fria agora... Um banho gelado é tudo o que precisa... Não, precisa de uma mulher, isso é fato!

*****

Katerina não consegue dormir, as palavras de Nathan se repetindo em sua cabeça... Seria essa a saída para seus problemas? Tem um carinho enorme por seu primo e pelo menos, amizade e o que não faltaria naquela relação.

Fecha os olhos se concentrando em desligar a mente, a lembrança do toque dos lindos lábios rosados nos seus essa tarde a invade, tão gentil e doce como na primeira vez... Abre os olhos expulsando a lembrança, vira de lado pensativa... Talvez aceitar a proposta de Nathan não seja má ideia, mas será que ele irá aceitá-la se contar a verdade sobre não ser mais pura? Henry foi super compreensivo quando contou, apesar de que não citou o nome de quem causou-lhe essa vergonha... Como Nathan reagiria se contasse?

Ainda demora um bom tempo até que consiga adormecer.

*****

A noite brilha estrelada, boa parte da elite da sociedade do condado de Yorkshire está presente no jantar, um burburinho de conversas paralelas se espalha pelo grande salão lindamente decorado do castelo.

Os músicos da vila foram contratados para a ocasião e tocam seus instrumentos de cordas para alegrar o ambiente, os olhares de todos seguem o jovem de presença marcante vestido á caráter que cumprimenta os convidados acompanhado de Lady Anne.

As moçoilas observam encantadas com tanta beleza, a cada sorriso que ele tem a caridade de presenteá-las, um suspiro apaixonado recebe em troca.

Já os rapazes observam com inveja o homem bem vestido e seguro de si, que não teme e não deve nada a ninguém, exalando determinação e não se importando nem um pouco com o julgamento alheio, como se se divertisse com cada expressão chocada que recebe dos mais conservadores. Sabem que não seriam páreo para um dos homens mais ricos e influentes da Inglaterra.

As senhoras também mantém o olhar cravado no possível futuro genro e os senhores tentam uma aproximação, interessados em despertarem no futuro conde a curiosidade para participar de seus negócios como sócio.

Harry tenta manter a expressão impassível enquanto sua mãe o salva de suas várias "gafes"... Na verdade o faz de propósito, pouco se importa em manter a conversa pouco cativante que o rodeia. É definitivo, não tem o mínimo de paciência para aquelas formalidades e aquele clima de futilidades, já viu muita coisa, já presenciou a violência lá fora, famílias destruídas, crianças morrendo de fome enquanto os lordes e ladies, senhores e senhoras desfrutam de todo aquele luxo.

Katerina caminha atrás de seus pais, Albert a leva pelo braço, adentram o grande salão... A primeira coisa que vê é o homem elegante todo de preto no meio de alguns convidados, um sorriso educado nos lábios, cabelos penteados para trás que chegam até o pescoço formando cachos discretos. Ele não usa nem mesmo um broche de pedra preciosa como é o costume para quebrar a austeridade das vestes e não faz falta nenhuma, está perfeito!

Os olhos verdes encontram os seus, o sorriso se alarga deixando a mostra as covinhas charmosas, se vê tentada a virar as costas e fugir dali. Não quer sentir! Não quer!

Harry cumprimenta a jovem loira a sua frente, de límpidos olhos azuis e beleza resplandecente, parece um anjo caído... Como é mesmo o nome dela? É inacreditável um ser tão maravilhoso lhe despertar tão pouco interesse, com poucas palavras trocadas e o fato da mãe da moça responder por ela como se a pobre não raciocinasse quebrou todo o encanto. Sorri educado, tentando prestar atenção na ladainha da senhora quando pelo canto dos olhos vê o chapéu de plumas espalhafatosas... Não precisa nem olhar para saber que é lady Mullingar.

Olha para a mulher e logo além dela, Katerina aparece, vestida de maneira recatada, o vestido alaranjado com nuances pastéis realça os cabelos avermelhados presos em um penteado discreto, um único cacho grosso descansa no ombro direito, o colar de pedrinhas de rubi chama a atenção no pescoço delgado. Reconhece a admiração nos olhos cor de mel, sorri satisfeito, pedindo licença às pessoas que conversam com sua mãe. Vira, indo diretamente até os Mullingar.

Katerina nunca se sentiu tão nervosa antes, vê Harry cumprimentando seus pais e Albert e em seguida faz uma mesura galante em sua frente:

__ Lady Katerina, seja bem vinda.

É tão estranho ele lhe tratando com formalidades!

(Ora, não foste tu mesma que exigiu?)

__ Milorde_ Katerina faz uma mesura elegante, ele estende a mão:

__ Poderias me dar a honra de sua companhia essa noite?

__ Tenho escolha?_ Kat sussurra.

__ Não_ Harry sorri de lado, a segura pela mão.

Katerina suspira, não tem como negar.

Harry se coloca ao lado dela, depositando a mão enluvada no próprio braço dobrado, se olham, ela tímida, ele satisfeito, começam uma caminhada pelo local cumprimentando velhos conhecidos... Perante todos, essa é a grande confirmação aos rumores que circulam há alguns dias sobre o envolvimento dos jovens, sussurros se espalham de boca em boca sem que sejam percebidos, o escândalo da viúva que irá se casar com o irmão do falecido marido.

Pouco depois do jantar ser servido, vários convidados se despedem e partem de volta a suas residências, não demora muito, uma chuva torrencial cai obrigando alguns dos convidados a voltar, a estrada fica interditada pelo mal tempo. Os Mullingar estão entre esses convidados que retornam. Uma correria de criados se instala, precisam preparar os vários quartos de hóspedes para todos. Tarde da noite, finalmente a calmaria volta.

O castelo está em completo silêncio, a maioria dos hóspedes já se recolheram em seus respectivos quartos e adormeceram, a única agitação é no quarto de Lorde Milward, onde ele aguarda paciente que seus planos de última hora sejam colocado em prática.

Harry já despiu parte das vestimentas, quase sufocando por causa do tanto dos tecidos, está quase despido a camisa quando vê uma cartinha passando por baixo da porta. Vai até ela, se inclina e segura, abre:

"Venha até meu quarto.

K"

(Katerina? Ela perdeu o juízo? O que quer com ele?)

Harry nega com a cabeça incrédulo, Katerina não tem jeito, sempre aprontando e quebrando convenções! Pois bem, irá ver o que ela quer e aproveitará para dar uma boa bronca!

Sai do quarto exatamente como esta, sem paciência para recolocar o colete, gravata e casaco, vai até a ala esquerda onde a maioria dos hóspedes estão hospedados, para em frente ao quartinho que foi arrumado especificamente para ela.

Abre a porta devagarinho, entra silencioso, aproveitando seu treinamento para não fazer barulhos, estranha o fato de ela estar deitada... Supostamente era para estar aguardando-o... Sua intuição apita, porém a curiosidade de vê-la assim, à vontade, depois de tantos anos o induz a continuar... Senta na beirada da cama:

__ Kat?

__ Uhm?_ Katerina responde meio sonolenta, abre os olhos assustada_ Harry! O que é isso, o que queres em meu quarto?

__ Ora, recebi sua carta me chamando.

__ Não chamei não, enlouqueceu?

__ Uma cartinha por baixo da porta...

__ Não é verdade! Não escrevi nada!

Harry a encara confuso, Katerina faz menção de levantar, Harry sorri de leve:

__ És tão bonita, Kat... Principalmente com os cabelos assim, espalhados pela cama_ Harry acaricia as mechas macias.

Katerina esquiva a cabeça, senta:

__ Vá embora! Se alguém te pegar aq..._ Não termina de falar, Lady Mullingar aparece na porta:

__ Santo Deus!

Harry levanta da cama de uma vez , encara a mulher tão chocado quanto ela. Miranda continua, alterada:

__ SEM VERGONHA! CRÁPULA! DESONRASTE MINHA FILHA!

__ Não mãe..._ Katerina tenta explicar.

__ Milady, não é nada disso q..._ Harry tenta se defender.

__ QUE VERGONHA! OH MEU DEUS, QUE VERGONHA! O SENHOR TERÁ QUE SE CASAR COM ELA!

Katerina pula da cama:

__ Mamãe, não aconteceu nad...

Oliver Mullingar aparece olhando a cena sem reação, alguns curiosos aparecem e também, veem a cena comprometedora, Harry com pouca roupa, a camisa bagunçada pra fora da calça, cordões desamarrados, Katerina de camisola, sozinhos no quarto... O escândalo está armado, não há nada que fazer, todos chegam a uma única conclusão vergonhosa.

Harry e Kat se olham, ele sente o coração apertar ao ver os olhos cor de mel se encherem de desconfianças, trava os dentes irritado.

Imediatamente a lembrança de seu avô vem em sua mente... Se Katerina não mandou a carta então alguém queria ele ali para armar aquele escândalo. É óbvio que Harold Milward, o poderoso Conde não teria escrúpulos para conseguir o que queria!

Harry respira fundo conformado, olha para lady Mullingar:

__ Não se preocupe, milady. Irei arcar com minhas responsabilidades.

Katerina sente vontade de gritar de ódio, Harry armou tudo! O encara.

Harry a olha contrito:

__ Sinto muito_ Balbucia.

__ Eu te odeio!_ Katerina sussurra.

__ Mas que confusão é essa?_ Lorde Milward aparece em sua cadeira de rodas junto com seu valete, olha para Harry com satisfação, vira para os poucos hóspedes que presenciaram tudo_ Já chega! Um velho homem não pode descansar em sua própria casa! Vão se deitar!

Logo o corredor vai esvaziando, Harry nega com a cabeça:

__ Kat...

__ Sai daqui_ Katerina evita qualquer contato.
__ Eu não sab...
__ Vamos, rapaz! Já prejudicaste demais essa moça!_ O velho conde soa firme.
Harry o encara revoltado, sai do quarto, seguido por lady e lorde Mullingar. Finalmente Katerina se vê sozinha, todos seus medos se tornaram reais... Vai ter que enfrentar agora a vergonha de um erro adolescente.
Se joga na cama e agarra o travesseiro, sufocando no tecido o próprio grito. Nathan estava certo. Harry é sujo, foi capaz de manchar sua reputação para obrigá-la a se casar! Por dinheiro! Para manter a maldita herança... Não consegue evitar o choro de raiva e sentimento de impotência.

CAPÍTULO 11

Harry caminha de um lado para o outro no quarto de seu avô decidido a ter uma séria conversa com o velho intrometido... Não vai engolir tudo o que tem preso na garganta, chegou ao limite!

Observa o jovem valete entrar empurrando a cadeira de roda, lorde Milward entra com postura altiva, sempre arrogante. Harry encara o avô furioso, volta a olhar para o rapaz:

__ Deixe-nos a sós_ Soa autoritário, fazendo o rapaz ficar meio trêmulo.

__ Fique, David_ Harold ordena, tão autoritário quanto o neto.

O rapaz engole a seco agoniado, olha para Harry desesperado, que coloca uma mão no quadril, a outra aponta com o indicador para a porta:

__ Não vou falar de novo_ Soa rude.

David encara o velho lorde quase implorando para sair, Harold torce o nariz:

__ Vá! Vá logo. Medroso!

O rapaz praticamente foge da saleta, Harry dá dois passos e fecha a porta com um baque, encara o avô, que permanece impassível:

__ Não havia necessidade de fazer meu valete quase molhar as calças, meu jovem.

__ Não comece a desconversar. O senhor armou tudo, todo esse escândalo!_ A voz rouca soa grave, baixa, ameaçadora.

__ Eu disse que iria fazer do meu jeito_ O velho lorde cruza as mãos, nada intimidado pelas faíscas que quase explodem dos olhos verdes.

A frieza nos olhos azuis deixa Harry inconformado:

__ COMO PÔDES SER TÃO BAIXO?! EU IRIA DOBRÁ-LA, SÓ PRECISAVA DE TEMPO! O SENHOR DESTRUIU A ÚNICA CHANCE DE EU TER UMA CONVIVÊNCIA AMIGÁVEL COM ELA!

__ Pois eu não tenho esse tempo, tenho um relógio biológico contando os segundos que continuarei vivo. E BAIXA ESSE TOM PARA FALAR COMIGO!

__ BAIXA O SENHOR O TOM, NÃO QUERO QUE TENHA UM INFARTO TENTANDO IMPOR SUA AUTORIDADE EM MINHA VIDA! EU SOU A AUTORIDADE, SOU EU QUEM DITO AS REGRAS AGORA, SIR! E SAIBA QUE É MELHOR EU DESCONTAR A RAIVA EM MINHA PRÓPRIA VOZ DO QUE EM SEUS PRECIOSOS OBJETOS DE DECORAÇÃO!

Harold Milward encara o jovem furioso em sua frente... É incrível! Como se fosse um espelho de sua juventude! Respira fundo, sem nenhum sentimento de culpa:

__ Eu tinha que tomar uma atitude, eu conheço aquela moça tanto quanto tu, e sei que não conseguirias fazê-la mudar de ideia, a não ser que a seduzisses. Ainda não entendo porque justo com ela és decente.

Harry sente vontade de socar alguma coisa.

Harold da de ombros, observa o neto ir até mesinha e se servir de uma boa dose de uísque:

__ Gostas dela!

Harry vira o copo, dando um só gole, olha para o avô:

__ Óbvio, ela é minha amiga desde que me conheço por gente.

__ Não assim. Gostas como mulher.

__ Não fale bobagens_ Harry revira os olhos, serve outra dose e bebe, o líquido desce queimando a garganta.

__ Venha cá_ Harold soa suave.

Harry o encara com desconfiança, deposita o copo na mesinha e caminha até ele.

__ Incline-se, quero te olhar nos olhos.

53

Harry se inclina olhando os olhos azuis frente á frente. Um tapa estala em sua face, firme e forte, pegando-o de surpresa.

Harold encara o neto autoritário:

__ Posso estar velho e doente mas ainda sou seu avô! Mereço respeito e obediência, seja de quem for!

Harry arruma a postura travando o maxilar revoltado, a face arde por causa do tapa:

__ Eu lhe respeito, meu avô, mas não me peça obediência, vou fazer o que quero e como quero.

__ Não irás deixar a reputação dessa moça na lama, Harold! Irás casar-se com ela!

__ Sim, eu irei! Irei consertar o erro que cometi há muito tempo atrás, antes do senhor e Henry entrarem em meu caminho e me tomarem o que já me pertencia. Katerina será minha esposa como devia ter sido muito antes, mas porque eu quero, não porque me sinto obrigado_

Harry vira de costas e caminha em direção a porta.

__ Eu ainda não te dispensei! Harold!

Harry continua caminhando, ignorando-o, sai pela porta sem olhar para trás.

Lord Milward observa o neto sair, fecha o punho inconformado... Rapaz impertinente de uma figa!

*****

Na manhã seguinte Katerina encara o prato com frutas picadas sem nenhum apetite, a mesa da grande sala de jantar está repleta de convidados do dia anterior, burburinhos e olhares de canto de olho a seguem para todos os lados.

Como em qualquer local pequeno, o escândalo já se espalhou, Katerina sabe que está sendo julgada e condenada por todos, o que mais temia se tornou uma amarga realidade.

__ Coma Katerina, morrer de fome não vai te livrar da vergonha.

Katerina encara sua mãe carente, só queria um abraço de alguém, que dissesse que vai ficar tudo bem.

Lady Mullingar beberica o chá:

__ Não sei porque estou surpresa, sua atitude foi de uma rameira exatamente..._ Se cala, engolindo o veneno.

__ Eu sou inocente, ontem não aconteceu nada, mamãe. Ele entrou em meu quarto, ele queria me comprometer!

__ Eu não quero saber. Irá casar-se com ele, é o que importa. Deverias ficar agradecida por sua sorte, o jovem lorde é bonito, atraente e rico, se tornará um dos nobres mais importantes da Inglaterra quando aquele velho morrer.

__ Eu realmente não me importo com isso, queria sentir ao menos admiração e respeito pelo homem com quem vou viver o resto da minha vida, mas não sinto. Sinto desprezo e rancor aumentando a cada dia.

Miranda olha para a filha:

__ Antes ele do que um velho com maus hábitos de higiene, isso te garanto. Porque por mim, não conseguirias nada melhor do que isso_ Fala com voz odiosa.

Katerina encara a mãe chocada, levanta de súbito e sai da mesa a passos largos. Quando ninguém mais a vê, deixa as lágrimas de humilhação e raiva deslizarem livres por seu rosto.

Harry quase adentra o salão para tomar o desjejum, para ao ver Katerina praticamente correndo em direção ao pomar, ela também o vê e acelera o passo como se quisesse fugir. A segue determinado em esclarecer as coisas:

__ Kat, espere!

Katerina o ignora, passa as mãos no rosto disfarçando o choro, ouve os passos dele muito perto e começa a correr, se metendo entre as árvores de frutos.

Harry também corre, a segura pelo antebraço, Katerina vira querendo soca-lo:

__ Me deixe em paz!

__ Calma!_ Harry tenta se defender impedindo-a de acertá-lo, acaba pisando na barra do vestido e perdendo o equilíbrio, Katerina não tem força para se manter em pé, caem rolando a pequena ladeira abaixo, uma bagunça de pernas e braços e saiotes, são interceptados por uma macieira, ela espremida no chão e ele meio por cima enroscado com ela.
Kat trava os dentes tentando arranha-lo:
__ Me solta! Não encosta em mim, manipulador nojento!
__ Ka... kater..._ Harry luta para imobilizá-la, finalmente consegue agarrar os dois pulsos, segurando-os para cima_ Para! Vamos conversar!
__ Eu me nego! Me sol...
Harry pressiona os braços dela no chão:
__ Para, mulher, antes que se machuque!
Katerina respira ofegante reprimindo a vontade de cair em prantos outra vez, os lábios trêmulos:
__ Me solta.
__ Não, não vou te deixar ir enquanto não me ouvires!_ Harry sente o coração apertar_ Não chore, Kat. Por favor.
Katerina se desmancha, nervosa por não conseguir engolir o choro:
__ Como não? É tua culpa, estou desgraçada...
__ Perdão! Me perdoe, nunca foi minha intenção!_ Harry enfrenta a culpa pelo o que aconteceu há tanto tempo.
__ Como teve coragem de me expor assim!_ Katerina soluça baixinho, deixando claro que esta profundamente magoada com ele.
__ Não! Kat..._ Harry a solta, levanta uma mão tentando acariciá-la_ Disso não tive culpa, eu jamais lhe faria mal.
Katerina desvia o rosto do toque:
__ Não minta!
__ Não estou mentindo! Juro, por o que quiseres, pela nossa amizade, eu não tive culpa!
Os dois se olham, Harry nega com a cabeça suavemente:
__ Não chore_ Fala baixinho_ Não suporto te ver chorar, shiiii_ A segura pelas faces e se inclina beijando-a em um impulso, um selinho demorado e delicado...
Sempre foi assim, nunca conseguiu lidar com o desejo enorme de arrancar toda a tristeza que a atormenta, desde pequenos quando assistia ela chorar pela rejeição da própria mãe até agora, o sentimento continua o mesmo.
Katerina recebe o carinho sem reação no início, em seguida não consegue evitar o suspiro de prazer, ele se afasta olhando-a, de repente os olhos verdes se tornam ainda mais intensos, ele se inclina outra vez e abocanha sua boca, aprofundando o beijo.
Harry não consegue raciocinar direito, a única coisa que tem em mente é que irá morrer se não beijá-la agora. E ela corresponde, no início timidamente, em seguida com o mesmo ardor, a mesma paixão.
Se abraçam, esquecendo do mundo ao redor. Harry percebe a maneira intensa que seu corpo reage, sua cabeça gira de desejo, uma vontade de puxar aqueles saiotes e invadir a cavidade apertada e úmida, ouvi-la gemer seu nome...
Katerina sente um calor tomar seu corpo, toma a consciência de ele estar parcialmente por cima e seu vestido levantado expondo parte de suas pernas. Desvia o rosto, fugindo do beijo, ofegante...
Harry se dá conta da situação, se afasta rapidamente:
__ Desculpe_ Vai se esquivando da confusão dos saiotes, o corpo implorando por uma rápida satisfação.
(Merda! Preciso de uma mulher!)
Katerina senta meio sem graça:
__ Sempre te aproveitas quando estou com a guarda baixa_ Repreende, arruma o vestido como pode.

_ Desculpe, foi... Eu não..._ Harry não consegue uma justificativa, passa os dedos nos cabelos, percebe algumas folhas e começa a retirar, a olha_ Vamos conversar, esclarecer as coisas, sim?

Kat revira os olhos, ele ignora a má vontade:

_ Ontem eu recebi uma carta, colocada por baixo da porta, te falei sobre isso. Nela você me pedia para ir ao seu quarto_ Harry passa os dedos nos fios checando para ver se tem mais alguma coisa.

_ Eu não mandei carta nenhuma!_ Katerina soa irritada.

_ Eu sei. Foi um plano do meu avô, ele mesmo assumiu.

Katerina petrifica por alguns segundos, em seguida o rosto delicado é tomado pelo rubor, os olhos brilham furiosos:

_ Velho maldito! Ele vai ver só!_ Começa a levantar com alguma dificuldade, meio dolorida, provavelmente ralou alguma parte do braço...

Harry levanta rapidamente e a ajuda:

_ Agora não adianta brigar, o mal já está feito...

_ Adianta sim! Eu quero ver essa carta, vou fazer ele engolir!

Harry começa a retirar as folhas que enroscaram na trança dos lindos cabelos avermelhados, Katerina da alguns tapinhas no vestido:

_ Esta destruído! Minha mãe vai me matar e hoje não estou com paciência!

_ Vamos até os aposentos da Vic ela deve ter alguma coisa para substituir.

Katerina afirma com a cabeça:

_ Eu vou. E depois vou falar com aquele... Urgh!_ Fecha os punhos apertados.

_ Vamos por aqui_ Harry aponta para o corredor externo_ Assim diminuímos a possibilidade de alguém nos ver nesse estado.

_ Está bem_ Katerina concorda.

Os dois tomam o caminho em direção a escada de serviço, se despedem no corredor.

Após Harry deixá-la em frente ao aposento de Victory e caminhar apressado até o dele.

Kat bate na porta timidamente, Victory abre ainda vestindo roupa de dormir, a olha chocada por menos de dois segundos, a segura pela mão puxando-a quarto adentro.

Vários minutos depois, Katerina se olha no espelho, parece ter voltado aos quinze anos com aquele vestido cheios de babados como dita a moda para jovens dessa idade. Vic sorri de leve:

_ Ficou só um pouco largo na região do busto porque o meu é maior, mas está ótimo.

_ Obrigada pela ajuda Victory.

Uma batidinha na porta chama a atenção das duas moças:

_ Sou eu_ Harry avisa.

_ Entra_ Vic caminha até Katerina e arruma outra vez os lindos cabelos que caem soltos pelos ombros e costas, vira com um sorriso orgulhoso da própria arte, não é a toa que escolheu o melhor vestido para emprestar, quer ajudar Katerina a impressionar o irmão.

Harry entra, os olhos verdes demonstram surpresa... Outra vez sente como se estivesse tendo um dejá-vu, voltando ao passado... Ali está sua querida amiga, o mesmo olhar inseguro... Acaba sorrindo divertido com a situação.

Mas não é insegurança que Katerina sente, é tristeza por saber que jamais voltara a ser aquela menina inocente, sem maldade. A mágoa com os ultimos acontecimentos é como uma ferida reaberta.

_ Trouxe a carta?

_ Sim_ Harry estende para ela, katerina abre, empalidece...

Victory se coloca por trás do ombro dela tentando ler o que está escrito.

_ Kat?_ Harry fica preocupado ao ver a decepção e dor que ela tem nos olhos.

_ Essa é a letra de minha mãe!_ katerina fala com a voz trêmula.

CAPÍTULO 12

Katerina amassa a folha com força, trava o maxilar... De repente está difícil respirar, a raiva sufoca! Caminha até a janela tentando digerir a horrível descoberta.

Victory a observa, em choque:
— Sua mãe? Tem certeza?
Harry franze o cenho revoltado... É obvio! Que outro motivo lady Mullingar teria para aparecer exatamente naquele momento fazendo aquele escândalo?
— Aquela cobra peçonhent...
Recebe o olhar sério de katerina.
—... Desculpe.
Katerina respira fundo:
— Vou esclarecer isso depois, por hora quero ter uma conversinha com teu avô_ Caminha a passos largos e passa pela porta, some no corredor.
Harry e Victory trocam olhares preocupados, ele segue Katerina e Victory faz menção de ir junto.
— Vic, fique.
— Mas... Porquê?
— Não te quero metida em confusão_ Harry também some no corredor.
Victory cruza os braços frustrada:
— Eu sempre perco a melhor parte! Hum!_ Fecha a porta, se dando conta de que ainda nem mesmo fez a higiene matinal!

Katerina se dirige à ala direita no térreo onde o aposento principal se instala, passa pelo corredor externo e entra próximo à sala de recepção, para de frente à saleta íntima, anterior ao aposento do conde, pode ouvir ele e a voz do valete conversando calmamente. Invade o local, intempestiva.

O bom humor de Harold Milward exala, tanto que decidiu tomar o desjejum fora do quarto, em sua saleta intima. A mesa posta parece extremamente apetitosa apesar de sempre optar pelo pãozinho de minuto com chá.

Está cortando o pão ao meio quando um furacão de lindos e rebeldes cabelos avermelhados invade o recinto.

Reconhece a fúria no olhar da jovem, sorri divertido, olhando-a com ternura:
— Bom dia, criança.
Katerina o encara mais fria do que um iceberg:
— O senhor... O senhor é... Um crápula sem nenhum caráter, o que fez foi nojento, tudo para alimentar a falsa ideia de que pode controlar a tudo e a todos!
Harold beberica o chá impassível:
— Sente-se, tome o desjejum comigo?
— E cínico ainda por cima! Não tem vergonha?!_ Katerina fecha os punhos tentando conter a fúria.
Harry chega, para na entrada, ouvindo atento, Katerina continua:
— O senhor destruiu a minha vida, não uma, mas duas vezes! Tudo porque desenvolveu essa maldita obsessão!
— Estou pensando em seu futuro, minha querida. Seu irmão continuará levando sua família a bancarrota, estarás segura casada com meu neto.
— Que direito o senhor tem em decidir o meu futuro? E pior, usar de meios escusos para isso?

__ Um dia irás me agradecer, criança. Te garanto, tudo dará certo porque ambos se amam. Eu já desconfiava, agora tenho certeza.
__ O senhor não sabe de nada! E não tente impor como devo me sentir! É cruel e narcisista!
__ Não vou negar, posso ter sido cruel, um tanto narcisista_ Lorde Milward deposita a xícara no pires, cruza as mãos em cima da mesa_ Não deveria ter arrumado o casamento com Henry, era para ser o Harry, sempre foi. Mas merecias muito mais do que o segundo filho que provavelmente viveria de uma mesada trabalhando para o irmão. Além do mais, Harry já estava separado para outros planos. Eu errei, como ele mesmo disse_ Aponta na direção de Harry_ Me intrometi e impedi algo que naturalmente iria acontecer anos atrás, mas agora corrigi meu erro.
Katerina se irrita ainda mais:
__ E eu? Não pensou no que eu quero? Não sou um objeto que o senhor manipula como deseja! Não é justo abdicar de minhas vontades para agradá-lo.
__ Sim, os dois irão me obedecer! Sua reputação depende disso!
Katerina se inclina, apoiando as duas mãos na mesa, um tanto atrevida:
__ E se eu me negar?
Lorde Milward encosta na poltrona:
__ És muito parecida com sua mãe, criança.
Katerina franze o cenho confusa com a mudança súbita de assunto.
Lorde Milward suspira cansado:
__ O casamento acontecerá dentro de dois meses, tempo suficiente para organizar tudo... Ou estarão na rua, tu, teus pais, tua família, teus criados... Como irás lidar com o fato de que, por um motivo egoísta, tua família enfrentará a vergonha de ter uma filha desgraçada e a decadência de viver em quase miséria?_ Responde firme_ David! Me leve para meu quarto.
O rapaz pega o velho senhor no colo e sai em direção ao quarto, Katerina trava os dentes impotente.
Harry se aproxima:
__ Não tem jeito, Kat. Estamos encurralados.
__ Eu sei!_ Katerina nega com a cabeça, cruza os braços, se olham.
__ Agora não entendi uma coisa... Não pareces nada com tua mãe. Felizmente.
Katerina revira os olhos:
__ Ele desconversou, isso sim.
Um lacaio aparece ofegante:
__ Lady Katerina, lady Milward mandou-me procurá-la para avisá-la que estão de partida.
__ Ah sim, estou indo, obrigada por avisar_ Kat vira na intenção de se afastar, Harry a segura pela mão:
__ Espere.
Katerina vira, ele se curva e leva sua mão aos lábios, beijando delicadamente as costas dos dedos:
__ Vamos nos dar uma chance, sim? Permita-me lhe fazer a corte?
Katerina sente o estômago comprimir, recolhe a mão, timidamente, o local que ele beijou esta sensível:
__ Está bem.
__ Posso visitá-la amanhã a tarde? E sempre que possível?
__ Sim.
__ Ótimo. Então, até amanhã_ Harry reprime o sorriso contente.
__ Até amanhã, Harry_ Katerina faz uma mesura discreta e sai caminhando.
Harry observa o leve ondular dos quadris marcados no vestido quase infantil, reprime os pensamentos pervertidos... Ela é uma lady, irá tratá-la com o respeito que merece... Ou ao menos tentará.

Horas mais tarde.

Uma garoa voltou a cair naquela tarde de domingo, Katerina olha pela janela, a carta dobrada na mão enquanto aguarda o momento certo para abordar o assunto. Acabaram de tomar o chá da tarde, assim que Albert deixa a sala, se aproxima de sua mãe e estende a carta:

__ Quero saber o por quê a senhora me prejudicou dessa maneira? Vai negar que essa letra é sua?

Lady Mullingar reconhece a folha de papel com o brasão dos Milward, deixa o bordado que tinha retomado de lado:

__ Não. Não vou negar.

__ Como a senhora teve coragem, mamãe? Uma mãe cuida, ama, protege, como pode...

__ Eu não sou tua mãe_ Miranda Mullingar responde cruel.

Katerina sente todo o sangue sumir de suas faces, seus joelhos parecem querer ceder.

__ Sente-se Katerina. Está mais do que na hora de saberes toda a verdade.

__ Verdade?_ A voz de Kat sai em um fio.

__ Sim. Não sou tua mãe, te criei como minha porque sou uma alma caridosa e só por aguentar essa humilhação, sou digna de entrar no paraíso!

Katerina não tem voz para replicar ou jogar na cara de sua mãe todas as barbaridades que sofreu... Sim, sua mãe, pois infelizmente aquela mulher é a única mãe que conheceu a vida toda.

__ Seu pai apareceu aqui contigo, recém nascida nos braços alegando ser filha dele, eu estava nos dias de ganhar meu bebê, com o desgosto acabei entrando em trabalho de parto e o menino nasceu morto. Seu pai me obrigou a te alimentar e te criar como minha e eu para evitar o escândalo, fingi que nasceste de mim.

Katerina não consegue raciocinar direto.

__... Segundo rumores, sua mãe é filha de Lorde Milward, uma qualquer que teve a petulância de se envolver com um homem casado!_ Miranda Mullingar fala cheia de ódio.

__ Filha do... Não é possível! Lorde Milward só teve um filho, sua esposa não pode gerar outra vez!

__ Não. É uma bastarda assim como você. Lorde Milward apareceu certo dia com uma menina de 10 anos, a recolheu em casa e a criou como filha, mesmo ele negando ser filha dele. A pobre lady Milward morreu anos depois de desgosto e acredite, quando me vi na mesma situação desejei muito ter o mesmo destino. Seu pai se engraçou com aquela mulher e eu só soube quando ele chegou contigo nos braços.

Katerina sente como se levasse um soco no estomago, muita informação... De repente congela:

__ Meu Deus! Harry e eu... Não podemos!_ Se desespera... Não bastou o pecado da fornicação também cometeram incesto! Jesus! É prima dele! O velho lorde quer que vivam em pecado?! É um sacrilégio!

Lady Mullingar continua:

__ Por isso te odeio. Odeio o que representas. O fato de teres se tornado a cópia daquela prostituta só piora o que sinto, não vejo a hora de me ver livre de sua presença. Deverias ter morrido junto com ela naquele maldito parto.

Há tanto ódio nos olhos negros da mulher à sua frente que a assusta. Katerina engole a seco...

__... Agora que te contei tudo, some daqui. Me poupe de sua presença!

Katerina levanta meio sem rumo, caminha desnorteada até o corredor, para e encosta na parede, as mãos na boca. Não consegue pensar em nada, a coisa que mais a atormenta é o fato de Harry ser um homem proibido. Não pode se casar com ele! Lorde Milward é ainda mais podre do que imaginou! Por isso essa obsessão com ela? É neta dele?

Precisa conversar com Harry, urgente! Isso só será possível amanhã a tarde!

Essa noite Katerina não consegue pregar os olhos, repassando tudo o que aconteceu desde o dia anterior, um gosto amargo na boca.

*****
Milward Castle amanheceu muito agitada esta manhã, Harry observa de cima do cavalo toda a extensão de plantações de seus arrendatários. Aparentemente esse ano foi muito produtivo!

Olha para Issac Jones, o administrador, que sua bastante por baixo da elegante roupa engomada, desvia o olhar observando todos os trabalhadores ocupados com a colheita de leguminosas sortidas:

— Esse final de semana irei para Londres conversar com os advogados e o contador, quero saber porquê houve essa queda de produção tão grande nesses meses depois da morte de meu irmão.

Jones tira um lencinho do bolso e passa no rosto e testa, o tecido branco fica manchado com o suor gorduroso:

— Fiz o possível para manter tudo dentro dos conformes, mas Lorde Milward se nega à modificar a maneira de cultivo, então dificulta.

— Uhm... Não entendo muito bem de cultivo mas vou me informar.

O homem afirma com a cabeça, Harry sente a nuca arrepiar, olha por sobre o ombro incomodado, uma intuição negativa:

— Enquanto isso vou voltar para o escritório e tentar continuar organizando aquela bagunça_ Repreende de maneira velada.

— Peço desculpas por isso também, Milorde, não tive acesso aos livros por ordem do próprio conde. Segundo ele, não confia em ninguém que não seja da família para mexer naquilo.

Harry quase revira os olhos... Seu avô é muito difícil. Força as rédeas do cavalo:

— Vou voltar, me mantenha informado, a divisão dos honorários será feita sob meus olhos, não quero ouvir reclamações posteriores.

— Sim, senhor.

Harry esporeia a montaria e volta pelo caminho.

Mal dá dois passos dentro da casa, Victory vem animada, os cabelos castanhos e lisos soltos por sobre os ombros:

— Haz, preciso ir a modista e ao chapeleiro, tenho que encomendar novos chapéus e luvas para...

— Mamãe não está encarregada disso?

— Está, mas precisamos da liberação das promissórias. Não fazemos nenhuma compra há meses!

— Jesus!_ Harry arregala os olhos abrindo a boca exageradamente, debochado.

— Também preciso de tintas e pincéis novos, algumas telas, tem que ser logo, pois sei que iremos para Londres e ficaremos por lá até o casamento. O vovô falou que será em dois meses, você e Katerina ainda terão tempo para aproveitarem parte da temporada e mamãe disse que já poderei participar de alguns eventos e...

Harry para e olha para a irmã:

— Vic?

Victory emudece.

_Inspire... Expire_Harry brinca, tentando acalmar a efusividade feminina.

A jovem torce o narizinho:

— Preciso urgente mesmo, quero ir para Londres preparada.

— Está bem, hoje mesmo assino as benditas promissórias.

— Ah!_ Victory sorri batendo palminhas_ Vou avisar mamãe_ Segura as saias e se afasta as pressas, o barulho do saltinho das botinas femininas soando no assoalho.

Harry sorri de leve, passa os dedos nos cabelos e caminha em direção ao escritório para sua entediante tarefa.

CAPÍTULO 13

Katerina observa Miranda caminhar de um lado para o outro:
__ Não sei como vamos fazer. Faltam dez dias para o início da temporada, felizmente seu enxoval está nos conformes mas não temos um lugar para ficar!
__ Já estou comprometida, para que preciso ir?_ Katerina reclama, olha para o bordado que tenta tricotar... Supostamente era pra ser uma xícara, está parecendo um vaso de barro defeituoso... Respira fundo desistindo de parecer uma lady, deixa o pano, linha e agulha de lado.
__ Claro que sim! Serás introduzida como a noiva do jovem Lorde Milward, futura condessa de Yorkshire. Aiai, minhas amigas vão morrer de inveja!
__ Mãe, o escândalo está circulando por todos os lados, é muito vergonhoso que...
__ Katerina, que escândalo? Você entrará em uma das famílias mais poderosas da Inglaterra, as pessoas podem até falar mas ninguém ousara nos enfrentar.
Kat levanta e passa as mãos no vestido, Miranda abre o leque:
__ Tenho que arranjar um jeito de lady Anne oferecer a mansão em Mayfair para ficarmos.
__ Harry estará por lá, não sei se é decente ficarmos embaixo do mesmo teto antes de nos casarmos.
__ Estaremos teu pai e eu, Albert talvez também irá, Lady Anne e aquela menina sem sal também... Quem sabe até Nathan?
__ Não chame Nathan, mãe, por favor! Ele e Harry não se entendem.
__ E porquê?
__ Longa história. Nathan me pediu em casamento, quase agrediu Harold...
Miranda gargalha de maneira deselegante:
__ Pobre coitado, ele achou que seu pai permitiria que você se casasse com um zé ninguém? Esperto! Muito esperto, sempre prestativo, interesseiro isso sim! Deixe me adivinhar, disse que te ama?_ Olha para Katerina debochada.
Kat engole a seco, Miranda volta a rir:
__ E acreditaste? Pobrezinha! Ele ama teu dote, isso sim! Que ele receberia de bom grado e usaria para reformar aquela pocilga que ele chama de lar.
Katerina nega com a cabeça:
__ Como a senhora pode ser tão cruel?
__ Não estou sendo cruel, é só a verdade, Katerina, és incapaz de despertar outro sentimento em alguém que não seja pena.
Kat trava os dentes, decidida a ignorar o despeito daquela mulher. Vira e sai da sala sob o olhar gélido de lady Mullingar, que senta no sofá descontente:
__ Tomara que os rumores estejam certos e que aquele selvagem faça questão de desfilar as outras mulheres em sua cara. Justiça tarda mas não falha. Humpf!
Katerina sai da bela casa e caminha devagarinho, os pensamentos confusos... Precisa espairecer, sente falta de seus mergulhos matinais, não foi mais por medo de encontrar Harry... Apoia os braços no parapeito da espaçosa varanda, fica olhando o horizonte sem saber o que esperar de seu futuro... E o pior de tudo é essa duvida de se é ou não, prima dele e neta de lorde Milward. Não vê a hora dele chegar e conversarem sobre isso.
Depois do almoço, Katerina vai a seu quarto para tirar uma cesta, abre a porta e paralisa... Albert tem o corpo inclinado sobre o baú mexendo em sua maleta de joias, vira assustado...
__ Precisa de alguma coisa?_ Katerina pergunta desconfiada.
__ Er... Kat, irmãzinha querida, preciso muito de sua ajuda.

__ Minha ajuda?_ Katerina entra.
__ Fecha a porta, por favor.
Kat fecha e cruza os braços, Albert a encara:
__ Me empresta seu colar de rubis? Por favor? Estou com essa dívida em Londres e estão me ameaçando! Será só até eu arranjar o dinheiro para pagar, vai ser uma espécie de penhora... Por favor?
__ Albert, pelo amor de Deus! Tens noção do que vai acontecer se papai descobrir? Estás se afundando cada vez mais, para com esse vício!
__ Kat, não estou aqui para ouvir sermões. Vai emprestar ou não?
__ Essas joias são as poucas coisas de valor que nos restou, não vou permitir que destruas isso também! Pode pegar, mas será só esse e só dessa vez, me entendeu?
__ Ah, obrigado, irmãzinha, muito obrigado!! Minha sorte vai mudar, vai ficar tudo bem_ Albert a abraça agradecido.

Katerina tensiona o corpo desacostumada com qualquer tipo de demonstração de afeto do irmão. Assim que ele a solta, se afasta e abre baú e a maleta, pega um dos saquinhos de camurça e entrega para ele.

Albert sorri, vira o corpo caminhando até a porta, abre... Elene está de frente, quase colocando a mão na maçaneta:
__ Lady Katerina? Lord Milward está na saleta de recepção, Lady Mullingar mandou avisar.

(Mas já?)
Katerina respira fundo conformada:
__ Já vou descer.
Elene observa Albert se afastar, olha para Kat:
__ Está tudo bem?
__ Está sim_ Katerina guarda tudo no baú e fecha, vai até a porta e sai para o corredor.
Elene fecha a porta um tanto desconfiada e preocupada.

Harry aguarda Katerina entrar na saleta, uma sensação horrível de desconforto por estar a sós com Lady Mullingar, que o cumprimentou secamente e voltou para seu bordado.

A porta abre e Katerina entra timidamente... É como se a saleta iluminasse com a presença adorável. Harry se coloca de pé, fazendo uma leve mesura:
__ Boa tarde, milady.
__ Boa tarde, milorde_ Kat também faz uma mesura respeitosa, caminha até a outra extremidade do sofá bem decorado e senta, Harry a imita logo em seguida... Um silêncio desconfortável volta a cair, os dois se encaram sem assunto.
__ Como esta lady Anne? E Lady Victory?_ Katerina pergunta a primeira coisa que vem à cabeça.
__ Bem, elas mandaram saudações.
__ Ah sim.

E o assunto morre. Lady Mullingar levanta o olhar como se os espiasse para impedi-los de fazer algo errado.

Harry quase revira os olhos. Como faria algo errado se Katerina está a mais de um metro de distância? Assim que a mulher desvia o olhar, encara Katerina e faz um movimento discreto com a cabeça:
"Vamos lá fora?"_ Move os lábios.
"Tá maluco? Minha mãe não irá permitir!"_ Katerina move os lábios.

Os dois olham desconfiados para a senhora a frente, Harry limpa a garganta discretamente:
__ Lady Mullingar, a senhora permitiria se eu levasse Lady Katerina em um passeio no jardim ali fora?
Lady Mullingar olha para Katerina e depois para Harry muito séria:

63

__ Não sei se é certo_ Miranda pensa alguns segundos_ Está bem. Mas não vão muito longe nem demorem demais.
__ Sim senhora!_ Harry sorri, satisfeito.
Miranda Mullingar encara o futuro genro... Por quê ele tem que ser tão atraente? Por quê Katerina teve tanta sorte?
__ Vão, vão_ Move as mãos displicente.
Katerina e Harry levantam e saem em silêncio, ele depois dela, fechando a porta atrás de si... Se olham divertidos, um barulhinho estranho saindo pelo nariz ao reprimir a gargalhada.
De repente Katerina fica séria, o segura pela mão sem mais delongas e caminha as pressas para fora. Ele a segue confuso.
Já no jardim, um pouco distante da casa em um local discreto, katerina para:
__ Temos que conversar algo muito importante!
__ Percebi, você não me faria dar essa carreira se não fosse importante!
Katerina percebe que ainda o segura pela mão, retira, sem graça:
__ Harry... Não podemos nos casar. Somos primos.
Harry a encara como se ela estivesse falando uma asneira:
__ Que?
__ Eu conversei com minha mãe ontem, ela assumiu que armou com seu avô e depois afirmou que não é minha mãe... Biológica.
Harry fica chocado, ouve ela contar toda a história em silêncio enquanto caminham lado a lado.
__... Ela disse que seu avô sempre negou que a moça era filha dele mas minha mãe afirma que era.
Harry nega com a cabeça:
__ Mas não é possível! Todos esses anos e nunca ouvi falar dessa moça? Tem certeza que sua mãe está mentalmente saudável?
Katerina o encara impaciente, Harry coloca as mãos para trás:
__ Apesar que pensando bem, isso explica muita coisa.
__ Que coisa?
__ Vou conversar com meu avô sobre isso. Mas mesmo que sejamos primos não há problemas em nos casarmos, Kat.
__ Como não? Na minha família isso sempre foi errado! É pecado!
__ Ora, na bíblia que tanto acreditas tem várias narrativas de primos que se casaram. Se fosse pecado não haveria esse costume. E seu primo Nathan tinha esperanças de conquistá-la_ Harry deboscha.
__ Nathan e eu não temos ligação consanguínea, ele é filho do marido de minha tia.
Harry dá de ombros arrependido de citar o frangote.
Katerina cruza as mãos na frente do corpo:
__ Não sei o que pensar.
__ Tenho certeza que é um mal entendido ou sua mãe está soltando o veneno dela como sempre.
Katerina o encara séria.
__ Não adianta me olhar assim. Não simpatizo com ela e nunca escondi isso.
__ É, mas fica cheio de sorrisos jogando charme. Mania irritante.
Harry ri:
__ Isso é ciúme?
Katerina não tem oportunidade de responder, vê Nathan se aproximar, os olhos castanhos com um brilho furioso.
Harry olha na mesma direção que ela, não tem tempo de evitar, recebe uma luvada na face direita.
Nathan encara o adversário:
__ Isso é um desafio para um duelo, seu traste!

Harry sente a face arder, encara o rapaz à sua frente, o olhar gélido... Já torceu o pescoço de muitos por muito menos! Tenta controlar a fúria.
Katerina entra na frente:
__ Só podes ter enlouquecido, Nathan? __ Ele destruiu sua reputação! Eu ouvi os rumores! Mal caráter!_ Olha para Harry com ódio.
Harry o encara de cima:
__ Retire. Não vou me responsabilizar se manteres o desafio.
__ Não vão fazer nada, os dois!_ Katerina olha para um depois para o outro_ Isso é ridículo!_ Olha para Nathan_ Foi tudo uma confusão, não houve nada, esses rumores são infundados.
__ E porque então aceitaste te casar com ele? Disseste que não irias aceitar! Como te obrigaram?
__ Não fui obrigada_ Katerina mente.
__ Então foi de bom grado. Estás apaixonada por ele?_ Nathan pergunta quase desesperado.
Katerina engole a seco:
__ Sim.
Harry a olha surpreso, Nathan reprime a vontade de chorar, respira fundo, olha para Harry:
__ Escolha as armas. Amanhã enviarei meus padrinhos para combinar os trâmites_ Gira os calcanhares, afastando-se.
__ Não! Nathan!_ Katerina se desespera.
__ Estarei esperando_ Harry responde.
__ Não, Harry, por favor!_ Katerina não suporta a angústia.
__ Não se preocupe, ele só sairá um pouco machucado, para aprender a não desafiar alguém superior_ Harry passa os dedos nos cabelos, começa a voltar para a casa_ Garoto impulsivo, vai arrumar para a cabeça_ Olha para Katerina_ Em qual modalidade ele é melhor?
Katerina o segue, sabe que Nathan não é páreo para Harry em uma luta corporal, só tem chance a distancia:
__ Armas de fogo.
__ Será armas de fogo então.
__ Jesus Cristo! Quer morrer, Harry? Pelo amor de Deus, faça algo para impedir isso!_ Katerina dá uma corridinha para alcançá-lo.
__ Não posso fazer nada, Katerina. Ele está decidido.
Katerina aperta o tecido do vestido com as duas mãos sem saber o que fazer, Harry a olha com carinho:
__ Não se preocupe, vai dar tudo certo.
__ Não sei como, oh Jesus!
Harry respira fundo:
__ Vou para a casa, de minhas saudações a lady Mullingar. Preciso esclarecer essa história sobre nossas famílias.
Katerina afirma com a cabeça, observa ele dar alguns passos:
__ Harry?
Harry se vira, Kat levanta o queixo orgulhosa:
__ Aquilo que falei para Nathan...
__ Sobre me amar?_ Harry dá um sorrisinho, sacana.
__ Foi para fazê-lo desistir, espero que não tenhas levado à sério.
__ Claro que não, não se preocupe_ Harry sorri de lado, faz uma mesura exagerada, com seu característico jeito brincalhão, e continua a se afastar.

Katerina observa os ombros largos, a maneira naturalmente elegante dele caminhar, a presença marcante... Cobre o rosto com as mãos quase tendo uma crise de nervos. Burra! Como pôde afirmar que sim! Ainda bem que não é verdade...

(Não é Katerina?)

Cruza os braços inconformada, volta o caminho lentamente... Precisa fazer uma caminhada para pensar um pouco.

CAPÍTULO 14

Harry adentra os portões de Milward Castle, observa as pastagens a alguma distância, de repente aquela sensação na nuca volta, para o cavalo e dá uma olhada por sobre os ombros, continua pelas moitas, em lugares onde provavelmente se esconderia se estivesse espionando, os olhos experientes atentos... Nada. Talvez seja coisa da própria cabeça, continua em seu caminho. Talvez esteja sentindo falta da ação. É estranho sua vida estar tão monótona ultimamente depois de tudo...

Minutos mais tarde, para de frente ao quarto do avô, bate na porta devagarinho:
__ Sou eu, meu avô. Posso entrar?
Alguns segundos e as grandes portas são abertas pelo acompanhante. O velho senhor tem um livro na mão e um monóculos na outra, levanta o olhar encontrando o dele:
__ Pois não?
__ Preciso lhe falar.
__ Sobre?
__ Sobre a mãe biológica de Katerina.
Os olhos azuis quase pulam da órbita com o choque, Lord Milward arruma a postura nervosamente:
__ Como descobriste sobre esse assunto?
__ Lady Mullingar fez questão de esfregar nas fuças de Katerina, da maneira mais cruel que o senhor possa imaginar_ Harry senta na cadeira estofada ao lado de seu avô, cruza as pernas, o queixo apoiado nas pontas dos dedos_ Interessante eu nunca ter escutado ninguém falar sobre essa sua suposta filha bastarda.
__ Eu não vou mexer nesse assunto_ Lord Milward vira a folha do livro, voltando a sua leitura.
__ Então era mesmo sua filha? Porque ninguém fala sobre isso?
__ Porque eu proibi qualquer menção sobre isso_ Lord Milward encara o neto_ É muita petulância sua me questionar!
__ Ora, qual é o problema? Só estou querendo esclarecer...
__ Me recuso falar sobre isso. Saia de meus aposentos.
Harry percebe que o avô está visivelmente magoado, decide obedecer. Levanta e faz uma mesura:
__ Tenha uma boa noite, meu avô.
Lord Milward observa o neto sair, olha para as próprias mãos trêmulas, impotente... Não aguenta a dor que esse assunto lhe traz. Sua adorada esposa faleceu por sua culpa e nunca se perdoou por ter sido teimoso fazendo-a morrer de tristeza para no final a história acabar como acabou!

Horas mais tarde, Harry encara a mãe, um tanto surpreso. Anne cruza as mãos, suave:
__ Esta é a versão que estou ciente. Eu tinha me casado há pouco tempo com seu pai e ele apareceu com essa menina de dez anos, muito machucada e maltrapilha sem memória depois de uma viagem. Segundo ele, ela estava caminhando pela estrada sem rumo. Foi a filha que ele não pode ter. Sua avó não suportou o desgosto e as desconfianças.
__ E a senhora acredita que não era filha dele?
__ Eu acredito. Seu avô era um homem infiel, todos sabíamos, assim como seu pai foi. É coisa de homem... Porém tenho certeza que se fosse filha dele, teria assumido, não tinha porque mentir.
__ Mal posso acreditar que Lord Mullingar seduziu-a aos dezessete! Era uma menina!
__ Seu avô a internou naquele bendito convento para livrá-la da vergonha de ser mãe solteira do filho de um homem casado. Felizmente essa história foi abafada e mantida em

67

segredo. Depois que Katherine faleceu, seu avô entregou Katerina para Lorde Mullingar criar, era justo que ela ficasse com o pai, pelo menos.
__ Entendi. Katerina precisa saber disso..._ Harry levanta.
__ Aonde vais filho?
__ Vou treinar um pouco, estou entediado.
__ Esse horário?
__ Sim... Não levo Death há um tempo para um trote, ele deve estar com energia reprimida.
__ Filho, não suporto vê-lo perto daquele cavalo!
__ Não se preocupe mãe, ele já está bem adestrado.
Anne suspira preocupada:
__ Está bem. Tome cuidado.
Harry a beija na testa:
__ Boa noite_ Vira e sai da saleta, caminhando direto para o estábulo.
Após terminar de colocar os arreios em Death, monta e sai em um galope tranquilo, o cavalo obediente.

Menos de uma hora percebe estar rondando Mullingar House, observando de longe a casa ainda iluminada em alguns cômodos... Como foi parar ali? Incrível, mal se deu conta do caminho que fez!

Desmonta e amarra o cavalo em uma árvore e vai entrando entre os arbustos, logo sai no jardim abaixo da janela familiar, o aposento escuro... Olha para a parede onde sempre subia, caminha ate lá e começa a escalar com facilidade.

Katerina levanta da cama agoniada com o calor, ascende o candelabro e vai até a bacia com a água que se refrescou antes do jantar... Estende a mão e pega o paninho quase seco, molha e passa no pescoço e colo a mostra pelo discreto decote... Um barulhinho na cortina chama atenção, olha rapidamente, percebe que foi o vento, volta a se virar, uma mão cobre sua boca... Katerina arregala os olhos, tensiona o braço e acerta uma cotovelada no estomago do "adversário", pegando-o desprevenido, corre ate a cama e agarra a adaga que sempre deixa dentro da botina mesmo quando a descalça, desembainha rapidamente e vira pronta para lutar até a morte...

Harry ri sem som, a mão no local alvejado, levanta outra mão como proteção:
__ Piedade_ Sussurra debochado
Katerina abaixa a guarda:
__ Hijo de perra!_ Sussurra_ Ai que ódio!
Harry se aproxima dela e a segura pela mão, retirando a adaga gentilmente:
__ Desculpe, não resisti_ O sorriso atrevido.
__ Sem graça! Quase me mata de susto!
__ Não vou nem perguntar o que significa essa ofensa... Sua mãe teria um ataque de nervos se a ouvisse nesse tom, minha querida.
Katerina olha para os dedos longos, em seu pulso, levanta o olhar:
__ Inconveniente, como ousa invadir meu quarto?
__ Ora, nunca reclamaste antes!
__ Mas agora é...
__ Diferente_ Harry se afasta e embainha a adaga na bainha_ O que aconteceu para dormires armada? Tua mania de perseguição piorou?
__ Fale baixo! E não, não piorou! É justamente para me defender de eventuais invasões em meus aposentos_ Katerina coloca as duas mãos na cintura_Vá embora!
__ Está bem_ Harry caminha em direção a janela_ Vim para contar tudo o que descobri sobre aquele assunto de sermos primos mas já que não queres ouvir...
__ Fique!
Harry gira o corpo displicente:

__ Está bem.
__ Vou apagar a vela antes que alguém perceba que estou acordada.
__ Ótimo.
Katerina segura o candelabro e assopra a vela, Harry engole a seco olhando para a cama... Foi ali que descobriu o prazer de invadir a profundidade de uma mulher, que tocou pela primeira vez a pele macia, a delicia do cheiro feminino... Agradece a penumbra por não entregar o súbito estado que seu corpo reage as lembranças.
Katerina senta na cama:
__ Me conte.
Harry senta ao lado:
__ Meu avô não quis falar, me expulsou do quarto, mas minha mãe contou tudo o que lembra.
Katerina escuta atenta... A voz grave, calma, aveludada, agradável de ouvir... Sentiu falta... Está tão diferente de antes, mais profunda.
Terminam a conversa os dois deitados lado a lado na cama em vertical, como nos velhos tempos.
Katerina seca as lágrimas com os dedos, emocionada com a triste história:
__ Seu avô foi muito cruel. Interná-la em um convento por nove meses! Que tristeza!
Harry suspira, deitado por sobre o braço:
__ Ninguém teve escolha Katerina. Seu pai foi um sem vergonha por mexer com moça direita.
__ Será que meu pai a amou?
__ Não sei.
Os dois se olham, a penumbra mostra pouco de cada expressão.
__ Nunca imaginei que estaria aqui, outra vez assim, contigo_ Kat comenta baixinho.
__ Eu também não. Na verdade achei que nunca mais te veria_ Harry fala suave.
Ficam em silêncio, mesmo no escuro o brilho dos olhares destacam:
__ Acho melhor ires embora_ Katerina sussurra.
__ Eu irei.
Katerina afirma com a cabeça meiga, Harry levanta a mão e enrola um cacho no dedo:
__ Amanhã nos vemos.
__ Harry?
__ Sim?
__ Desista daquele duelo...
__ Não posso, Kat. Ele desafiou, somente ele pode desistir.
__ Eu tenho medo.
__ Não tema, não vai acontecer nada comigo.
Kat semicerra os olhos:
__ Não temo por ti. Temo por ele.
Harry volta a rir sem som, deita na cama, Katerina o empurra pelo ombro:
__ Não tem graça_ Kat torce o nariz aborrecida.
Harry suspira com a mão na barriga, a olha com carinho.
__ Vá embora, sim?
Harry sorri de leve, levanta o troco ao mesmo tempo que a segura pelo pescoço, a beija em um selinho apertado, Katerina faz menção de se esquivar mas acaba permitindo.
Harry encaixa melhor os lábios, suga de leve o lábio inferior dela, sorrindo sacana em seguida, se olham:
__ Vá!_ Katerina fala repreensiva.
__ Vou!_ Harry sorri divertido, levanta e vai até a janela.
Kat cruza as mãos disfarçando o nervosismo:
__ Harry?
__ Uhm?

__ Desiste desse duelo.
Harry passa uma perna para fora:
__ Se ele desistir, eu desisto.
Katerina cruza os braços observando a sombra na janela sumir de suas vistas, volta a deitar lentamente, meio amortecida, os lábios sensíveis... Volta a ficar triste pela história da jovem Katherine.
Então seu pai se encantou com a ruiva rebelde e se envolveu com ela, que acabou engravidando. Foi obrigada a se enterrar viva em um convento para o escândalo não espalhar e morreu ao dar a luz.
Lord Milward tinha um grande carinho pela moça por isso essa obsessão em cuidar de seu futuro.
" És muito parecida com tua mãe, criança"
Seria esse o motivo para Miranda Mullingar odiá-la tanto? Provavelmente sim.
Suspira lentamente, outro sentimento incomodando... Preocupação. Tem que impedir aquele duelo de alguma maneira!

CAPÍTULO 15

É manhã, Harry se coloca de pé, bem humorado, confiante que o dia de hoje será calmo. A colheita ainda não terminou e não há muito o que fazer a não ser aguardar até o fim para distribuir os honorários.
Se olha no espelho da parede terminando de vestir um casaco quando ouve uma batidinha na porta. Olha:
__ Entre!_ Caminha até a cama para calçar as botas, seu valete abre a porta e entra:
__ Bom dia, milorde, há dois homens lá embaixo aguardando serem recebidos pelo senhor.
Harry franze o cenho confuso:
__ Avise que já vou descer, leve-os ao meu escritório.
__ Sim, milorde_ Johnatan faz uma mesura e se retira.
Harry termina de calçar as botas, caminha até um dos casacos e retira algumas folhas secas de hortelã, coloca na boca, mastigando e caminha em direção ao corredor, se perguntando quem seriam esses homens?
Assim que entra no escritório lembra do desafio do frangote... Em sua frente estão dois rapazes não muito mais velhos do que o desafiante. Respira fundo:
(Tolo, por quê não desiste?)
__ Senhores. Bom dia_ Harry caminha até eles apertando a mão de cada um.
__ Bom dia, milorde_ O moreno responde_ Sou Mr Clark e esse e Mr Fellin, somos padrinhos de duelo de Mr Nathan Wallace.
__ Uhm. Ele vai em frente com isso?
__ Milorde deve comparecer Hoje as três no campo atrás do cemitério da Capela.
__ Estarei lá.
__ Qual será a arma?_ O ruivo pergunta.
__ De fogo_ Harry responde.
__ Muito bem. Tenha um bom dia_ O moreno cumprimenta.
__Milorde_ O ruivo se curva discretamente.
Os dois homens se retiram.
Harry torce os lábios pensativo... O que deve fazer para salvar o rapaz de si mesmo? Senta na poltrona em frente da mesa e cruza as pernas, o queixo apoiado nas pontas dos dedos... Tem uma ideia. Ele se sentirá humilhado mas não tem escolha.

*****

A manhã passou muito rápido, Katerina aguardou paciente o horário do almoço para poder falar com Nathan e fazê-lo mudar de ideia porém ele não apareceu até agora... Parece que nem no escritório esteve hoje!
Nesse momento todos estão tomando o chá calmamente e nada de Natham aparecer. Katerina olha para o nada, preocupada!
O silêncio na mesa de jardim é palpável, interrompido somente pelo barulho da porcelana. Kat olha para o pedaço de bolo em seu prato sem nenhum apetite, um movimento chama sua atenção, vira rapidamente esperançosa de que seja o primo, mas não, é só um dos criados:
__ Alguém sabe me informar onde está meu primo?_ Katerina encara o rapaz, que fica subitamente pálido:
__ Milady, Mr Wallace saiu muito cedo.
__ Isso eu sei! Para onde ele foi?
__ Katerina não estrague meu chá com sua impaciência, ora! Nathan já é homem feito, se não esta presente é porque tem algo mais importante para fazer_ lady Mullingar reclama.

71

Katerina reprime a vontade de revirar os olhos:
— Nathan é muito responsável. Não achas estranho ele não ter aparecido desde de manhã, nem mesmo no escritório?
— Homens são responsáveis até aparecer um rabo de saia, ele deve estar por ai cometendo perversões._ Miranda permanece impassível.
— Não está nem um pouco preocupada?
— Tenho coisas mais importante para me preocupar, já não basta o peso que ele se tornou desde que ficou órfão!

Katerina olha para seu pai, que continua em silêncio como se nem estivesse ali, levanta irritada, colocando o guardanapo na mesa e se retira.
— Mal educada!_ Miranda volta a bebericar o chá.

Oliver observa a filha se afastar, suspira cansado.

Katerina caminha até o estábulo, o coração agitado, para em frente a Tempere, acariciando-a com carinho:
— Estou te deixando de castigo há dias não é?

Ouve passos, Fred aparece com dois baldes na mão, a olha com expressão culpada... Katerina desconfia:
— Porque me olha assim?
— P...p..ppor nada!_ O rapaz de treze anos gagueja.
— Fred? O que está acontecendo? Diga!
— Perdão, milady, prometi não contar!
— Contar o que?
— Sinto muito, milady.
— Deixe-me adivinhar, todos os criados sabem, por isso estão tão estranhos?
— Não posso diz...
— FALE FREDERICK WHITE!

Fred fica trêmulo com a explosão:
— Mr Wallace e Lord Milward irão duelar em poucos minutos no campo atrás da capela.
— Que? Mas não é possível! Tão rápido!
— Mr Wallace obrigou todos a ficarem calados desde a primeira hora da manhã. Saiu muito cedo para se preparar.
— Ave maria, vai acontecer uma desgraça!_Katerina abre a porteira de Tempere_ Vamos garota!
— Não, milady, por favor!_ Fred larga os baldes, caminhando até ela_ Mr Wallace vai arrancar minha língua por ter falado!
— Melhor do que eu te arrancar o pescoço por não ter falado! Dá apoio...
— Eu vou atrelar a...
— Não dá tempo! Rápido!

Fred estende as mãos juntas, Katerina pisa e suspende o corpo, montando a égua, esporeia e sai em um rápido galope.

Fred coloca as mãos no rosto arrependido por não ter guardado segredo. Mas afinal, sua fidelidade é para com ela mesmo, mas...
(Linguarudo!)
Corre até outra montaria e a segue, culpado.

*****

Harry desmonta acompanhado de Francis e Jhonatan, olha para Nathan de longe, rodeado pelos amigos, quando o vê, o rapaz o encara de cima, arrogante. Quase revira os olhos impaciente com a prepotência do frangote.

Os quatros padrinhos se juntam e conversam, também há um médico presente, chamado pelo próprio Natham, que também atuará como juiz. Dr Ralf Aldren.

Francis abre a maleta com duas pistolas como é o costume, assim como Mr Fellin exibe as armas que serão usada por Natham.
__ Vinte passos e duas tentativas_ Dr Aldren dita.
__ Positivo_ Harry cruza os braços observando atento, os padrinhos checam as armas para ver se está tudo nos conformes e preparam a pólvora, já Natham mantém a distância concentrado.
__ Vamos começar logo com isso, não tenho o dia todo_ Harry continua impaciente, Francis oferece a arma, segura.

Natham se aproxima e encara o grandalhão a sua frente, segura a arma, os dois viram de costas unidas e em seguida iniciam as passadas sendo contadas em voz alta pelo" juiz".

Katerina força Tempere ao máximo, os cabelos soltaram do penteado, a presilha se perdeu em algum lugar... De longe vê a campina e os homens... O duelo já começou, teme ser tarde demais.

Após vinte passos os combatentes viram, frente a frente... O barulho de cascos de cavalo chama a atenção, Harry levanta as sobrancelhas surpreso ao ver a jovem se aproximar em uma velocidade absurda, os cabelos ao vento em uma confusão de cachos... Adorável. Respira fundo, procurando sinal da própria paciência, pois, conhecendo-a bem, deve estar soltando fogos pelas ventas! Nota também outra montaria vindo atrás meio escondida pela poeira levantada pela primeira.

Natham engole a seco, desejando que fosse uma miragem. Não quer que Katerina presencie algo tão brutal.

Katerina puxa as rédeas, diminui a velocidade, a égua vai parando, desmonta próximo ao grupo de homens:
__ Basta! Eu os proíbo de continuar com essa bobagem!_ Ordena.
Harry olha para seus criados:
__ Segurem-na.
Os dois homens vão até Katerina, que levanta o queixo, impondo respeito:
__ Não se atrev...
Os homens agarram os braços delicados, Katerina os encara, a fúria explosiva nos olhos cor de mel, tenta se soltar:
__ Me soltem, é uma ordem!
Os homens não movem um músculo, olha para Harry de forma arrogante:
__ Harold?_ Ele a ignora, arrumando a arma e apontando para o adversário_ NÃO!_ Katerina volta a se desesperar
Harry abaixa a arma com expressão de tédio, vê o moleque desmontar do outro cavalo e correr para protegê-la:
__ Solte minha lady!_ A voz adolescente soa cheia de raiva.
Mr Fellin corre a segurar o mais novo.
Kat olha para o primo:
_ Nathan, por favor! Desista!_ Implora.
Harry se irrita... Por quê tanto ela se preocupa? Foi escolha daquele moleque esse duelo, por qual motivo ela está tão desesperada em impedir? Por quê tanta preocupação com esse... Rapaz ? Essas indagações o incomodam, olha para Natham determinado:
__ Tarde demais, agora iremos até o fim.
Katerina não se conforma:
__ Harry, não faça isso. Se algo acontecer, não irei te perdoar jamais!
Harry ignora, volta a levantar a arma, Natham o imita, emudecido, em sua mente passa todos os rumores que ouviu sobre os dois, sobre o caráter do homem á sua frente com postura superior... Essa postura é o que mais o desagrada. .
Katerina se debate:

__ ME SOLTA VERMES!
Não é muito fácil mantê-la quieta, apesar de pequena tem uma energia!
__ HARRY!_ Katerina clama uma última vez, percebe o quanto é inútil...
Os combatentes se encaram, armas apontadas, olhos verdes frios como gelo, olhos castanhos brilhantes de ódio.
Dr Aldren inicia a contagem regressiva em voz alta:
__ Cinco. Quatro. Três. Dois. Um!
Dois disparos...
Katerina aperta os olhos fechados temendo o porvir... Um grito de dor, Nathan! Abre os olhos.
Natham segura a própria mão trêmulo de dor, a arma caída a seus pés, no chão:
__ AAAH! MALDITO!_ Olha para aquele que se tornou o maior_ apesar de ser o único_ inimigo, com lágrimas nos olhos.
Harry abaixa a arma, muito calmo... Tudo ficará bem, isso o impedirá de tentar uma segunda vez, estende a arma para Jhonatan, que solta Katerina e segura para guardar de volta na maleta.
Francis também a solta assim como Fellin corre para ajudar o amigo livrando Fred, que permanece paralisado e trêmulo.
Harry observa a palidez no rosto de Nathan desfigurado pela dor, não percebe a aproximação da moça com atitude ameaçadora...
Katerina respira aliviada, nada grave aconteceu, Nathan foi alvejado na mão o que é um tanto humilhante, pois deixa claro a perfeição da pontaria do adversário e a clara intenção de impedi-lo de continuar. Foi uma atitude condescendente de Harry.
Fica revoltada por todo o susto que acabou de passar, caminha até Harry e levanta o punho pegando-o de surpresa com um soco no nariz, ele ainda desvia quando a vê tão perto, tudo muito rápido, isso impede de acertá-lo em cheio... Fica levemente desnorteado, o nariz arde.
Katerina chacoalha a própria mão ao sentir a dor do impacto:
__ Isso é por sua arrogância E nunca mais me assuste dessa maneira!_ Vira fazendo menção de ir até Nathan, que continua gemendo enquanto recebe os primeiros socorros.
Harry chega ao limite, a agarra pelo antebraço, enfurecido, ignorando o fio de sangue que escorre do próprio nariz:
__ Venha comigo agora!
__ Não vou não!_ Katerina tenta se esquivar.
__ Virá sim!_ Harry sai a passos largos até Death, ela se debate tentando se soltar:
__ Sacripantas, me solte!
Fred tenta ajudar mas é impedido por Francis, Nathan perdeu os sentidos ao ver o Dr retirar a bala, os demais assistem sem saber o que fazer.
Harry a vira de frente, a segura firme pelos dois braços, visivelmente destemperado:
__ Era um duelo que ele queria, pois bem, eu venci e mereço meu prêmio não acha? Cale-se e monte no cavalo! Vou te deixar em casa!
__ Nunca! Não vou montar nesse assassino!
__ Faça o que estou mandando Katerina!
__ Não!
__ Ah não?_ Harry se inclina e a joga sobre os ombros, em dois passos chega no cavalo, a joga por cima, uma bagunça de saiotes.
Katerina grita ofendida por estar sendo tratada com tão pouca consideração, levanta uma perna segurando nos arreios, consegue arrumar a postura, o encara de cima:
__ Não tens autoridade sobre mim!_ Afasta o pé decidida a fugir e acerta em cheio o flanco do cavalo, que empina relinchando de dor.
Harry assiste aterrorizado katerina voar pelos ares e cair violentamente contra o chão, o animal continua coiceando, muito próximo ao corpo dela como se fosse pisoteá-la, agarra as

rédeas tentando acalmá-lo, o animal empina outras vezes, quase acertando-o com as patas dianteiras, se desespera ao perceber que não conseguirá contê-lo... A qualquer momento Death poderá pisoteá-la! Solta o animal, que afasta veloz até parar um pouco mais à frente bufando agitado.
Harry corre até Katerina, se ajoelha no chão:
__ Kat?_ A segura pela cabeça, seus dedos se banham de sangue, trava os dentes desesperado_ DR! AJUDA!

Dr Aldren se aproxima apressado, Francis, Jhonatan e Fred assistem petrificados a cena horripilante, assim como os amigos de Nathan observam de longe toda a confusão.

CAPÍTULO 16

Harry caminha rapidamente capela adentro ao lado do reverendo, trazendo Katerina desacordada nos braços. O reverendo abre a porta do quartinho, entram, a deposita na cama com cuidado:
__ Ótimo, assim será mais fácil examiná-la_ Dr Aldren fala, entrando logo atrás.
__ A cabeça dela está sangrando Doutor_ Harry repete pela milionésima vez. Em sua experiência com ferimentos, sabe que bater a cabeça não é um bom sinal. Se sente culpado por tê-la obrigado a montar naquele maldito cavalo.
__ Retire-se por favor, Milward, ela precisa de privacidade_ Dr Aldren pede educado.
Harry vira e sai do quarto, enfia os dedos nos cabelos... Se algo acontecer com ela não sabe o que vai fazer... Maldito cavalo!
Os olhos verdes escurecem de ódio, caminha apressado para fora da capela passando por um Nathan ainda pálido mas já consciente, aguardando notícias de katerina acompanhado de Fellin e Clark. Para de frente com Francis, abre a maleta e saca a outra arma, assim como o cartucho com pólvora e projétil.
__ Milorde? O que irás fazer?_ Francis fica preocupado.
Harry o ignora, sai da capela carregando a arma, caminha a passos largos em direção à campina, para... De longe pode ver Death, agora calmo, parado próximo a um tronco caído, sem pensar duas vezes, aponta a arma e dispara.
O cavalo cai no chão, agonizante, Harry caminha apressado em direção ao animal preparando a arma para outro disparo, os olhos verdes tem um brilho vingativo, para ao lado e aponta na cabeça do cavalo, outro disparo...

Pouco mais de uma hora Katerina desperta, abre os olhos, sua cabeça lateja... Se depara com o olhar calmo do reverendo e do Doutor.
__ Lady Katerina?_ O reverendo junta as mãos aliviado_ Vou avisar aos outros que despertou_ Se retira.
__ Como está se sentindo?_Dr Aldren pergunta.
__ Dolorida... Em cada centímetro.
__ Imagino. Sem náuseas?
Katerina afirma com a cabeça:
__ Sem náuseas.
__ Que bom. Milady não quebrou nenhum osso e o ferimento na cabeça também não precisou de pontos... Vai ficar tudo bem, acredito.
Katerina fecha os olhos, uma sensação horrível de exaustão.

Reverendo Dalson aparece no salão da capela onde todos aguardam, olha para o jovem lorde Milward, que permanece inclinado olhando para baixo, os braços apoiados nas pernas, as mãos cruzadas, a expressão carregada.
__ Ela despertou, parece estar bem.
Nathan levanta imediatamente:
__ Posso vê-la?
__ Creio que sim.
Harry engole a seco, a culpa martirizando... Observa Nathan sumir corredor adentro, enfia os dedos nos cabelos irritado consigo mesmo, levanta e vai em direção ao quartinho.
Katerina sorri de leve com o carinho do primo:
__ Não se preocupe, pareço estar desconjuntada mas vai passar_ Brinca.
Nathan sorri aliviado, Kat o acaricia no braço:
__ Como está a mão?

76

__ Dolorida. Já mandei Fred ir buscar um coche para te levar, como Dr Aldren disse, precisas de repouso.
Katerina percebe um movimento na porta, Harry aparece tímido, a expressão culpada... A olha carente sem nada dizer.
Katerina desvia o olhar:
__ Vai demorar a chegar? O coche?
__ Creio que não_ Nathan também olha para a porta, fica sério_ Vou aguardar e te acompanhar_ Se dirige a prima.
__ Não é necessário, acho melhor ires ao consultório dar uma boa olhada nessa mão.
__ Eu já disse isso a ele_ Dr Aldren fala.
__ Então estás esperando o que? Tenho pernas, posso ir até o coche sozinha_ Katerina sorri amigável.
__ Eu vou. Só não queria deixá-la sozinha.
__ Ela não está sozinha_ Harry finalmente se pronuncia.
Um silêncio pesado se instala.
Nathan respira fundo tentando manter a calma, Katerina troca um olhar com Harry...
__ Vamos Wallace, preciso examiná-lo direito_ Dr Aldren praticamente ordena.
Nathan afirma com a cabeça, todos se retiram do quarto, somente Harry fica, evitando adentrar.
Katerina permanece deitada, o silêncio pesado volta.
__ Como estás se sentindo?_ A voz grave parece uma carícia.
__ Como imagina?_ Katerina responde seca.
__ Kat, eu sinto muito...
__ Sente? Me jogaste em cima daquele...
__ Eu sei, não imaginei...
__ Insiste em ficar com aquele animal pra cima e pra baixo!
__ Não vou mais ficar, ele não machucará mais ninguém.
__ Não?
__ Fiz o que meu avô deveria ter feito quando Henry faleceu.
Katerina engole a seco:
__ Por isso estás com essa culpa?
__ Estou assim porque quase te matei.
Katerina cruza as mãos, abaixa o olhar, Harry respira fundo:
__ Posso entrar?
__ Nunca pediste antes, porque estás fazendo cerimonia agora?
Harry abre a boca para responder mas é interrompido por Lorde Mullingar:
__ Filha?
Katerina olha para o pai surpresa, ele para na entrada, respira aliviado:
__ Uhm. Está tudo bem. Quem sabe agora não tomas vergonha e tenhas um comportamento decente.
Harry encara o homem irritado, olha para Katerina:
__ Eu te aj...
__ Não. Estou bem_ Katerina levanta com um pouco de dificuldade, sai caminhando mancando discretamente.
Harry a observa com carinho, ouve lorde Mullingar começar o sermão:
__ Onde já se viu sair assim de casa sem avisar ninguém! Não é a toa que sua reputação..._ A voz some, longe.
Harry trava o maxilar. Mas que porcaria! Será que nem machucada Katerina tem paz?

Dia seguinte.

Amanheceu nublado, Katerina ouve paciente a voz doce de Lady Anne e de sua mãe conversando, discretas:

__ ... E também iremos encomendar o vestido do casamento. Não se preocupe, vamos arcar com os gastos. Sabemos da situação delicada que estão passando_ Lady Anne fala.

__ Amanhã acredito que Katerina já estará bem para sair_ Lady Mullingar olha para a filha.

__ Estou um pouco incomodada com as fofocas que estão circulando sobre aquela noite. Espero que não te sintas mal, Katerina, mas certamente haverá pessoas que irão tratá-la de maneira pouco amigável.

__ Milady, não se preocupe com isso, sei bem lidar com desprezo alheio_ Katerina alfineta.

Miranda Mullingar finge não ser com ela, abre o leque:

__ Apesar de nublado está tão abafado não?_ Muda de assunto.

__ Há outra coisa... Ontem Harold sacrificou aquele animal...

__ Sim, eu soube_ Katerina afirma.

__ Agora estão julgando-o violento, sem coração... Até mesmo em casa, os criados que não o conhecem desde pequeno o encaram com temor.

__ Também pudera, ele agiu como o selvagem que é!_ Miranda fala desgostosa.

__ Ele agiu como qualquer homem agiria ao ver a mulher amada em perigo_ Lady Anne responde firme.

Katerina sente o coração vir a boca, a respiração fica difícil:

"A mulher amada"

Lady Mullingar fica com expressão de deboche:

__ A diferença é que ele não ama, só está preocupado com o cofrinho de ouro. Se algo acontecesse com Katerina, lorde Milward o deserdaria, com certeza.

Katerina olha para a mãe, magoada, desvia o olhar... Já faz tempo que aquela mulher não a atingia, porém hoje está sensível.

Lady Anne encara Miranda ofendida, se levanta:

__ Bem, vou me retirar. Fica marcado para amanhã então, minha querida_ Se dirige a katerina.

__ Sim, milady_ Kat sorri disfarçando a mágoa.

Uma batidinha na porta da saleta, Harry aparece um sorrisinho meigo:

__ Com licença? Bom dia, entrei e pedi para Mr Winblow não me acompanhar, afinal sou quase de casa! Vamos mamãe? O dia está cheio_ Faz uma rápida mesura como cumprimento_ Espero não ter chegado muito cedo. Miladies.

Katerina fica surpresa. Não sabia que ele estava ali, acena delicadamente com a cabeça, os olhos verdes tão carinhosos a faz sentir um leve rubor nas faces. Já lady Mullingar para de abanar o leque:

__ Já terminamos sim.

__ Posso falar com minha noiva por alguns minutos?

__ Claro. Lady Anne, eu a acompanho_ Lady Mullingar levanta, Lady Anne a imita e sorri de leve para katerina, ficando com as mesmas covinhas do filho. As duas senhoras se retiram.

Harry se aproxima:

__ Posso me sentar?

__ Me poupe, Harold_ Katerina tenta soar o mais distante possível.

Harry suspira e senta ao lado dela:

__ Estás melhor?

__ Sinto poucas dores ainda, mas sim, estou melhor.

__ Que bom. Vim me despedir, irei para Londres após o almoço.

__ Uhm. Vá com Deus!_ Debocha.

__ Só passei aqui para ter certeza de que estás bem.

78

__ Uhm. Veio visitar seu cofre de ouro.
__ Porque dizes isso?_ Harry a olha indignado.
__ Vai negar que toda essa preocupação é porque tens medo de seu avô se irritar e...
__ Não. Toda essa preocupação é por minha noiva e antes disso, por minha amiga.
Katerina levanta o olhar, encontra os olhos verdes, tão lindos e sinceros.
__ Já ouviste o que estão a falar de ti?
__ Sim. E pouco me importa. Já ouvi adjetivos piores_ Harry dá de ombros_ Não se incomode.
__ Impossível.
__ Te importas?
__ Não gosto de julgamentos injustos.
__ Achas que é injusto?
__ Não te conheço como antes, Harry, mas também não acho que seja tudo isso que falam, um selvagem e violento.
__ Kat... Nesses três anos tive que fazer muitas coisas, muitas mesmo... Mas os fins justificam os meios, te garanto.
__ O que? O que fizeste? Foi grave? Cruel?
__ Não vem ao caso e agora pouco interfere... Para sua própria segurança, esqueça isso.
__ Uhm.
Os dois se encaram por alguns segundos, Harry estende a mão e segura a dela:
__ Bem, preciso ir... Não estás mais brava comigo?
__ Não sei_ Katerina abaixa o olhar, o toque quente da mão enorme lhe deixa sem jeito.
__ Uhm_ Harry faz menção de soltar e levantar, kat o segura, suave:
__ Boa viagem.
__ Obrigado_ Harry se inclina levando a mão dela aos lábios.
Katerina observa, porém no último segundo ele se aproxima mais e rouba-lhe um beijo delicado, surpreendendo-a.
Harry sorri charmoso ao se afastar:
__ Boa tarde, milady.
__ Boa tarde, milorde_ Katerina sorri de leve.
Ele arruma a postura, vira e se afasta, sumindo pelas grandes portas, Katerina morde o lábio inferior com um sorrisinho bobo... Toca-os de leve com a ponta dos dedos, a sensação do beijo permanece.

CAPÍTULO 17

A estadia em Londres é bastante corrida. No dia seguinte em que chegou, Harry se encontrou com os advogados e contadores de seu avô tentando pegar todas as informações necessárias para se adaptar a sua nova tarefa. Será demorado e cansativo, já percebeu que irá levar o mês inteiro ou mais para organizar todas as finanças.

Resolvida essa pauta, foi para o subúrbio onde passou os quatro ultimos dias organizando o barco para uma nova viagem. Seus homens vão entregar uma grande encomenda na Escócia e logo estarão de volta, prontos para partirem para Bahamas. Pretende fazer a segunda viagem com eles para ver como as "coisas" vão indo, nunca gostou de ficar muito tempo longe dos "negócios".

Nesse exato momento está em um bar em um buraco miserável próximo ao porto dando as últimas recomendações a seu primeiro imediato.

Ed suspira aliviado:

__ Fico contente que tenhas mudado de ideia, cap... Já pensou, largar o mar assim e viver uma vida pacata em terra firme! Não consigo imaginá-lo assim.

Harry bebe um gole do uísque barato, faz uma careta.... Poucos dias tomando bebidas de primeira linha e já está com o paladar diferenciado. Olha para o amigo, dá de ombros:

__ Essa é minha intenção, ficar um pouco aqui, um pouco lá. Vamos ver_ Passa os dedos nos cabelos, que precisam de uma boa lavagem_ Me mantenha informado sobre tudo.

Ed escreve algo em um pequeno papel e entrega para o capitão, Harry passa os olhos rapidamente... Sempre fica tão orgulhoso por ter ensinado o amigo a ler e escrever! Lê outra vez, agora sério:

__ Tem certeza?
__ Chegou essa semana.
__ Muito bem. Vou ajudar como puder.

O ruivo sorri:

__ Imaginei que dirias isso.

Harry amassa o papel e levanta:

__ Hoje tenho compromisso. Se der venho amanhã, se não, boa viagem.
__ Obrigado, capitão_ Ed agradece, observa o amigo se afastar a passos largos e jogar a bolinha de papel disfarçadamente na lareira fumacenta, em segundos o papel vira cinzas. Volta a beber o uísque barato calmamente fazendo hora para depois ir embora.

Harry sai da taverna, segue rapidamente pela viela com um forte fedor de urina e restos de fezes deixados como esgoto, logo sai nas ruas quase desertas... Encontra seu cavalo no estábulo de aluguel, paga a estadia e sai em um galope apressado... Não nota uma sombra se esgueirar de volta para a viela.

Essa noite irá participar do primeiro evento "importante" do início da temporada, uma peça no Teatro mais luxuoso de Londres, está curioso para assistir, não há um só homem que não comente a beleza da atriz principal.

O local esta abarrotado, as famílias mais ricas e importantes nos camarotes, na pista os menos abastados mas ainda com condições satisfatória, podendo pagar pelo ingresso.

Harry chega na metade do primeiro ato, entra no camarote separado para os Milward, senta mais no canto, querendo assistir e estudar discretamente a beldade com voz de anjo no palco.

Loira, curvilínea, apetitosa, perfeita... Todos os homens presentes ali a cobiçam, inclusive os casados e comprometidos. Harry sorri de lado, a cabeça planejando como irá abordá-la e convencê-la a ceder mesmo que ela já tenha um "protetor". Será essa noite, já não suporta

80

mais ficar sem sexo, logo estará se tornando quase um eunuco. São três meses sem tocar a pele macia de uma mulher!

Não percebe os olhares curiosos de várias senhoras e sua filhas, que buscam um bom partido para fisgar, o fato de todos saberem que está comprometido, inclusive saberem o escândalo que envolve esse compromisso não as impedem de admirar o homem extremamente atraente e sedutor vestido todo de preto, os cabelos lhe dando um ar rebelde.

Após a peça acabar, muito ovacionada por sinal, acontece uma recepção no salão requintado ao lado, estão presentes para parabenizar a bela atriz todos os admiradores que tem a esperança de ter uma chance com a moça. Harry observa a distância, aguardando o momento certo, ela sorri lisonjeada por todos os elogios que a cercam, os bajuladores investindo toda a lábia que são capazes.

Assim que surge a oportunidade, Harry se aproxima:

___ Senhores, senhores, deixem a dama respirar! Os senhores vão sufocá-la dessa maneira!_ Faz uma mesura elegante_ Peço desculpas, senhorita, pelo mal tato dos meus conterrâneos.

A bela dama se vê hipnotizada pelo par de olhos verdes, quando se dá conta, já está acompanhando-o em direção ao jardim para um passeio, a voz grave e rouca enfeitiça a cada palavra...

Horas mais tarde.

Harry respira fundo, o corpo começando a relaxar após os tórridos e alucinantes momentos de sexo, finalmente satisfeito. Olha para a beldade a seu lado, o corpo curvilíneo encanta, seios fartos exatamente como adora, coxas roliças, cintura fina... Feita para agradar um homem... Scarlet. Ela disse ser desimpedida, portanto irá apadrinhá-la. É adorável e divertida, será satisfatório para os dois. Sobre katerina, bem... Não será nenhum problema afinal, mulheres são educadas para se submeterem a infidelidade de seus companheiros e, por enquanto, não fez promessa nenhuma perante a autoridade, seja religiosa ou judicial.

Vira de lado e desenha o bumbum branquinho com uma mão, subindo para as costas... Ela sorri de leve visivelmente gostando da carícia, também sorri... Ela é exatamente o que procurava, madura, com mais de trinta anos, uma sorte encontrá-la livre!

Scarlet Johanna fecha os olhos deliciada, ainda surpresa com a própria sorte! Ele é atraente, bom amante, sedutor, inteligente, rico e generoso! Olha para o anel que ele estava usando no dedo mindinho e a presenteou agora a pouco. Puro ouro, pesado... Será um prazer "servi-lo" e ganhar vários presentes e ainda desfrutar do corpo jovem e insaciável.

Sente ele acariciar sua pele, se arrepia, pronta para mais momentos daquele sexo alucinante que compartilharam, vira e procura os lábios másculos, rosados, e se deixa levar outra vez...

*****

Três dias depois.

Katerina aperta os olhos sem conseguir dormir... Somente mais um dia e verá Harold. Suspira encantada_ Franze o cenho preocupada_ E será "apresentada" para a sociedade Londrina... Como será recepcionada pelas pessoas? Ultimamente tem tido uma amostra da crueldade das pessoas, olhando-a torto, cheias de preconceito por ser "uma perdida". Mesmo estando acompanhada de Lady Anne, que se desdobrou por fazê-la se sentir um pouco melhor, as pessoas torceram o nariz em sua presença... E horrível se sentir assim.

Respira fundo outra vez, expulsando o sentimento negativo, volta a pensar em Harry... Fica incomodada com o fato de sentir falta dele, das conversas, da risada debochada, os olhos verdes brilhantes... Abraça uma travesseiro... Talvez não seja tão ruim esse "acordo", não será nada difícil se entregar a paixão que sente começando a renascer.

Passa horas imaginando como será quando vê-lo de novo, mais beijos roubados? Mais sorrisos cúmplices? Sem perceber, tem sorrisinho nos lábios a cada lembrança.

Quando percebe o dia clarear, finalmente consegue adormecer, desistindo de ir essa manhã nadar no lago, precisa descansar, não pregou os olhos! Acorda quase no horário do almoço, pula da cama, não pode se demorar, hoje ainda tem que ministrar a aula para seus pequeninos!

Katerina chega em casa depois de mais uma aula produtiva, exatamente na hora do chá da tarde. Assim que entra no corredor, pode ouvir a voz animada de Albert... Já voltou de Londres!

Decide subir para se refrescar um pouco antes tomar o chá em paz.

Ao entrar no quarto reconhece o saquinho aveludado com seu colar de rubi, abre o baú e guarda na caixinha com as outras joias. Espera que Albert tenha resolvido as pendências e não volte a fazê-las!

Ao descer, já próxima da saleta, ouve a voz debochada do irmão:
__ Não se fala de outra coisa mamãe, os dois foram vistos...

Katerina entra na saleta, o irmão a olha surpreso, emudecendo.

Miranda sorri maldosa:
__ Olha só, estávamos falando algo de seu interesse. Senta, venha tomar chá conosco e se inteire das novidades!

Katerina caminha até a mesinha um tanto insegura, se serve e senta, beberica o líquido morno, o olhar baixo.

Miranda continua:
__ Seu irmão estava me contando, Kat. Seu noivo anda desfilando para cima e para baixo com uma beldade loira, atriz de teatro. Parece que é o novo protetor dela. Homem vulgar, não faz nem questão de disfarçar, é um selvagem mesmo!

Katerina trava o maxilar, o coração apertando a cada palavra que sua mãe fala. Deus, que humilhante! Nem se casou e já tem que lidar com a promiscuidade de seu futuro marido?! E essa dor? Ciúme?

Continua ouvindo a conversa em silêncio, tentando demonstrar impassibilidade, ao terminar, deposita a xícara na mesinha e levanta:
__ Albert, seja bem vindo de volta. Me deem licença_ Se retira da sala, não suportando a vergonha, os olhos embaçando com lágrimas contidas.

Caminha pelo corredor as pressas sem ver, sai pelas grandes portas e desce a escadinha com cinco degraus correndo sem uma direção certa, deixando as lágrimas deslizarem livres por sua face... Esta doendo demais! Achou que não voltaria a sentir-se assim... Como pôde? Como pôde se iludir outra vez com aquele Maldito?! Precisa fugir daquela dor! Precisa fugir... Fugir de si mesma!

*****

Londres, dia seguinte.

Katerina observa o coche entrar pelos grandes portões da mansão em Mayfair, o olhar gélido, distante... Se preparou psicologicamente para esse dia, o reencontro com o "noivo". Não vê a hora de enfrentá-lo mas também teme esse momento, odeia estar presa à esse compromisso, à ele.

A viagem foi cansativa como sempre, mas chegaram em um período satisfatório, as estradas bem transitáveis.

Para resumir, não há nada que possa fazer para mudar seu destino, Lorde Milward já mandou divulgar no jornal da capital o dia do casamento, os preparativos estão indo de vento em popa, tanto que lady Anne virá um pouco mais tarde porque precisa resolver vários assuntos sobre as bodas.

Para Katerina, não há animação alguma, sua vida se tornará triste e vazia, decidiu em não compartilhar do leito matrimonial com aquele selvagem promíscuo, se ele quer humilhá-la e envergonhá-la para toda sociedade, que faça! A situação não pode piorar mesmo! Pelo menos irá preservar o próprio corpo.

Assim que o coche para de frente a escadaria de mármore, um criado abre a porta ajudando lady Mullingar e Katerina a descer, logo em seguida lorde Mullingar desce com sua careca brilhante. Os três sobem a escadaria e são recebidos pela equipe de criados devidamente uniformizados.

Harry não esta em casa, Kat não sabe se fica aliviada ou irritada... Isso só ira protelar o encontro tão temido. Bem, ao menos terá um pequeno tempo para descansar e repor a energia antes de enfrentá-lo.

Harry chega pouco antes do horário do jantar, se refresca rapidamente e troca de roupa, ficando elegante para receber seus hóspedes. Assim que termina, abre a porta do enorme aposento, está fechando quando o aposento logo da frente se abre e Katerina sai, vestindo um lindo vestido verde, que realça os cabelos de fogo presos em uma trança simples e firme. Sorri satisfeito:

__ Ora, ora! Bem vinda!

Katerina sente o coração vir a boca ao vê-lo tão bonito. Endurece os sentimentos, faz uma mesura formal:

__ Milorde.

O sorriso vai sumindo dos lábios de Harry ao perceber o olhar gélido da noiva:

__ Kat? Está tudo b...

__ Não_ Katerina o interrompe com uma resposta seca, se controla para não começar a desabafar toda sua raiva imediatamente, o encara, o queixo erguido, orgulhosa.

Oliver Mullingar sai do outro quarto no início do corredor, Harry se vê obrigado a interromper a conversa e ir até o sogro para cumprimentá-lo.

A partir daí, não tem mais tempo de falar com Katerina, Lorde Mullingar lhe cobra toda a atenção e quando lady Mullingar se junta a eles, piora.

Durante todo o jantar, Harry tenta fazer contato visual, porém ela o ignora, o olhar baixo. Das três vezes que solicitou a opinião dela foi respondido com monossílabas desinteressadas. No final da noite, ela se recolheu deixando-o com uma leve dor de cabeça de tanto se perguntar o que fez errado para ser tratado com tanto descaso?!

E nos próximos dias continua, o mesmo tratamento distante, a mesma expressão fechada, a agonia de estar com as mãos atadas sem conseguir uma aproximação aumenta a uma intensidade insuportável. Chega a conclusão de que:

1- Mulheres são estranhas.

2- Está profundamente incomodado com toda essa frieza, chega a começar a afetar seu relacionamento com Scarlet.

3- Katerina é ótima em se esconder e fugir, mas isso já sabia. É frustrante, mal a vê durante o dia e a noite somente a encontra para jantar e logo ela se tranca no próprio quarto "indisposta"

Que diabos!

CAPÍTULO 18

Primeiro baile da temporada no palácio de Buckingham, toda a alta sociedade londrina será recebida pelo conselho do Rei George incluindo o primeiro ministro britânico.

Katerina engole a seco, passando a mão no vestido rosa bebê, as faces afogueadas, os cabelos presos atrás caindo em uma cascata de cachos... Está quase bonita. E trêmula.

Teme que algo de errado aconteça ou que...

(Bem, seja prática, não adianta sofrer por antecipação).

Respira fundo tomando coragem, sorri para Elene:

__ Obrigada pela ajuda.

__ Milady está linda_ Elene sorri emocionada. Foi adorável observar a pequena menina insegura se desenvolver e a cada fase ir desabrochando como uma flor e agora está ali, em seu maior esplendor!

Kat nega com a cabeça:

__ Não exagere, estou apresentável.

__ Está linda, seu noivo irá ficar encantado.

Kat torce o narizinho:

__ Pouco me importa meu noivo El.

Elene olha para a moça a sua frente preocupada:

__ Quer conversar sobre isso?

__ Não. Estou bem. Já vou indo_ Kat caminha em direção a porta, Elene se adianta e abre, Kat respira fundo outra vez, sorri nervosamente:

__ Obrigada.

__ Vai dar tudo certo_ Elene se diverte.

Kat sai para o corredor, encontra o olhar surpreso de sua mãe, que também esta saindo do outro quarto.

Miranda olha a jovem lindíssima de cima a baixo, desvia o olhar em seguida, visivelmente contrariada, cheia de inveja, sai andando apressada.

Katerina a segue confusa. O que foi que fez agora?

Harry volta a brincar com a miniatura de sino de capela a mostra no aparador da sala, o silêncio entre ele e o futuro sogro começa a se tornar desconfortável. Onde essas mulheres se meter...?

Vira ao ouvir passos na escada, vê lady Mullingar descer com mais um de seus chapéus espalhafatosos e logo atrás... Levanta as sobrancelhas surpreso pela formosura da jovem em um vestido rosa clarinho com decote discreto deixando a mostra o início das curvas dos seios. Fica sem voz momentaneamente...

__ Ora, valeu a pena a espera. As senhoras estão um encanto!_ Lorde Mullingar sorri admirado.

Harry limpa a garganta:

__ Sim, um encanto!_ Repete sem saber o que dizer, se adianta e oferece o braço para acompanhar Katerina assim que ela termina de descer, porém ela passa direto, a cabeça erguida orgulhosa, ignorando-o completamente.

Harry revira os olhos irritado. Isso tem que acabar. Mas que droga!

Já no lado de fora, kat estende a mão e apoia na de seu pai, sobe no coche e senta de frente com sua mãe, seu pai senta ao lado e segundos depois Harry entra e senta a seu lado. O cocheiro coloca o veículo em movimento e durante os 30 minutos até o palácio, Katerina é obrigada a aguentar a coxa musculosa roçando em suas saias, as vezes o sacolejo do coche fazendo-o pender um pouco, ficando praticamente perna com perna, separadas somente pelas camadas de tecido. Ele veste preto como sempre, a calça ajusta como uma segunda pele, porém

84

hoje usa uma camisa branca por baixo do casaco e um broche de esmeralda destacando a gravata fazendo os olhos verdes ficarem ainda mais brilhantes. Katerina se força a manter a respiração calma mesmo com o coração descompassado.

Quando chegam, a situação piora um pouco mais, seus pais desembarcam e vão na frente, Harry desce e estende a mão, katerina o encara, a clara intenção de descer sozinha, ele perde a paciência:

___ Acabarás sofrendo uma queda, aceite minha ajuda, deixe de ser orgulhosa!_ Franze o cenho impaciente.

Kat olha para a distância entre o chão e o degrau, solta o ar desistente. Não tem escolha, estende a mão e segura na dele, enorme, aconchegante. Mesmo com luva pode sentir o calor, sente a pele sensível, arrepiada. Mal toca o chão, faz menção de soltá-lo porém Harry segura firme encarando-a:

___ Por quê? Por quê estás me tratando assim, Kat?

___ Pergunte à sua consciência_ Katerina responde seca, se desvencilha e segue seus pais sem ligar para protocolos, afinal uma dama SEMPRE tem que estar acompanhada de seu cavalheiro.

Harry olha para o alto ordenando-se paciência, vira e vai atrás dela a passos largos:

___ Pode parando de me ignorar katerina, terás que entrar comigo como dita a etiqueta!_ Caminha ao lado dela_ Já chega de escândalos envolvendo nosso nome!

___ Nossa, "o senhor" me surpreende, está com amnésia?!_ Kat usa de todo o sarcasmo ao ser extremamente formal_ Não é "o senhor" que vive desfilando com certa atriz por ai mesmo sendo comprometido? Que hipocrisia!

Harry a olha boquiaberto, Katerina segura o vestido para conseguir subir os degraus da escada:

___ Poupe-me de sua companhia sim?

___ Quem te contou?_ Harry insiste a ficar ao lado dela.

___ Todos sabem, "o senhor" não fez questão de esconder.

Harry engole a seco, puxando na memória... A única vez que saiu com Scarlet em público foi no dia seguinte ao primeiro encontro, onde foram almoçar juntos, afinal não era sua intenção que todos descobrissem e os únicos que encontraram foram alguns jovens que estavam almoçando no mesmo local, entre eles Albert. Já sabe quem foi o delator:

___ Eu... Eu posso explicar.

___ Não quero soar vulgar, sir, mas... Não, não vou dizer o que "o senhor" deve fazer com suas explicações.

Param em frente a entrada, tem uma fila onde todos aguardam que sejam introduzidos ao conselho, Katerina passa a ponta dos dedos na testa disfarçadamente, Harry percebe o tremor, a olha com ternura, estende a mão e segura na dele entrelaçando os dedos. A atitude é tão doce que Katerina fica sem reação por alguns segundos.

Ouve o recepcionista introduzir seus pais e logo em seguida o homem fala:

___ Lorde Harold Edward Milward, neto de Lorde Milward, conde de Yorkshire e sua noiva Lady Katerina Mullingar.

Katerina sente o estômago revirar, Harry deposita sua mão no braço e entra, passando pelo tapete luxuoso até o final, fazem uma mesura perante o conselho e em seguida um dos criados os acompanham até a mesa reservada.

Harry observa o rosto plácido de sua noiva, só é possível perceber o nervosismo por causa do colo delicado que sobe e desce no decote conforme ela respira.

Param de frente a uma das mesas redondas onde será servido o jantar, os Mullingar já estão se acomodando. Uma das senhoras presentes, avançada de idade, olha para Harry com a ajuda de seu monóculo:

___ Jovem Milward... Sabia que serias tu a carregar todo o charme de teu avô.

Harry fica com um sorrisinho matreiro:

85

__ Lady Pembory, há quanto tempo!_ Segura na mão enrugada e deposita um beijinho discreto.
__ Olha isso! Exatamente como seu avô, o mesmo sorriso! Eu fui um dos muitos corações partidos quando Letícia fisgou o conde.
__ Imagino se meu avô algum dia não tenha se arrependido, milady é muito charmosa_ Harry galanteia.
__ Ora rapaz, me poupe, estou mais enrugada do que uma mexerica! Eu que não me arrependo, seu avô se tornou um velho ranzinza e sem graça. Não seja como ele!
Harry ri divertido com a senhora que sempre chocou por não ter papas na língua.
__ E essa linda jovem?_ Lady Pembory olha para Katerina_ Fico feliz que, apesar de estar mais educada o fogo nos seus olhos não se apagaram. Lindo casal, tem minha benção. E não ligue para os olhares tortos minha querida, eu tendo um noivo como esse também não me conteria até a noite de núpcias!_ A senhora da dois tapinhas na mão de Katerina como apoio.
Kat fica com a boca aberta, o rosto parece pegar fogo, a vontade de fugir dali aumenta. Harry disfarça, afasta a cadeira:
__ Sente-se, por favor.
Katerina obedece momentaneamente emudecida, Harry senta ao lado e distrai a senhora para poupar a noiva de mais constrangimentos.
São quase três horas de jantar, bastante calmo e sossegado, tirando a bagunça de vozes misturada junto com a música tocada por um quarteto de cordas e o calor que o aglomerado de corpos causam. No final, Katerina sai com sensação de alívio.

Ao chegarem na mansão, Lorde e lady Mullingar mais uma vez se adiantam, Harry aguarda Katerina com a mão estendida para ajudá-la, é ignorado outra vez, cruza os braços encarando-a. Observa ela segurar no apoio de ferro do coche e descer um degrau, ao pisar no segundo a sapatilha engancha na barra do vestido...
Katerina se arrepende assim que vê o próprio corpo pender em direção ao chão, será uma queda feia! Estende os braços agarrando-se no paletó, tentando segurar em algo, sente a mão dele agarrá-la no braço, a outra a envolve na cintura com gentileza e a suspende rapidamente, a deixa no chão. Levanta o olhar, um grave erro, ele a observa de uma maneira estranha como se fosse devorá-la. Um arrepio sobe por sua espinha:
__ Tire suas mãos de mim_ Fala rude.
Harry obedece de imediato:
__ Da próxima vez te deixo cair.
__ Será um favor. Antes um encontro com o chão do que qualquer contato com o senhor.
__ Claro, por isso quase rasgou todo meu casaco para evitar a queda.
Katerina não responde, caminha em direção a entrada, onde o mordomo aguarda com a porta aberta.
Harry trava o maxilar, a fúria dando sinal de vida, a segue e a agarra pelo braço, entra, sob o olhar chocado do mordomo recém contratado, levando-a pelo corredor.
Katerina geme baixinho, ofendida, soca o braço musculoso:
__ Me solta! Patife!_ Mal consegue acompanhar os passos largos.
Harry abre a porta do escritório, a obriga a entrar, entra e fecha atrás de si:
__ Agora sim, vamos conversar.
__ Quer conversar sobre o que? Não há nada que conserte, o mal já está feito.
__ Kat, deixe-me te explicar algumas coisas. Nós homens temos algumas necessidades que..._ Não sabe como dizer a ela que se procurou outra mulher foi para o bem dela mesma, não pode cometer o mesmo erro duas vezes, quer respeitá-la até a noite de núpcias_ Ouça, eu não sou nem o primeiro nem serei o último homem a ter um envolvimento sem importância! Meu avô teve, meu pai teve, seu pai teve!
Katerina semicerra os olhos sentindo desejo de estapeá-lo:

__ Acontece que eu não sou sua avó, nem sua mãe muito menos minha mãe! Eu não vou admitir esse comportamento desonroso! Que fique claro, o senhor não terá acesso ao meu leito nupcial.
__ QUE SENHOR? MANIA IRRITANTE!
__ Tenha uma boa noite_ Katerina faz menção de passar por ele, Harry a impede, pressionando-a contra a porta, Kat solta um gritinho agudo, socando-o no peito com os punhos cerrados, assustada, temendo que a obrigue a algo... Não teria força para se defender daquele gigante com o dobro de sua força.
Harry percebe o desespero no rosto delicado, imediatamente a solta:
__ Calma!_ Segura-a pelos dois pulsos_ Hey, calma!_ Observa o rosto ruborizado, o penteado desfeito, os olhos cor de mel assustados_ Calma, Kat_ Fala meigo, estende a mão e tenta acariciá-la na face, não resiste ao desejo de beijá-la, se inclina, porém ela se esquiva com rudeza.
Katerina sente o choro querer voltar... Não, não pode ceder, ele não pode perceber o quanto está machucada! Levanta o olhar, os olhos verdes tem um tom escurecidos, os lábios dele entreabertos, muito próximos... Não! Não admite que a toque! Desvia o rosto, olhando para o lado, ignorando-o com desprezo.
__ Kat? Pare! Nós estávamos indo tão bem!
Continua sem encará-lo, um sinal claro de desprezo, rejeição, apesar de já não conseguir segurar o tremor de seus lábios, as lágrimas querendo explodir.
Harry se afasta sem entender a si mesmo, não sabe o por quê é tão importante que esteja bem ela, todo esse desprezo machuca demais! Se afasta um pouco mais.
Katerina aproveita para abrir a porta e fugir dali, passa pela porta com agilidade, engolindo o choro. Ele não merece suas lágrimas!
Harry observa ela sair, nega com a cabeça inconformado, caminha até a mesinha de bar, serve um brandy e beberica... Tinha combinado de ir ver Scarlet mas não está nem o mínimo animado. Na verdade desde que Katerina chegou, não tem vontade de nada. Melhor ir dormir, amanhã será um novo dia.

CAPÍTULO 19

Katerina aperta os olhos, sem saber como soar decidida sem parecer grossa:
__ Eu ainda não tinha decidido se iria ou n...
__ Por favor! Por favorzinho! Mamãe só me deixará ir se eu for contigo!__ Victory revira os olhos__" Porque eu só tenho quinze anos e não é de bom tom que vá sozinha"__ Bufa de maneira pouco graciosa.
Katerina ri, suspira:
__ Não quero passar o dia na companhia do seu irmão__ Solta sincera.
__ Ele me contou quase agora que está o ignorando. Kat, deixe de lado essas besteiras, homem é assim mes...
__ Ah, esse argumento me irrita! Então ele foi se lamuriar contigo?! Muito maduro! Humpf!
Victory cruza as mãos:
__ Vamos! Por mim!
Katerina senta desanimada:
__ Está bem. Me dê algum tempo para me preparar.
__ Ótimo! Acho que vou mudar meu cabelo enquanto isso, ao invés de ir de fitas vou com meu chapéu novo.
__ Ficará ótimo dos dois jeitos__ Kat fica em pé e toca a sineta, Victory quase dá pulinhos de alegria:
__ Não demore!__ Caminha até a porta, abre, Elene já está se aproximando, entra no quarto:
__ Bom dia pequena.
__ Bom dia El, me ajude com meu vestido? Vou com o amarelo florido, o chapéu branco.
__ Ficará maravilhoso! Quer o cabelo como?
__ Solto, o chapéu vai conter a rebeldia.
__ Muito bem, então vamos lá...
Os próximos minutos passam voando enquanto Katerina se arruma para o bendito passeio, toma o desjejum ali mesmo, no quarto e logo em seguida desce e cumprimenta a futura sogra e seus pais rapidamente e caminha em direção ao pátio.

Harry passa os dedos nos cabelos impaciente enquanto tem uma pequena discussão com Victory:
__ Teremos vários dias para fazer esse passeio ou até mais tarde! Estou com o dia atarefado e...
__ Ah, não queres ir? Está bem, vamos Kat e eu, não tem problema__ Victory segura na mão estendida do irmão e sobe na charrete.
__ Katerina vai?__ Harry fica surpreso.
__ Vou__ Kat sai segurando e vestindo as luvinhas, linda como um raio de sol__ Pode ficar, sir.
Harry assiste ela vir até ele, estende a mão no automático.
Katerina apoia e sobe, se acomoda na charrete.
Harry respira fundo, dá a volta e sobe na outra ponta. Katerina levanta uma sobrancelha arrogante:
__ Ora, o senhor vem conosco?__ A voz soa puro deboche.
Harry a encara a ponto de explodir:
__ O que te parece?

__ Cavalo_ Katerina torce o narizinho, desgostosa.
__ Arrogante_ Harry devolve.
Victory está entre o casal, olha para um depois para o outro:
__ Parem os dois! Estamos indo fazer um passeio, não vou ficar entre suas farpas, me poupem. Será que eu sendo a mais nova sou a mais madura? Minha nossa senhora!
__ "Perro"_ Katerina sussurra, recebendo um olhar repreensivo da cunhada, que não entende mas percebe o tom pejorativo. Harry não chega a ouvir, sacode as rédeas colocando os dois cavalos em movimento.
Logo transitam pelas ruas de pedras de Londres.

Esse horário, o parque é bem tranquilo, normalmente a tarde fica lotado! Apesar que, na verdade já está bem movimentado. Katerina sorri ouvindo o tagarelar animado de Victory e as brincadeiras sem graça que Harry faz a diverte... É difícil manter a expressão séria quando ele faz alguma gracinha com aquele sorriso cativante, os olhos verdes sempre a procuram como se quisesse ver sua reação. Odeia gostar tanto dele.

Certo momento, quando se aproximam do lago, ouvem um trote logo atrás, Harry vira tenso, os anos de experiência ainda o mantém alerta, se depara com o amigo e companheiro de aventuras, Neil e seu sorriso contagiante:
__ Bom dia, Edwards! Mas que surpresa ah?
Katerina franze o cenho estranhando...
Edwards?
__ Hoggan seja bem vindo de volta a Londres_ Harry estende a mão e aperta a dele, amigável.
Neil Hoggan é irlandês, bem apessoado e um tanto boêmio. Filho de um advogado, estudou e se formou em advocacia porém seguiu um caminho bem diferente de seu pai. É de presença muito agradável, o que ajuda a não despertar suspeitas.
__ Estou amando minha estadia_ Neil sorri displicente, olha para as jovens no coche, os olhos interessados_ E quem são essas belas damas?
__ Essa é Katerina, minha noiva_ Harry quase frisa o status, conhece muito bem aquele olhar galanteador_ E essa é Victory, minha irmã.
__ Miladies_ Neil acena com a cabeça tocando a barra do chapéu elegante.
__ Sir_ As duas respondem em uníssono, acenando delicadamente.
__ Harold, tinhas me dito que sua irmã era bonita mas não imaginava essa preciosidade_ Neil brinca.
Victory sente o calor subir, o rosto ruboriza graciosamente, sorri sem graça deixando a mostra as mesmas covinhas do irmão.
Katerina olha para a cunhada divertida, os homens continuam a conversar, uma pequena confusão mais a frente chama atenção, vê uma carruagem aberta com algumas moças e dois rapazes rindo, Neil e Harry também veem.
__ Ora, o pessoal do teatro. Fui assistir ontem, muito bom!_ Neil comenta inocente.
Katerina observa as mulheres com curiosidade, uma se destaca com os lindos cabelos dourados brilhantes ao raio do sol, as curvas sinuosas, o decote profundo no vestido vermelho, ela olha para Harry, sedutora. Percebe que ele está visivelmente sem graça, olha para a mulher, ela se abana com o leque encarando-o.
(É ela!)
Desvia o olhar constrangida, foca em um ponto neutro. Felizmente Harry se apressa a despedir-se do amigo e guia os cavalos em direção a saída.
Victory não percebe o mal estar em sua inocência, ainda sonhando com o elogio que recebeu, Katerina tenta disfarçar a tristeza... Sua auto estima está no chão. A atriz é linda demais!
O que tem de sobra nela falta em si, não tem comparação!

Ao chegarem na mansão, Harry salta da charrete e ajuda Victory a descer, dá a volta e estende a mão para apoiar Katerina, segura a cintura delgada suspendendo o corpo franzino e depositando no chão, tenta fazer contato visual mas ela o evita e praticamente corre casa adentro. Respira fundo angustiado... A última coisa que queria era esse encontro... O mais estranho é que depois de três dias sem ver Scarlet, a imagem da loira voluptuosa não lhe causou sensação alguma. Nada! Seu único desejo no momento foi poupar katerina daquele constrangimento.

*****

É madrugada, Katerina não consegue dormir, uma forte e incomoda insônia, e o pior é que gostaria de ler e está sem nenhum livro consigo. Talvez deva ir na biblioteca e pegar um emprestado?

Todos já se recolheram, essa noite não participou do jantar simplesmente porque não se sente pronta para encontrar Harry sem cuspir nas fuças dele toda sua fúria. Levanta e apalpa a mesinha de canto procurando um fósforo, encontra e risca na madeira, acendendo o fogo, acende a vela no candelabro individual e se dirige até a porta.

Minutos depois caminha pelo corredor deserto, para de frente com a porta enorme de madeira maciça, puxa a maçaneta e entra... A biblioteca também serve como escritório.

Dois passos, vê as prateleiras forradas com livros, a mesa e algumas cadeiras, papéis e rolos de papéis em cima da mesa e velas recém apagadas. Quando vira para se meter entre as prateleiras, no canto tem um sofá e um vulto se levanta:

_ Kat?_ A voz grave e rouca soa sonolenta.

Katerina chega a cobrir a boca com a mão para não gritar com o susto, logo reconhece as formas dos ombros largos, conforme ele se aproxima a vela ilumina o rosto bonito.

_ O que vieste fazer esse horário aqui?_ Harry passa uma mão no rosto. Ficou trabalhando até mais tarde, bebeu um pouquinho além da conta e acabou apagando no sofá mesmo.

_ Insônia. Ler. Livro_ Katerina balbucia confusa ao perceber que ele não veste colete nem casaco, a camisa branca está aberta até quase o estomago deixando a mostra as tatuagens. Os cabelos discretamente bagunçados. Jesus!

Deposita o candelabro na mesa temendo derrubá-lo.

_ Livro? Aqui há vários, o que desejas ler? Romance? Aventura? Poesia?_ Harry pergunta.

_ Qualquer um, é só para matar o tempo.

_ Tem um que eu trouxe comigo da França, muito bom. Espero que seu francês tenha melhorado_ Sorri de lado.

_ P... Pode ser.

Harry vai até a segunda prateleira e estende a mão, segura um livro e traz para ela:

_ Aqui está.

_ Obrigada_ Katerina estende a mão para pegar porém ele desvia:

_ Muito bem. Vou te entregar mas antes...

_ Antes o que?_ Katerina pergunta em um fio de voz.

_ Vamos fazer as pazes sim? Sua distância me magoa, Kat.

_ É mesmo? E suas atitudes? Não achas que também estão me magoando?

_ Desculpe. Desculpe, de verdade! Eu não pensei que isso te atingiria assim...

_ Eu não queria, mas infelizmente atinge, não suporto ver o olhar de compaixão das pessoas, principalmente de várias mulheres que sofrem isso com os próprios maridos!

_ Desculpe. Sim? Não queria que fosse assim, eu só...

_ Ai, não quero ouvir suas desculpas esfarrapadas! Dê-me o livro.

Harry dá um passo a frente, ela um passo atrás, percebe estar pressionada contra a mesa:

_ Harold?

_ Adoro ouvi-la falar meu nome, sabia?_ Harry para de frente com ela, se inclina depositando o livro na mesa e apoiando as mãos, deixando-a presa entre seus braços.

__ Eu... Acho... Não... Acho melhor..._ Katerina gagueja, sentindo o sangue bombar no ouvido, o coração pulando no peito.
__ Tem três dias que estou sonhando com um beijo teu...
__ Deixe-me ir.
__ Deixo. Primeiro me beije.
__ Não! Isso não é uma barganha, sir!
Harry faz uma caretinha:
__ Ah não! "Sir" não!
__ Harry..._ Katerina soa autoritária como em um aviso.
__ Melhor assim_ Harry sorri charmoso_ Vamos, um beijinho e te deixo ir.
Katerina engole a seco, a costa já inclinada para manter uma distância que não existe entre eles:
__ Muito bem. Um beijinho e só.
__ Ótimo.
Katerina dá um selinho rápido, quase não encosta os lábios:
__ Pronto. Me deixe ir.
__ Assim não. Assim..._ Harry a segura por atrás do pescoço e pressiona os lábios nos dela, abocanha e suga de leve o lábio inferior, pede passagem... Katerina sente a temperatura subir, o corpo ficar lânguido, mole como manteiga... Não resiste, o abraça pelo pescoço se entregando completamente ao beijo. A maneira que ele a abraça, gentil e possessivo ao mesmo tempo a encanta, a língua experiente preenche sua boca encontrando a sua, sensual, sem pressa...
Harry sente o corpo gritar de desejo, desejo que renasceu quando a viu entrar na biblioteca vestindo o robe delicado por cima da camisola ainda mais delicada, o tecido desenhando as curvas discretas... Não entende o que ela tem que o encanta assim, é tão diferente de seu "tipo" mas mesmo assim, a preferida, a primeira, a única.
Katerina ofega sentindo a boca quente deslizar por seu pescoço, a mão suspende sua saia, intrometendo-se por baixo, subindo por sua perna... Está tudo tão... Surreal! Não percebeu ele abrir seu robe, nem mesmo percebeu quando deitou o corpo em cima da mesa, ele agora está entre suas pernas inclinado sobre si, as mãos atrevidas tocando-a de uma maneira que... É tão bom! Tão bom!
Harry sente o membro dolorido, seria tão fácil! Tem consciência que mulheres não tem por costume usar roupa íntima por baixo das vestes de dormir, seria só levantar o tecido que o impede e deslizar pela umidade apertada e... Geme excitado fantasiando com a possibilidade, movimenta o quadril sentindo-a por baixo do tecido fino... Sua consciência grita... Prometeu a si mesmo não cometer esse erro outra vez, prometeu respeitá-la como a dama que é... Como é difícil! Desliza a boca em direção ao colo à mostra no decote em V, aperta os olhos usando toda sua força de vontade, com um solavanco para trás, afasta-se. Erro gravíssimo!
Assiste ela sentar na mesa, um dos lindos seios expostos, as pernas nuas a seus olhos, o tecido fino da camisola levantado até quase onde mais deseja. Trava os dentes e vira de costas, apoiando as mãos nas colunas:
__ Vá embora.
Katerina começa a voltar a raciocinar, sente o rosto queimar, arruma a camisola, agarra o candelabro e sem nem fechar o penhoar, foge dali...
Harry cobre o rosto com as mãos... Precisa de alívio! Seu corpo todo dói por causa do desejo reprimido! Agarra o casaco e veste, sai às pressas. Logo está montado, indo a galope para a cidade.

Katerina assopra a vela e deita, olhando para o nada... Não sabe o que mais a envergonha, ter deixado ele tomar todas aquelas liberdades e ficado tão exposta para ele ou... A rejeição que acabou de sofrer. Ele a rejeitou!
Cobre o rosto com as mãos envergonhada, nunca se recuperará dos acontecimentos dessa madrugada, nunca!

*****

Vinte minutos depois, Harry freia o cavalo exausto em frente ao hotel, entra e sobe os três lances de escadas, bate na porta, que se abre em segundos, se depara com uma Scarlet sonolenta, que sorri contente ao vê-lo. Entra, sem dizer uma palavra sequer, puxando-a para um beijo, guiando-a até a mesa redonda enquanto abre a própria calça, ela corresponde afoita enquanto ele sobe o tecido da camisola, a suspende na mesa e a penetra de uma só vez...

Harry fecha os olhos, fantasiando... Cabelos de fogo, cachos espalhados pela mesa, a pele translúcida, o rosto delicado tomado pelo rubor, expressivo pelo prazer... Continua investindo, fantasiando com os seios pequenos e firmes sob seus olhos, trava os dentes grunhindo, explode o gozo gemendo, com a voz entrecortada, o nome dela. Katerina.

Horas mais tarde, Scarlet assiste o belo jovem dormir a seu lado... Foi um choque ouvi-lo gemer o nome de outra mulher mas... Após a intimidade trocaram poucas palavras, ele muito calado... Reconhece os sinais. Culpa.

Quem será a sortuda? Está bastante óbvio que ele está louco pela tal Katerina, pobrezinho, perdidamente apaixonado. Uma pena, seus dias estão contados, já sabe disso.

É inútil sentir ciúme, foi muito bom o pouco tempo que durou, um mês que valeu a pena, ele realmente foi muito generoso, a encheu de regalias e presentes... O que pode fazer? Se conformar, só isso.

Na manhã seguinte:
Katerina desce cedinho, mal pregou os olhos depois do que aconteceu. Apesar do desânimo parece ter uma chama ardente em si e depois do banho que acabou de tomar, sabe que não irá se apagar tão fácil.

Está no corredor quando fica frente a frente com um Harry descomposto, cabelos bagunçados e o pior, cheirando a perfume feminino, uma mistura de jasmim e mel. Fica sem reação, as lágrimas presas na garganta...

Harry se sente o pior dos homens, a olha arrependido:
__ Kat...
__ Não fale comigo!_ Katerina soa mais firme do que esperava.
__ Não, eu preciso...
__ Vá se banhar, estás fedendo!_ Desvia dele e continua a andar pelo longo corredor de quartos, indo em direção às escadas.

Harry a segue:
__ Me des...
__ Argh!_ Katerina segura o estomago, cobre a boca com uma mão enojada, lágrimas de raiva deslizam.
__ Ka...
__ NÃO FALE COMIGO! EU... EU TE DESPREZO!_ Kat desabafa, sem disfarçar a mágoa.
__ EU SEI! Eu sei! Eu não queria...
Katerina para de andar e o encara:
__ NÃO QUERIAS? MENTIRA! FIZESTE TUA ESCOLHA HAROLD!
__ NÃO! EU..._ Harry sabe que não tem justificativa.
__ ASSIM COMO EU TENHO UMA ESCOLHA! E EU ESCOLHO NÃO ME IMPORTAR MAIS! EU ESCOLHO ARRANCAR ISSO DE MIM! DESDE O INÍCIO, EU SABIA QUE... EU NÃO QUERIA GOSTAR DE TI, MAS EU GOSTO! Eu gosto!_ Katerina desaba cobrindo o rosto com as mãos_ Jesus, não posso...

Harry se aproxima sem tocá-la, olhando-a com ternura:

__ Eu também. Também gosto de ti, kat. Me perdoe. Tens minha palavra que isso não voltará a acontecer. Vou acabar com isso ainda hoje, prometo.

Katerina passa as mãos no rosto, vira de costas, envergonhada por ser tão fraca, por chorar na frente dele:

__ Já não me importa_ Se esquiva ao percebe-lo aproximar-se_ Não toque em mim. Estás cheirando à ela!

__ Eu... Eu sinto muito.

__ Some daqui! Deixe-me passar_ Katerina cruza os braços olhando pela janela sem ver.

Harry nega com a cabeça, vira e se afasta corredor adentro, Katerina desce as escadas rapidamente, tentando apagar as marcas do choro do rosto. Acabou. Harry está morto para ela!

Harry entra no quarto e se despe rapidamente, a tina com água do dia anterior ainda está ali, entra sem se importar por estar gelada, se lava com rudeza, pela primeira vez em anos se sentindo sujo de alma.

CAPÍTULO 20

Harry apoia a cabeça nas mãos exausto. Esteve preso naquele escritório quase o dia todo mas, pelo menos faltam só quatro páginas para encerrar a atualização do livro de contabilidade. Está esgotado, desanimado, mas a culpa não é de seus afazeres, na verdade há uma única coisa tirando sua paz de espírito... Aliás, uma única pessoa. Linda, com cachos rebeldes e adoráveis, completamente encantadora...

Katerina continua ignorando-o, agora pior do que antes! Há quatro dias o máximo de palavras que trocaram foi um "bom dia" ou "boa noite", já tentou de tudo para se aproximar, até mesmo usando Victory como ponte mas nada funciona, ela está irredutível!

E o pior é que está sofrendo, como sempre sofria quando brigavam antes, na época que eram duas crianças ou adolescentes. Mas antes sempre era ela quem buscava fazer as pazes, dessa vez é muito diferente. As vezes ainda consegue contato visual mas não encontra nada além de desprezo.

Apoia a cabeça no encosto da cadeira olhando para o teto do escritório/ biblioteca pensativo. Seu humor se perdeu em algum lugar e será obrigado a acompanhar a todos no Almacks, onde será o primeiro baile tradicional. Não pode faltar pois isso seria uma afronta às senhoras mais convencionais, matronas da sociedade. Uma palavra negativa de uma delas é o suficiente para tornar uma "persona non grata", seja quem for. E depois ainda terá que ir visitar Scarlet e liberá-la do acordo, pois durante os últimos dias não teve tempo para isso.

(Bem, não tem como fugir então vamos ao que interessa!)

Fecha o grande livro e levanta, a intenção de se vestir o mais rápido possível para não causar atrasos aos demais.

As risadas femininas soam pelo ambiente assim que Harry chega no início do corredor, mais alguns passos e para de frente a porta do quarto de Katerina, que observa Victory se olhar no espelho enquanto olha o vestido branco de debutante na frente do corpo:

___ Ano que vem serei eu, não vejo a hora! Dá para acreditar? já estarás casada, quem sabe em estado interessante? Será um sucesso!

___ Vic, não se empolgue muito, não é nada demais, somente alguns bailes e saraus chatos, o único evento que estou animada para ir é o piquenique de lady Fitz Roy.

___ Ai, eu também! Lizie Fitz Roy também comparecerá então nós da idade dela teremos livre acesso!

___ Vai ser muito divertido!_ Kat sorri.

Victory percebe o irmão parado na porta, olha para ele:

___ O Haz participará da competição de tiro ao alvo, não é Haz?

___ Sim_ Harry sorri de leve_ Lindo vestido!_ Olha para Katerina_ Ficará perfeito em você.

Katerina levanta da cama onde estava sentada:

___ Chega de papear, Vic, me dê licença, preciso me vestir. Onde está Elene que ainda não subiu?

___ Ela estava cozendo o enfeite da sapatilha que soltou_ Victory informa, deposita o vestido na cama_ Já vou. Não se esqueça de me mostrar como ficou!

___ Está bem.

___ Haz, dê um jeito nesse rosto, precisa fazer a barba, não irás assim, senão serás excomungado.

___ Estou indo!_ Harry abraça o ombro da irmã saindo do quarto, dá uma última olhada em Katerina, que finge não vê-lo e fecha a porta.

Kat levanta o olhar, respira fundo tentando permanecer distante daquele ser, por mais difícil que seja.

A animação no salão de baile diverte a todos, Katerina cumpre "a demanda" de seu cartão de dança, de certa forma contente... Apesar do escândalo, como ninguém tem provas, as três senhoras que organizam a recepção do clube a receberam razoavelmente bem. Achou que não haveria pretendentes para assinar seu cartão, e parece que Harry achava o mesmo já que assinalou três contradanças, porém para sua surpresa restou poucos espaços! Nada comparado com a briga entre os cavalheiros para dançarem com as beldades mas já é alguma coisa, pelo menos não ficará mofando em uma cadeira. Outro motivo seria o fato de já estar comprometida, portanto indisponível.

No momento, desliza pelo salão nos braços de um adolescente de no máximo 17 anos cheio de espinhas no rosto e muito tímido, porém gracioso e educado, gentil.

Sorri atenciosa, praticamente guiando o rapaz para não sofrer um pisão no pé, preferiu isso do que compartilhar a contradança com o noivo. Harry chegou para retirá-la para a pista mas já estava com o rapaz e depois de uma rápida conversa na qual fingiu ter se confundido, ele cedeu e agora aguarda paciente por sua vez. Agora pensa minuciosamente em outra desculpa para evitá-lo.

Harry beberica outra vez a taça com vinho, observa com um olhar profundo, sua noiva nos braços do rapaz babão. Ela fugiu dele, obviamente. Na primeira vez que a procurou, alegou precisar ir no toilette e agora "se confundiu" colocando o rapaz em sua vez. Logo as pessoas começarão a comentar que ela o esta ignorando ou evitando, o que será um tanto constrangedor... Mas é paciente quando quer, aprendeu a cultivar a paciência e dar o bote na hora certa.

Por exemplo, nesse exato momento estuda a postura descontraída da noiva, que apesar de usar branco como todas as debutantes, se destaca pela vivacidade, não finge ser frágil ou delicada demais como as demais moças, que mais parecem bibelôs à mostra.

A música termina, aplausos dos dançarinos, Katerina sai escoltada pelo rapaz, que ao ver Harry faz uma mesura e some parecendo fugir de um demônio.

Harry dá um sorrisinho debochado, a segura pela mão:
__ Agora sim, minha vez.
__ Meus pés estão me matando, preciso descansar um pouco_ Katerina exagera.
Harry a olha, sério:
__ Tem certeza? Serão só alguns minutos e...
__ Não seja inconveniente, Harold, vai me obrigar a dançar com dores? Chegaria a esse ponto sua selvageria?
Harry morde o maxilar para não ser rude, semicerra os olhos:
__ Muito bem, então descanse. Dançamos depois.
__ Não sei, meus pés estão muito sensíveis.

A música inicia animada uma quadrilha, Harry a acompanha até a mesa onde estão Miranda Mullingar e várias outras senhoras, a deixa ali e se retira em direção ao salão de jogos, seu sogro provavelmente ainda está por lá... Quem sabe também não consegue se distrair um pouco?

Está no meio do corredor com vários transeuntes quando percebe Lorde Clinton entrar em direção a ala restrita do salão, acha a atitude do homem estranha, olha por sobre os ombros para ter certeza que ninguém o observa, o segue discretamente.

Os corredores da ala restrita estão desertos, o homem segue até a ala administrativa do prédio, Harry caminha com cuidado para não esbarrar em nada pois a iluminação é quase inexistente, aquele local só fica aberto durante o dia de trabalho.

Observa lorde Clinton entrar na sala, se esconde no canto onde tem uma coluna se preparando para continuar a segui-lo, porém tudo fica em silêncio. Aguarda atento... Logo as portas da sala voltam a abrir, se surpreende com Neil saindo, arrumando a gravata engomadinha, dois passos e paralisa, olha em sua direção, enxergando-o na penumbra, nega com a cabeça

95

contrariado, faz um movimento rápido com a cabeça convidando-o a sair dali, some corredor adentro.
Harry respira fundo, incomodado por ter sido descoberto, o segue.
A noite fresca e agradável convida para um passeio, Harry caminha pelo jardim dos fundos, para ao notar pelo canto de olho um movimento.
__ Estás enferrujado_ Neil sai de entre as moitas_ Seu perfume lhe entregou.
__ Futilidades Londrinas_ Harry desdenha_ O que estás fazendo aqui? Trabalhando que eu sei. Me conte, não quero ser pego de surpresa.
__ Amanhã, no Boodle's as três.
__ Ótimo.
__ E pare de andar perfumado, uma pessoa com bom olfato pode te desmascarar facilmente_
__ Ainda não conheci ninguém tão bom quanto você_ Harry sorri.
Os dois se afastam por lugares distintos como se nunca tivessem se encontrado.
De volta ao salão, encontra katerina em pé, sorrindo amável rodeada por três "pretendentes óbvios", fecha a cara e se aproxima:
__ Vejo que já estás descansada, milady, me concede essa contradança?
Katerina engole a seco, antes que possa responder, ele meneia a cabeça para os três senhores, educado, e a guia em direção à pista.
Katerina segue os passos da dança automaticamente, uma expressão entediada no rosto. Harry se irrita por ela fazer questão de deixar as claras sua má vontade:
__ Katerina, sorria! Ou as pessoas vão reparar.
Katerina levanta o olhar e abre um sorrisão um tanto forçado e caricato, voltando a ficar séria como em um piscar de olhos.
Harry semicerra os olhos:
__ Parece estar sendo obrigada a...
__ Estou sendo obrigada.
__ Entendo mas...
Katerina dá um passo errado de propósito e pisa no pé com força, levanta o olhar inocente:
__ Oops. Perdão.
Harry trava o maxilar contendo a fúria, kat sorri docemente, dissimulada:
__ Sorria! Ou então vão reparar em sua má vontade!_ Reprime a vontade de gargalhar.
Assim que termina, os dois aplaudem mecanicamente e caminham para fora da pista, outro rapaz chega:
__ Lady Mullingar? É minha vez.
__ Oh! Claro!_ Katerina se mostra exageradamente animada, sorri amigável e volta com o rapaz, Harry assiste ainda mais irritado, se negando a assumir o próprio ciúme.

*****

O coche estaciona no pátio da mansão dos Milward, Harry salta e ajuda a futura sogra e sogro a descer, observa Katerina, o olhar sério... Ela está com um sorrisinho bobo mal disfarçado no rosto, o que lhe faz questionar o por quê?... Ou por quem?
Katerina levanta e apoia a mão na dele já estendida, desce, muito satisfeita ao perceber os olhos verdes parecendo duas bombas em curto pavio... O mal humor dele é o que a deixa super bem humorada.
Solta-lhe a mão e se afasta altiva, Harry fecha a porta e a segue... Entram, caminham pelo corredor, sobem a escada e caminham pelo corredor superior, Kat abre a porta, finalmente olhando por sobre o ombro... Harry continua parado como uma coluna, a expressão carregada.
__ Precisamos conversar.
__ Não.
__ Sim.

a:
— Boa noite_ Kat faz menção de entrar, Harry coloca o braço na passagem, impedindo-

— Agora. Basta dessa situação.
— Eu não vou conversar contigo, nem hoje, nem amanhã, nem nunca!
— Katerina, vamos nos casar em 20 dias...
— Infelizmente porque não posso evitar.
— Sentes ódio por mim?
— Não. Sinto indiferença_ Kat o encara. Não devia ter feito isso... Os olhos verdes parecem estar... Tristes.
— Me perdoe.
— Te perdoar? Resolveste o assunto com aquela mulher?
— N... Não tive tempo ain...
— Boa noite, Harold_ Katerina olha para frente, queixo erguido, orgulhosa.
— Vou falar com ela. Te dei minha palavra, mas foi impossível...
— Depois que tudo estiver resolvido, talvez eu converse contigo. Talvez_ Katerina força a passagem.

Harry engole a seco, o desejo de abraçá-la e beijá-la até fazê-la ceder quase o faz colocar os pés pela mão. De onde vem essa carência?! Retira o braço, ela entra e fecha a porta um tanto mal educada, coloca as mãos nos quadris, olhando o nada desemparado... Que diabos está acontecendo? Se fosse em outros tempos a ignoraria e logo ela estaria afável... Mas não, agora parece uma rocha! Moça difícil! Sempre soube desse traço da personalidade, não é isso o que mais o encanta? Aperta os olhos e caminha em direção a seu aposento. Precisa pegar algumas promissórias e voltar para o centro para falar com Scarlet, dessa noite não passa!

CAPÍTULO 21

Harry volta para a casa no meio da madrugada, uma sensação de alívio no peito. Deu tudo certo, conversou com Scarlet e felizmente ela não fez drama algum, ao contrário, foi muito compreensiva. Terminaram como bons amigos e claro, a presenteou com algumas promissórias, quantias excelentes, como um último agrado deixando-a com um sorriso satisfeito. Mesmo ela tentando uma "despedida", evitou sem nenhum esforço. Agora está se sentindo livre do peso que carregou nos últimos dias.

Alguns candelabros no corredor ainda estão acesos, para de frente a porta do quarto de Katerina, um desejo sobre-humano de contar a ela que já resolveu tudo... Retira um dos candelabros do apoio na parede e abre a porta silenciosamente, entra no quarto e se aproxima da cama... Está profundamente adormecida, o rosto delicado relaxado... Sempre amou assisti-la assim. Quantas vezes, anos atrás, invadiu o quarto de Mullingar House sem ela perceber só para assisti-la?

Deposita o candelabro na mesinha de canto e senta lentamente no colchão, fazendo-a despertar devagarinho.

Katerina vai saindo do mundo dos sonhos, ao abrir os olhos se assusta ao ver Harry ali, olhando-a como uma estátua, senta de um pulo, a boca reprimindo o grito.

__ Calma_ Harry fala suave.

Kat se irrita com a invasão:

__ Mas que inferno, Harry! Que mania de me assustar! O que foi agora?

__ Nada, cheguei agora.

__ Da casa de sua amante?_ Fala azeda_ E tem coragem de vir me informar, sem vergonha!

__ Fui por um ponto final naquilo, Kat.

Katerina não sabe se acredita ou não:

__ Foi?_ Soa desconfiada, a voz insegura.

__ Sim. Está resolvido. Estou comprometido definitivamente contigo.

Katerina não sabe o que dizer:

__ Não fez mais do que sua obrigaç...

__ Shiiii_ Harry levanta a mão e cobre os lábios delicados com a ponta dos dedos_ Não quero brigar, por favor?

Katerina engole a seco, quase hipnotizada.

Harry se aproxima um pouco mais:

__ Me deixe te beijar? Tenho desejado somente isso ultimamente, Kat, um beijo teu.

Katerina agarra o edredom levantando até o pescoço, subitamente trêmula:

__ Não é uma boa ideia. Retire-se do meu quarto_ Tenta manter a frieza.

__ Eu vou. Depois..._ Harry a segura pela face e se aproxima_ Me perdoe?_ A acaricia com o nariz.

Kat umedece os lábios:

__ Harold..._ Kat desvia o rosto.

__ Por favor?_ Harry a olha, carente.

Katerina suspira, o encara:

__ Promete que não voltará a vê-la? Que essa situação não voltará a acontecer?

__ Prometo.

__ Me dá sua palavra de honra? __ Sim. Prometo, Juro, faço o que quiseres, o que for preciso.

Katerina observa os olhos verdes, ternos, amáveis. Afirma com a cabeça timidamente:

__ Que fique claro. Será só dessa vez! Não terás uma segunda chance!

__ Não vou precisar de uma segunda chance_ Harry sorri maroto, a beija delicado, um toque leve de lábios... E outro mais consistente... E outro... Katerina entreabre os lábios, recebe a língua quente, macia, que enrosca a sua, urgente, despudorada. As respirações se tornam ofegantes, Harry a abraça pela cintura e a puxa para mais perto, colocando-a sentada em seu colo, ela enfia os dedos em seus cabelos deixando-o arrepiado, uma confusão de tecidos, edredom, lençol... Mas nada os incomoda, a proximidade é tudo o que importa.
Quando o beijo termina, as faces estão afogueadas, ele a acaricia nos cabelos com uma mão, ela sorri de leve:
__ Melhor assim?
__ Muito melhor.
__ Agora vá. Não quero causar mais confusão, eu não devia nem permitir que me beije dessa maneira, é escandaloso.
__ Kat, minha linda, seremos casados em dezenove dias, não há nenhum problema! Pessoas que dizem que compromissados não podem ter nenhuma intimidade são conservadores hipócritas, não sufoque sua alma apaixonada por causa do medo do que os outros vão dizer.
__ É fácil para um homem dizer isso, já nasceu com essa vantagem!_ katerina o acaricia na face, se olham encantados_ Vá!_ Katerina ordena_ Vá dormir, amanhã o dia será cheio.
__ É verdade. Nos vemos mais tarde.
__ Bom descanso_ Katerina fala baixinho olhando-o com ternura, sente as duas mãos fortes em sua cintura, depositando-a de volta no colchão de palha, se inclina, beijando-a delicadamente nos lábios intumescidos:
__ Volte a dormir.
__ Uhum_ Kat balbucia.
Harry a segura pela mão e beija a palma delicadamente, levanta e segura o candelabro, caminhando até a porta, que continua aberta, dá uma última olhadinha por sobre o ombro, corresponde o sorriso meigo que ela lhe presenteia.
Katerina assiste ele sair do quarto e fechar a porta, deita e olha para o alto, a escuridão do aposento a envolve. Sorri enlevada... Ele terminou com aquela mulher, prometeu respeitá-la! Sim, será possível ter uma relação harmoniosa, contanto que ele se comporte tudo dará certo.
Harry entra no próprio quarto, despe a roupa e deita nu como veio ao mundo. Ama dormir assim, uma pena ter que estar sempre alerta, não se dá esse luxo... Mas hoje é dia de relaxar, portanto dormirá do jeito que quiser. Pensa consigo mesmo o quanto é gozado o fato de seu humor melhorar da água para o vinho agora que finalmente fez as pazes com katerina.
Se força a dormir, precisa descansar, precisa estar bem disposto para essa tarde, será um dia muito agitado.
*****

A tarde ensolarada acompanha a beleza do enorme jardim de lady Fitz Roy, lotado com a nata da sociedade. Jovens por todos os lados, moças caminhando pelas belas passarelas sem pressa, alguns rapazes ou senhores que não estavam dispostos a participar da caçada distraídos com jogos e conversas despreocupadas, senhoras mexericando e observando atentas cada movimento de suas filhas ou afilhadas.

Katerina arruma o chapéu na cabeça, olhando ansiosa a entrada do bosque por onde os homens sumiram com suas montarias. Acabou não os acompanhando pois chegou um tanto atrasada, nem mesmo encontrou Harry desde essa madrugada. O beijo que trocaram essa noite permanece vívido em sua mente, parece que tudo foi um sonho!

Não foi muito difícil se enturmar com as moças, a maioria debutantes sonhadoras empolgadas para arranjar um pretendente que valha a pena, algumas chegaram a lhe fazer perguntas sobre "Lorde Milward", curiosas para desvendar a energia misteriosa ao redor daquele homem, que tanto assusta e ao mesmo tempo seduz.

Katerina desconversou a maioria das perguntas, achando-as invasivas e tentando disfarçar o quanto a deixam enciumada, mas o que pode fazer? Harry é mesmo muito atraente e aquela áurea de mistério e o magnetismo não ajuda a passar despercebido, desperta mesmo curiosidade!

Mais uma vez olha para a entrada, o coração bate forte ao reconhecer a certa distância a poeira feita pelos cascos de cavalo, várias montarias com seus cavalheiros se aproximam, o tropel se pode ouvir de longe.

Alguns minutos e eles chegam, alguns desmontando rapidamente, outros conversando animados, Kat fica observando disfarçadamente.

Harry salta e ajuda uma das senhoras que acompanhou a caçada a descer, Kat desvia o olhar e respira fundo ordenando a si mesma para agir naturalmente.

Logo cada um se aproximam de suas famílias e amigos, Kat volta a arrumar o chapéu, observa lady Anne sorrir para o filho ao mesmo tempo que Victory levanta e corre até o irmão com um sorriso que não cabe no rosto:

_ Ora, está se sentindo melhor?_ Harry pergunta a irmã.

Victory amanheceu indisposta, e ainda estava quando saiu.

_ Estou muito melhor. Ainda bem, não queria perder essa tarde maravilhosa!_ Olha para Neil timidamente.

O loiro faz uma mesura galante:

_ Lady Victory, veio alegrar nossa tarde com seus encantos! Bem vinda!_ Olha para Katerina, lady Anne e lady Mullingar cumprimentando-as educado_ Senhoras, boa tarde.

Victory sorri enquanto as demais respondem em uníssono, katerina desvia o olhar procurando o par de olhos verdes, encontra-os fixos nela, profundos, interrogativos. Levanta sem saber como agir, aquela situação lhe causa uma timidez atípica e incômoda:

_ Como estás?_ Harry pergunta.

_ Bem, e tu?_ Kat abaixa o olhar e passa as mãos nas saias como se estivesse mais interessada nas flores da estampa.

_ Bem_ Harry se diverte ao perceber a timidez da noiva, decide piorar um pouquinho_ Estás especialmente bonita hoje, Katerina.

_ Obrigada_ Katerina levanta o olhar se forçando a manter a expressão neutra apesar de querer sorrir como uma boba, contente com o elogio.

_ Oh, lá está ela_ Victory fala agitada ao ver a filha mais jovem dos Fitz Roy, que tem exatamente sua idade, olha para lady Anne_ Posso ir com ela? Por favor?

_ Vá, mas se comporte_ Lady Anne segura o leque e se abana com elegância.

_ E nada de ficar em lugares desertos, se mantenha junto aos demais_ Harry admoesta.

_ Minha nossa! Soa como se ela fosse enfrentar um demônio_ Katerina desdenha debochada.

_ Seres humanos são piores, minha querida_ Harry estende a mão e segura a dela, deposita no próprio braço, caminhando lado a lado_ Venha, prometi que irei participar do campeonato de arco e flecha pois os senhores, meus companheiros, ainda não acreditam que acertei uma gaivota há vários metros de distância.

_ E para se gabar, irás provar que estão todos errados_ Kat volta a debochar um pouco mais a vontade.

_ Obviamente_ Harry sorri de leve.

Os dois trocam olhares, cúmplices e caminham em direção as seta onde indicam o caminho até os alvos.

São dez concorrentes separados dos espectadores por uma fita, Harry observa o desenho do arco com atenção pois sabe que centímetros desajustados podem influenciar nos resultados. Segura a flecha, Lorde Fitz Roy já segura a pistola na qual irá atirar para o alto sinalizando para todos os participantes.

Katerina segura nos braços o casaco que Harry lhe confiou, observa o vinco na testa tão familiar, conhece aquela postura determinada. Ele arruma a postura ao ouvir a ordem:

"Preparar!"

Os movimentos são seguros, firmes e elegantes, ele arruma a flecha no arco...

"Apontar"

Expectativa no ar, Harry dá uma olhadinha rápida para Katerina, percebe a expressão dela, hipnotizada. A covinha marca a face direita enquanto ele sorri de leve, volta a se concentrar e dispara a flecha ao ouvir o tiro da pistola.

Aplausos e vivas, os juízes observam cada alvo, o público se aproxima dos participantes parabenizando, Harry entrega o arco e flecha para Neil e estende a mão, katerina segura o casaco ajudando-o a vestir os braços, ajeita a gola, os olhos verdes não desviam dela um só segundo.

_ Será que teremos um empate?_ Neil comenta olhando de longe para os alvos.

_ Não fale isso, Mr Hoggan, Harold não suportaria descobrir que há alguém tão bom quanto ele.

_ Por quem me toma, Katerina?_ Harry a olha meio indignado, meio divertido.

_ Ora ora, é uma moça ainda! Quase, Harold! Parece que Felícia Fitz Roy teve a pontuação pouco inferior quanto a tua, caro amigo.

Harry sorri displicente:

_ Pois bem, faço questão de cumprimentá-la pelo feito_ Harry ajeita o punho do casaco, olha para Katerina_ Vem comigo?

_ Está bem_ Kat fica sem jeito, ele estende a mão e entrelaça os dedos com o dela, uma atitude pouco convencional porém de uma delicadeza extrema, Katerina se pega outra vez disfarçando o sorriso bobo. Bolas, esta parecendo uma tola!

Enquanto o casal caminha lado a lado, não percebem os olhares de ultraje de várias pessoas por causa da atitude um tanto íntima ao segurarem a mão daquela maneira. É transparente o entrosamento entre o casal, despertando a inveja e o despeito de muitos...

Mas ninguém sente mais ódio do que Miranda Mullingar, que começa a pensar o que fará para destruir aquela harmonia? Não é possível que aquela menina insuportável seja feliz. Isso não é justo!

CAPÍTULO 22

Dias depois.
As bodas está cada dia mais próxima, os ultimos preparativos sendo arranjados. O jovem casal permanece em harmonia apesar de quase não terem oportunidade de ficarem tempo o suficiente a sós.

Katerina se vê rodeada hora pelos pai ou pela mãe, hora pela sogra, tudo para evitar mais fofocas.

Já Harry tem andado bastante ocupado, agora que está completamente envolvido nos "Negócios" de Neil, tem ficado bastante ausente. Hoje por exemplo, o dia amanheceu há pouco mais de duas horas e somente agora chegou em casa depois de uma noite cansativa.

Observa de longe, Victory voltando em direção a mansão enquanto katerina se afasta um pouco mais em direção ao bosque nos fundos do quintal. Sua vontade é entrar e tomar um bom banho para tirar do corpo todo o cansaço que sente, porém reconhece a tempestade que se aproxima, e a sensação de alerta ainda não saiu de sua memória, imaginando mil e uma situações de perigo que Katerina se envolverá se continuar o passeio. Esporeia o cavalo e a segue pelo caminho.

Katerina respira fundo sentindo o cheirinho de chuva da terra. Mesmo sabendo que vai chover continua seu passeio sem preocupações, aproveitando o momento de liberdade... Ouviu alguns criados falando sobre o rio que passa próximo a mansão, uma pena não fazer a mínima ideia de onde fica, se soubesse, daria um mergulho sem pensar duas vezes, está cheia de saudades de seus banhos matinais.

O barulho de cascos no chão lhe tira de seu momento de reflexão, olha por sobre os ombros e vê Harry se aproximando a galope. Para e cruza as mãos, aguardando paciente, observa ele puxar as rédeas, um sorrisinho nos lábios:

— Moça, não percebe que vai chover? Devia estar correndo de volta para a casa!
— Não tenho medo de água, Harold.
— Isso porque nunca esteve em alto mar no meio de ondas enormes.
— Não, felizmente não passei por essa... Experiência_ Kat sorri, o observa atenta_ Nossa, que péssima aparência!
— Eu sei_ Harry ri com a sinceridade da amiga, oferece o pé para ela usar de apoio_ Venha, vamos voltar?
— Antes poderias me levar até o rio, ouvi dizer que tem um aqui perto. Adoraria dar um mergulho.
— Deve estar com muita corrente, Kat. Quem sabe outro dia?
— Promete?
— Tens minha palavra_ Harry estende a mão.
— Muito bem_ Kat segura e apoia o pé no dele, suspende o corpo e monta, o abraça pelas costas.

Harry sorri de leve. Como nos velhos tempos, ele, ela e o cavalo. Esporeia o animal e sai em um trote lento, suave.

Katerina fecha os olhos extasiada, sua vontade é apoiar a cabeça nas costas largas e aproveitar o calor do corpo masculino. Ele cheira uma mistura de fumaça e bebida porém não está forte, não a incomoda:

— Harry?
— Sim?
— Lembra quando me dizias que quando fossemos maiores e viessemos a Londres me mostrarias o segredo da mansão?
— Ah sim. Ah se me lembro! Me lembro que foram dois dias sem falar comigo porque não quis te contar.

__ Hm. Mas depois respeitei sua vontade de não expor.
__ Sim, depois de muitos argumentos. Sempre foste difícil.
__ Eu difícil?! Olha quem fala!
Harry olha por sobre o ombro, uma sobrancelha erguida, um meio sorriso. Kat ignora o aperto no estômago com a visão atraente.
Algumas gotas de chuva começam a cair, Harry aumenta a velocidade da montaria:
__ Olha o horizonte escuro! Vai ser uma queda d'agua!
__ Vai mesmo!_ Katerina suspira_ Ficaremos presos em casa o restante do dia_ Fala desanimada.
Harry puxa as rédeas desmonta e estende as mãos segurando-a pela cintura, Katerina desliza até o chão quase hipnotizada pela maneira que ele a olha, gostaria tanto de ser beijada!
Mal sabe ela que Harry usa de toda força de vontade para resistir beijá-la, o desejo aumentando a cada dia.
__ Graças a Deus Kat, estava preocupada! Que bom que não continuaste o passeio_ Victory fala saindo pelas grandes portas, encara o irmão_ Harold? Onde estiveste a noite toda?
Katerina levanta as duas sobrancelhas encarando-o curiosa pela resposta...
Harry passa as mãos nos cabelos procurando uma desculpa, é salvo pela rajada de água que cai de uma vez fazendo as duas moças soltarem um gritinho e correrem casa adentro. Solta o ar que prendeu um tanto tenso. Nunca teve dificuldade em inventar mentiras para todos mas com Katerina é diferente. Teme que ela reconheça os sinais de que está mentindo e não tem a mínima intenção de contar a verdade.

A chuva cai lá fora torrencial, não há nada mais entediante do que passar o dia trancado. Harry olha outra vez para o livro de contabilidade, finalmente em dia. Após dormir por quatro horas, enfiou o nariz no trabalho até agora.
É finzinho de tarde, pode ouvir o som do piano perfeitamente bem tocado, Victory sempre surpreende!
Bem, ao menos terá um pouco de tempo para desfrutar com sua família e principalmente aproveitar a companhia de Katerina. Uma batidinha na porta chama sua atenção:
__ Entre.
A porta abre e Katerina aparece com um livro na mão:
__ Dá licença? Desculpe incomodar, é que já terminei esse aqui e vim buscar outro. Espero não estar atrapalhando_ Observa como ele fica bonito só com a camisa branca de algodão, a mania de sempre deixar desamarrado os cadarços deixando o peitoral á mostra. Mas o que mais surpreende e vê-lo de cabelo preso, feito um coque como um samurai... Aliás, como imagina que um samurai seja. Viu poucas ilustrações sobre esses guerreiros. Observa os traços do rosto perfeito mais detalhados, o maxilar bem desenhado em destaque. Maravilhoso...
Harry levanta as duas sobrancelhas debochado:
__ Minha nossa, quanta cerimônia! Fique á vontade!
Katerina ameaça um sorrisinho amarelo e entra, vai até as prateleiras e coloca o livro ali, começa a procurar outros, o tempo todo sentindo o olhar dele fixo em si... Para de procurar e vira, o encontra com o corpo inclinado para frente, os olhos sedutores, a mão apoiando o queixo.
Kat Sorri de leve:
__ O que foi?
__ Estou te observando.
__ Observando o que?
__ Você. Gosto de teus cabelos assim, soltos, livres, sedosos.
Katerina desvia o olhar voltando a procurar, tímida, a voz grave e rouca a deixa com aquela sensação no estomago.
__ Onde está o livro em Francês que... Bem, que..._ Katerina fica sem graça de falar sobre aquele dia.

— Que eu te sugeri porém esqueceste na mesa quando fugiu de mim?
— Não fugi, fui mandada embora.
Harry respira fundo:
— É verdade.. Quase não te resisti...
Katerina finge que não ouviu, continua procurando, Harry levanta e caminha até ela enquanto fala:
— ... Agora mesmo... É difícil resistir a vontade de roubar beijos teus e tocar sua pele, sentir... Para atrás dela e estende a mão, enrolando no indicador um dos cachos.
Kat sente o coração acelerar, a respiração descompassada, vira de lado observando o dedo longo a segurar a mecha de seu cabelo, o procura com o olhar:
— Por quê?
— Por quê o que?
— Por quê estás resistindo?_ Fala baixinho.
Ficam perdidos no olhar um do outro por alguns segundos, Harry a acaricia no rosto com as costas dos dedos, se inclina e a beija carinhoso... Meigo, suave. Saboreia o gosto doce da boca macia, os cabelos da nuca arrepiam... Interrompe, com uma sensação de encantamento:
— Me fiz uma promessa, Kat, e costumo cumprir minhas promessas. Serás minha esposa, agirei de forma adequada.
Katerina afirma com a cabeça meio aérea pelo beijo, ele sorri e estende a mão e segura um livro na ponta da prateleira superior:
— Aqui está.
Kat segura, os dedos tocam os dele sem querer:
— Obrigada. Boa noite, Harry.
— Por nada. Boa noite.
Kat vira e caminha até a porta, abre e sai sem olhar para trás, Harry cruza os braços olhando para a saída vazia, pensativo.

*****

Kat levanta o olhar do livro incomodada, desejando ficar sozinha na sala íntima entre seu quarto e o de sua mãe.
Miranda parece estar com um comichão, andando de um lado para o outro:
— Mãe? Está se sentindo bem?
— Uhm... Ai, não aguento! Preciso te contar!
— Contar o que?_ Kat fecha o livro.
— Aquele depravado... Tenho pena de ti, Katerina.
— Como?
— Seu noivo. Um pervertido asqueroso! Ouvi os rumores! Noite passada esteve em uma casa de mulheres perdidas! Estão falando que ele escolheu uma delas e bateu tanto na coitada enquanto copulavam, parecia um animal! Precisaram chamar um médico para a dito cuja.
Katerina respira fundo:
— É mentira. Essa gente inventa tudo.
— Mentira? Achas...
As duas param de falar quando Albert entra na sala, Miranda vai até o filho:
— Diga para ela, Albert! Não é verdade o que estão falando sobre o jovem Milward?
Albert disfarça a expressão confusa e afirma para ajudar a mãe mesmo sem saber do que se trata:
— Sim! É verdade!
— A moça ficou toda ferida lá embaixo por causa das coisas que ele fez!_ Miranda se aproxima de Kat e sussurra fingindo pavor_ Dizem que ele inseriu objetos pontiagudos nela.
Katerina arregala os olhos, levanta um pouco trêmula, olha para Albert:
— E tu chegou a ver a moça?
— Eu não! Deus me livre!_ Albert responde.

Katerina engole a seco, uma forte náusea a acomete.
__ Eu não duvido! Sabe-se lá que costumes ele trouxe dessas terras sem Deus que frequentou?!_ Miranda destila veneno.
__ Isso é..._ Katerina coloca a mão na boca enojada lembrando do beijo que ele lhe deu a pouco_ Com licença!_ Sai as pressas para seu quarto, entra e corre até a latrina... Vomita tudo o que tem no estômago.

Miranda senta e segura o livro, olhando as páginas sem interesse. Albert da de ombros:
__ Papai me pediu para vim buscá-la, está na sala lá embaixo.
Miranda fecha o livro com um baque:
__ Ótimo!
__ Mãe..._ Albert começa a argumentar.
__ Nem uma palavra.
Ele emudece. Os dois saem.

Após passar o mal estar, Katerina fecha os olhos fraca, trêmula. Lava os lábios na água da bacia, levanta a cabeça, os olhos lacrimejantes... Precisa confrontá-lo! Não é possível que seja verdade!

Ao sair do quarto, caminha pelo corredor sem ver, desce as escadas a procura dele, quer olhá-lo nos olhos, somente assim saberá a verdade.

Para ao ver o valete se dirigir para a escada, o intercepta, fingindo uma calma que não tem:
__ Onde esta lorde Milward, por favor?
__ Oh! Milady, Milorde saiu agora a pouco, parece que ia até o estábulo.
__ Ah sim. Obrigada.
__ Por nada, Milady_ O valete faz uma mesura discreta.

Katerina continua a caminhar quase correndo em direção a saída, desce os poucos degraus em direção aos fundos do quintal... Não chega a entrar, do lado de fora do estábulo consegue ouvir a voz rouca e grave falando com o cocheiro:
__ Não quero ouvir comentários. Ninguém precisa ficar sabendo o que aconteceu ontem.
__ Sim, milorde.
__ Cuide do cavalo. Ele vai ficar bem. E não se esq...
Katerina gira o corpo e volta correndo, apavorada. Ele não quer que ninguém saiba! Quem não deve, não teme! Falso, dissimulado! Quantas mais barbaridades esse homem cometeu? Jesus!

CAPÍTULO 23

Impossível dormir! A angústia no peito parece querer derrubá-la! Katerina esconde o rosto nas mãos, observa o dia amanhecer pela janela, suspira profundamente... Não pregou os olhos um segundo sequer, a mente atormentada.

Será? Será que Harry foi mesmo capaz de algo tão cruel, doentio? Precisa esclarecer isso, não vai conseguir manter a boca fechada! Precisa falar com ele.

Levanta decidida a confrontá-lo, e isso tem que ser agora que todos ainda dormem para não ser interrompida.

Em poucos minutos, para em frente ao aposento onde Harry dorme, levanta a mão e dá algumas batidinhas na porta, aguarda... Logo ouve o barulho da grande porta de madeira se abrindo, Harry aparece em sua frente um tanto descabelado e sem camisa, a calça amassada deixa evidente que se vestiu as pressas. Katerina levanta o queixo ignorando o constrangimento, fingindo uma segurança que não sente.

Harry passa a mão no rosto um tanto sonolento, olha para Kat com estranheza:
__ Bom dia? Aconteceu alguma coisa?

Katerina ignora a reação do próprio corpo à visão atraente:
__ Aconteceu, precisamos conversar_ Passa por ele e entra no quarto. Harry sorri de leve:
__ Nossa família fazendo de tudo para evitar mais fofocas e escândalos com nosso nome mas você não coopera, Kat! Não é decente uma moça vir ao quarto de um homem solteiro.

Kat não sorri, o encara, Harry percebe que há algo muito errado, também fica sério:
__ O que houve?
__ Me diga onde estiveste ontem a noite toda?

Harry franze o cenho:
__ Por quê essa pergunta agora?
__ Responde minha pergunta, Harold.

Harry respira fundo, passa os dedos nos cabelos incomodado, a encara com as mãos nos quadris:
__ Não posso falar.

Katerina sente o coração sangrar:
__ Isso responde muitas coisas.
__ O que? Do que estás falan...
__ Ouça. Se eu puder fazer qualquer coisa para evitar que esse casamento aconteça pode ter certeza, eu vou fazer. Jamais vou te aceitar!_ Faz menção de sair, Harry fica confuso:
__ Que? Mas o que... Kat?_ Entra na frente dela_ Como assim? Explique-se!
__ Não encosta em mim, sai da minha frente.
__ Meu Deus mulher! Que loucura é essa? O que aconteceu?!_ Harry sente a fúria despertando, observa ela desviar e passar pela porta, altiva. Faz menção de segui-la, desiste... Não está com cabeça para questionar e discutir, mal descansou! O melhor é deixar a raiva amenizar e falar com ela a noite, com calma.

Solta a porta no batente sem se importar com o estrondo, vai até a poltrona e segura a camisa. Precisa ir à docas, sua tripulação já deve ter chegado com novidades.

Katerina deita na cama trêmula, amedrontada... Ele é um sádico! Não há dúvidas! Como vai fazer para escapar daquele triste futuro!

(Oh, meu Deus!)

Abafa o choro de terror no travesseiro até que seu corpo e vencido pelo cansaço. Adormece.

*****
Horas mais tarde.
Depois de um dia exaustivo ajudando a tripulação descarregar as mercadorias do barco, vários tecidos, algumas especiarias e etc., Harry volta cavalgando lentamente para casa, um vinco de preocupação na testa. Pensou em Katerina o dia todo, tentando encontrar uma justificativa para o que aconteceu essa manhã e acabou com uma bela dor de cabeça de tanto matutar o mesmo assunto.

A cidade quase deserta tem pouca ou nenhuma iluminação de tochas nas ruas, um coche aqui, uma charrete ali, até mesmo os comerciantes já desmontaram suas barracas.

De repente, Harry sente aquele arrepio familiar na nuca, para imediatamente, observando ao redor, alerta... Não encontra nada, somente o vazio. Volta a observar com mais cuidado... Não é a primeira vez que tem essa impressão de estar sendo seguido.

Nega com a cabeça pensando consigo mesmo, está ficando paranoico! É impossível seu passado ter lhe seguido, sua identidade está segura. Continua pelo caminho, um pouco mais rápido, o que o impede de ver alguém encapuzado sumir nas ruas escuras.

Ao chegar em casa, sua fúria quase explode ao receber a notícia chocante de que Katerina e os pais partiram para Yorkshire. Vão aguardar as bodas por lá. A criadagem não tem mais informações e sua mãe e irmã estão tão confusas quanto ele.

Segundo elas, foram informadas por Lady Mullingar de que Katerina quis voltar para aproveitar os últimos dias de solteira em seu lar

O sentimento de frustração o invade, sua primeira reação é ir atrás dela, mas tem negócios inacabados em Londres que precisam ser resolvidos até a véspera do casamento, a mercadoria não pode ser desperdiçada. Se conforma com a distância, chega a se acomodar, fingindo despreocupação. Não tem culpa daquela cabecinha feminina ser tão complicada! Além do mais, sua consciência está limpa.

*****
Uma semana depois.
Chegou o fatídico dia. Katerina cruza as mãos para disfarçar o tremor. Pronta para a cerimonia, a única sensação é de um desespero silencioso, o coração pesado... Não tem como se livrar daquela situação, só se fugisse mundo afora.

Até chegou a cogitar a possibilidade de fugir para a Espanha e ficar na casa de seus avós, mas no fim acabaria sendo obrigada a voltar, só iria adiar o inevitável.

Enfim, não há nada que possa fazer, o velho Lorde Milward com essa obsessão horrenda não desistirá do objetivo.

Durante essa semana inteira foi obrigada a suportar sua mãe falando sobre o casamento, animada demais a seu ver, se submeteu a ouvir a explicação do que aconteceria na noite de núpcias narrada da maneira mais fria e crua por Miranda, que fez questão de incluir "os costumes daquele depravado". O conselho que recebeu?

"Fique quieta e se submeta, provavelmente acabará rápido. Depois é só tomar banho de ervas para curar os ferimentos".

É obvio que ela adora ver sua expressão de pavor toda vez que menciona esse assunto.

Kat olha para a capela, sabe que lá dentro os convidados a esperam ansiosos. Com a ajuda de seu pai, desce do coche e caminha sem vontade em direção à entrada... E lá está ele, em pé, próximo ao altar, vestido de maneira impecável, o olhar sério, distante.

A cerimonia é simples e sem delongas, ao final, Harry deposita um beijo casto em seus lábios, ambos evitam a troca de olhar, uma situação tensa e desconfortável, que fica evidente a todos os convidados. Na verdade, os únicos que aparentam felicidade genuína é o velho lorde e Miranda Mullingar.

A recepção é feita em Milward Castle, o salão fica lotado de convidados que participam do almoço, os noivos observam a movimentação e recebem os cumprimentos sem entusiasmo.

Katerina percebe a passagem de hora e a cada segundo a noite de núpcias mais próxima. As festividades se estendem até o horário do jantar e logo depois Katerina é escoltada pelas criadas para se preparar.

Ainda não anoiteceu, de longe se ouve os barulhos da festa lá embaixo que durará noite adentro.

Kat se olha no espelho trêmula, as criadas se retiram, somente Elene fica, recolhendo seu vestido. Ouve passos no corredor, sente náuseas, um buraco no estomago, sabendo que ele se aproxima.

Harry caminha sem vontade. Cogitou a possibilidade de beber até não poder mais tentando desmaiar em um coma alcoólico e poder adiar aquela noite, a frieza de Katerina o magoa de uma maneira que não consegue explicar. Mas não é covarde, irá enfrentar o que tiver que enfrentar.

Ela estava tão linda, entrando como um anjo na igreja, a aparência angelical desmentida pelo olhar distante de desprezo, e o pior é que não pode mudar essa situação, não pode expô-la ao perigo de saber a verdade.

Para em frente ao quarto nupcial, a vê de lado, quieta, apática, parecendo aquelas estátuas gregas, bela porém sem vida.

A criada termina de guardar o vestido no baú decorado com tecido floral que chegou de Mullingar House essa manhã com os pertences da agora sua esposa.

Elene se retira silenciosamente, deixando o casal a sós.

Harry entra, fecha a porta e tira o casaco sem desviar o olhar da jovem que aparenta que cairá em prantos a qualquer momento. Desabotoa o colete e despe, deixando em cima da poltrona, descalça as botas e caminha até ela, sempre estudando-a. Ela se mantém imóvel fitando o reflexo no espelho.

Para ao lado, observando-a atento, tão pequenina e delicada, a camisola branca de tecido fino aumenta ainda mais a aparência meiga. Estende a mão e toca a pele no ombro com a costa do indicador em uma caricia suave, deslizando até o antebraço, notando a respiração irregular.

Katerina engole a seco, o reflexo dele no espelho se destaca, um gigante perto dela, os cabelos ondulados com cachos nas pontas a faz lembrar do amigo implicante e brincalhão de sua infância. Ele tem um olhar intenso, profundo, o rosto bem desenhado com maxilar marcado é de um homem vivido não de um adolescente que tinha bochechas adoráveis.

Harry se inclina e a beija delicadamente no ombro onde antes acariciou:

_ Kat? Se não quiseres fazer isso, vou entender.

Katerina levanta o olhar surpresa, encontra os olhos verdes que a fitam com tanto... Carinho. De alguma maneira, aquele olhar lhe passa calma, coragem:

_ Eu... Eu quero.

_ Tem certeza?_ Harry desliza a mão pelos cabelos de fogo.

Kat afirma com a cabeça.

Harry afasta o cabelo do pescoço elegante, beija a pele notando os sinais de arrepios. A vira de frente consigo suavemente e se inclina, tomando os lábios macios nos seus. Tão doce!

Katerina corresponde timidamente no início, em segundos a paixão se alastra por seu corpo assim que ele estreita o abraço colando-a ao corpo másculo.

Um beijo demorado, sensual, as línguas se enroscam, se reconhecendo. Harry levanta a mão e desamarra o laço que segura a camisola, o tecido desliza suave junto com sua mão ao tocar na pele perfumada. Se afasta para poder ter a visão completa da mulher que tanto desejou.

A pele translúcida, muito branca tem sardinhas avermelhadas discretas no colo, nos ombros, os seios são pequenos e firmes, a cintura fina, os quadris estreitos apesar de curvilíneo. Uma obra de arte perfeita, como os deuses desenhados em lindas ilustrações.

Katerina não sabe como reagir a aquele olhar, é como se ele estivesse vendo algo maravilhoso, isso a faz sentir bonita, desejada. Assiste ele despir a camisa expondo o torso nu, as tatuagens se destacam, ele se aproxima um pouco mais enquanto ela observa os desenhos.

108

Já não acha feio, é como se aquilo fizesse parte dele. Harry não seria quem é sem esses desenhos... Estende a mão e delineia os pássaros no peitoral, a expressão encantada.
Harry aguarda paciente que ela se familiarize um pouco mais com seu corpo, ela sobe a mão por seu peito, seus olhares se encontram envolvidos por algo que não sabem explicar.
Kat fica na ponta dos pés e o beija, ele entreabre os lábios correspondendo, se abraçam apertado caminhando em direção a cama, ela já não consegue raciocinar... Pensou tanto sobre aquele momento, imaginou de mil maneiras mas como está acontecendo nunca passou por sua cabeça!
Harry a pega no colo e a deposita no colchão, cuidadoso, se acomoda ao lado procurando-a para outro beijo, as carícias se tornam um pouco mais atrevidas, as mãos enormes deslizam pelo corpo feminino enquanto ele desenha na mente cada detalhe.
Enfeitiçado, é assim que se sente, completamente embevecido por ela, segura um seio na mão, interrompe o beijo procurando os olhos castanhos, não encontra medo neles, ao contrário, ela está entregue, confiante, e isso vale mais do que qualquer coisa.
É tanta ternura, tanto cuidado! Kat deixa o coração transbordar daquele sentimento que insiste esconder... Ele se inclina e abocanha seu mamilo direito em uma carícia arrebatadora, fecha os olhos, entregue, nem nota ele despindo o restante da roupa, logo sente a mão dele procurar a sua, e os lábios procurarem os seus. A beija, entrelaçando os dedos enquanto se acomoda entre suas pernas, o dedo da outra mão rodeia a intimidade de maneira desconcertante por alguns segundos, desliza para dentro de si, volta a tirar e deslizar outra vez.
Kat não reconhece o gemido que escapa de sua garganta, o corpo estremecendo com a sensação de prazer.
Harry engole a seco ao sentir a passagem estreita e úmida em seus dedos, seu membro pulsa enlouquecido, se mantém paciente, preparando-a para recebê-lo. Sabe que é avantajado e a última coisa que quer é machucá-la.
Sorri sacana ao ouvir o gemido da voz feminina... Sempre soube que com ela seria diferente, poder dar a ela todo o prazer que sabe proporcionar é gratificante.
Assiste o corpo feminino ondular conforme seus dedos se tornam mais atrevidos, ela tem os olhos fechados, apreciando a carícia... Não consegue mais resistir, se posiciona:
__ Kat, olhe para mim.
Katerina abre os olhos brilhantes, umedece os lábios, abaixa o olhar ao vê-lo se acomodar para penetrá-la. Quase se assusta com a proeminência do membro ereto, não lembra de ter visto direito da primeira vez por causa da penumbra... Não sente medo, agora sabe, ele jamais a machucaria.
Harry começa a deslizar pela cavidade estreita, franze o cenho ao sentir o prazer envolvê-lo ao preenchê-la, ofega excitado, os lábios entreabertos. O rosto dela se torna ainda mais expressivo, percebe que era essa visão que sempre fantasiou todas as vezes que esteve com outras mulheres... Sempre se perguntou, como seria com ela agora que não é mais um rapazote inexperiente.
Katerina levanta a cabeça e o beija, o abraça pelo pescoço colando os seios no peitoral reto, ele também a abraça e inicia as estocadas, que apesar de firmes tem uma sensualidade única, uma mistura de gemidos e respirações, Harry trava o maxilar percebendo que não aguentará por muito tempo, por incrível que seja, não está no controle da situação! O corpo feminino por baixo do seu desperta essa paixão avassaladora, a maneira como ela corresponde a suas carícias o deixa ainda mais sensível. A adoro! Já teve tantas mulheres mas ela é... Única!
Kat desliza as mãos pelos ombros largos, enfia os dedos nos cabelos já suados pelo esforço, se olham apaixonados sem necessidade de palavras, o brilho nos olhares expressa o sentimento intenso compartilhado, o corpo másculo tensiona e o rosto bonito se tornar ainda mais expressivo, ele grunhia quando explode de prazer, um momento de descontrole tornando os toques da mão mais pesados, mais consistente... Ver o prazer nele lhe dá muito prazer, é inesquecivelmente envolvente!

109

Harry aperta os olhos trêmulo, a testa colada na dela, fica sem se mover por alguns segundos se recuperando...

CAPÍTULO 24

Levanta a cabeça, os olhos verdes a observam com carinho, encantados, as covinhas marcando o sorriso charmoso:
__ Tudo bem?
Katerina afirma com a cabeça enquanto acaricia o rosto bonito, suado, um sorrisinho doce nos lábios... Está positivamente surpresa com o desenrolar dos acontecimentos, agora percebe que nunca teve motivos para temer. Mas ainda precisa saber o que ele fez aquela noite, precisa ter certeza que ele não é esse monstro que descreveram!
Harry desliza para o colchão sem quebrar o contato, a puxa para seu braço beijando-a na testa:
__ Pode me explicar agora o porque de sua frieza e má vontade comigo?
Kat se acomoda, abaixa o olhar um pouco sem graça:
__ Eu... Bem, é uma longa história que só será esclarecida se me disseres onde esteve aquela noite.
__ Eu não posso, Kat. Te juro que gostaria mas te colocaria em risco se falasse.
__ Tem alguma mulher envolvida?
Harry levanta a cabeça do travesseiro olhando-a indignado:
__ Claro que não!
__ Não foi o que me disseram.
Harry fica sério:
__ O que te disseram?
Katerina faz uma narrativa do que lhe contaram, inclusive afirma que Albert confirmou.
Harry deixa a cabeça cair pesadamente no travesseiro, fixa o olhar no teto por alguns segundos. Em seguida levanta, virando de frente com ela:
__ Olha para mim. Mas olha mesmo, Kat... Tu achas que eu seria capaz de tamanha crueldade?
Kat se sente culpada ao ter acreditado, levanta a mão e o acaricia no rosto:
__ Agora não. Mas eu acreditei sim no que disseram... Eu sei, não foi muito inteligente mas... Esse foi o motivo para eu fugir de qualquer proximidade sua.
Harry nega com a cabeça:
__ Eu não sei quem inventou isso para sua mãe mas a pessoa é um sádico. E se eu descobrir que foi teu irmão, vou ter uma conversinha com ele.
Kat o beija, carinhosa, Harry corresponde, a olha:
__ Eu não sou o que estão dizendo, Kat, sou o mesmo de antes, sou aquele menino que conheceste. Óbvio, um pouco mais duro pelas experiências que vivi, por tudo o que passei, mas a essência é a mesma.
__ Eu sei. Me desculpe.
Os dois se olham por alguns segundos, os olhos verdes se iluminam com uma lembrança:
__ Tem algo que preciso fazer.
__ O que?_ Kat fica confusa com a mudança repentina de assunto, observa ele levantar, o rosto queima de vergonha ao vê-lo completamente exposto a seus olhos, mas mesmo assim, mantém o olhar.
Harry vai até a roupa, retira uma adaga pequena da bota e volta para a cama, estende o braço e faz um pequeno corte no antebraço. Katerina assiste a tudo boquiaberta, a falta de expressão de dor no rosto bonito a assusta. Ele está se automutilando e não demonstra dor? Jesus!!
Algumas gotas de sangue caem no lençol, Harry sorri de lado:
__ Pronto. Agora não poderão questionar nossa inocência.

111

Katerina apoia o cotovelo no colchão e o rosto na mão:
___ Não sei se devo agradecer por isso ou ficar assustada por teres se mutilado sem pestanejar.
Harry ri e deita pressionando o pequeno corte no lençol, se aproxima dela:
___ Pode ficar grata.
___ Obrigada.
___ Um obrigada não é o suficiente, minha querida.
___ O que queres que eu faça então?_ Katerina fica arrepiada com a proximidade daquele homem sedutor.
___ Deixe-me ver..._ Harry olha para o nada, pensativo, a olha e a acaricia com o nariz_ Me chame daquele jeito amoroso em espanhol. Lembra? Que estavas ensinando para teus alunos naquele dia.
___ O que? Cariño?
___ Sim. Fala outra vez.
___ Cariño_ Katerina sorri meiga.
___ Tão charmoso. Cariño_ Harry repete com um forte sotaque, rouba um selinho fazendo a rir, a puxa de encontro a si beijando-a ascendendo as labaredas quase apagadas.
Kat corresponde receptiva com a mesma vontade.
Dessa vez as carícias são mais demoradas e ainda mais atrevidas, Katerina se entrega a ele sem restrições, abrindo mão completamente de seu pudor.

*****

É manhã, Kat abre os olhos sentindo o corpo "dolorido" pela noite de exercícios, olha para seu lado, Harry continua adormecido, tão belo, os traços relaxados, os cabelos espalhados pelo travesseiro de pena, alguns cachos caem na testa. Estende a mão para toca-lo, uma mão forte como se fosse de ferro agarra seu pulso assustando-a, os olhos verdes abrem no mesmo momento, alertas, com um brilho violento. Kat engole a seco.
Harry está em um estado de subconsciência, sente algo se aproximar de seu rosto, imediatamente o corpo entra em modo de defesa, agarra algo e abre os olhos, vê o rosto lindo se tornar assustado, o pulso delicado parece querer quebrar com sua força. Diminui o aperto, um sorrisinho se formando em seus lábios:
___ Desculpe. Bom dia.
___ Nossa, que susto!_ Katerina reclama, Harry leva o pulso até os lábios e deposita beijinhos:
___ Perdão, Cariño... É que... Não faça mais isso, está bem? Tenho hábito de estar alerta mesmo adormecido e poderia ter te machucado.
___ Está bem. Mas porque tens sempre que estar alerta?
Harry a encara com um meio sorriso, divertido ao perceber que ela não irá desistir tão facilmente de descobrir sobre seu segredo:
___ Vamos levantar? Já devem estar todos despertos.
Katerina suspira:
___ Harry. Preciso lhe fazer uma pergunta.
___ Outra?_ Harry faz uma caretinha, brincalhão.
___ Sim, outra. Pensei nisso a noite toda.
___ Pois então diga?
Katerina senta na cama segurando o cobertor na frente dos seios:
___ Me dê sua palavra que o assunto com aquela atriz está terminado. Jure.
O sorriso vai morrendo aos pouquinhos nos lábios sensuais, Harry a olha com certa impaciência:
___ Pensei que esse assunto estivesse encerrado.
___ Eu preciso que me jures, Harold. Quero confiar em tua palavra.

Harry suspira profundamente, afasta o cobertor e senta, passando os dedos nos cabelos rebeldes:
__ Depois de tudo ainda tens dúvidas?!
__ Eu preciso me sentir segura.
Harry a encara irritado:
__ Se depois de tudo ainda não estás segura, não posso fazer nada.
__ Não seja ignorante, eu só...
__ Pois não me pressione! Odeio isso!_ Levanta e começa a se vestir.
__ Não entendi o porque dessa irritação toda?
Harry termina de vestir a calça, agarra a camisa:
__ Bem, o mínimo que eu poderia esperar seria um pouco de confiança tua.
__ Como? Se foste capaz de...
Harry veste a camisa ignorando-a, agarra as botas, abre a porta e sai, batendo em seguida.
Katerina continua olhando para a porta, morde o lábio inferior meio arrependida... Mas afinal, ele não precisa fazer todo esse drama! Minha nossa!

    Harry chega no salão, as mesas continuam montadas, há sinais das festividades de ontem por toda parte, porém hoje servem o desjejum para os convidados que viraram a noite se divertindo.
    Senta no lugar de destaque e aguarda os criados lhe servirem, a expressão de poucos amigos. Não consegue se conformar com o fato de Katerina ser tão cética quanto a seu caráter. Como fará para que as pessoas_ principalmente a mãe dela_ parem de influenciar?
    Bem, há uma maneira... Pode levá-la para Bahamas e mantê-la longe daquele ninho de cobras, pelo menos até que construa um relacionamento firme com ela. Agora que as finanças estão organizadas e já deixou claro como quer que o administrador trabalhe, poderá tirar algum tempo para voltar pra casa... Para onde sente realmente seu lar, e o melhor será introduzir Katerina em parte de sua realidade... Afinal, aquele país, aquela nobreza, já não faz parte de sua vida há algum tempo.
    Será isso mesmo que vai fazer!
    Abocanha um pedaço de pão, levanta o olhar e vê duas jovens a cochichar e olhá-lo com segundas intenções, um tanto atiradas. Não desvia o olhar mantendo a expressão séria, impondo respeito, logo as duas desviam o olhar constrangidas. Nega com a cabeça, decepcionado... Vê se pode duas donzelas ficarem cobiçando um homem recém-casado!

    Após Elene ajudá-la a se vestir, Katerina desce encontrando alguns dos convidados, na mente tem a lembrança da troca de olhar entre as criadas de quarto dos Milward, que ao verem a prova de "sua pureza", ficaram surpresas... Sabe que não precisa de mais nada, logo a notícia correrá de boca em boca.
    Mal coloca os pés no corredor, vê Harry se aproximar emburrado:
__ Katerina, ordene à sua criada que organize algumas coisas suas. Vamos para Bahamas.
__ Mas assim? De última hora? Eu nem...
__ Agora, não me questione, obedeça.
__ Como que é?_ Kat se indigna.
Harry olha para uma das criadas do castelo que passa por ali:
__ Você!
A moça trava, vira surpresa e ao mesmo tempo amedrontada, Harry continua:
__ Suba e separe algumas peças de roupa e calçados para milady, o cofrinho com jóias, enfim, tudo o que ela precisar para alguns dias. Vamos viajar.
__ Sim, milorde_ A moça faz uma mesura rápida e sai praticamente correndo.

113

__ Que atrevimento! Como ousa ordenar algo que ainda não concordei?_ Katerina não acredita no que está presenciando.
__ Saímos após o almoço_ Harry informa e sai a passos largos.
__ Hã_ Katerina debocha, vira e se dirige até a saída. Primeiro verá seus pais e depois pensará se vai ou não nessa viagem.

CAPÍTULO 25

Katerina cavalga em um trote rápido observando ao longe as pastagens dos Mullingar, os arrendatários cuidando de plantações do outro lado... O portão imenso está aberto, imponente.

Foram 40 minutos de cavalgada e achou que seria desconfortável para sua região íntima ainda sensível porém se enganou. Não sentiu nada!

Puxa as rédeas, desmonta do cavalo, segura as rédeas do animal e amarra no tronco logo no início da escada, sobe apressada, já sorrindo para o mordomo:

__ Bom dia!

__ Bom dia, lady Milward...

__ Ora, quanta formalidade!! Continuo sendo Katerina para vocês_ Kat ri_ Não precisa me anunciar, minha mãe está na sala?

__ Sim, lady Rutcheford está com ela.

Katerina afirma com a cabeça e continua caminhando até a porta aberta, entra ouvindo a voz rouca e envelhecida de Lady Rutcheford:

__... Foi uma vergonha e desconfortável para todas, imagine?! Uma mulher daquela estirpe frequentando o mesmo lugar que senhoras decentes! Mademoiselle Louise somente aceitou porque as promissórias estavam assinadas a próprio punho pelo Jovem Lorde Milward e com o brasão dos Milward.

Miranda levanta o olhar ao ver Katerina entrar, se enche de satisfação ao dar as novas:

__ Filha! Bom dia! Minha nossa, ouviste o último escândalo que aquele pervertido do seu marido causou? Aquela atriz dissimulada teve a petulância de ir no atelier de Mademoiselle Louise comprar vários vestidos!!! Com promissórias assinadas por teu marido! E ele disse que tinha rompido com aquela mulher! Mentiroso!

Katerina paralisa, engole a seco constrangida. É como se seu rosto caísse no chão!

__ Bom dia lady Rutcheford_ Faz uma mesura rápida,

__ Bom dia criança. Não fique assim não, entenda que homens mentem, é assim mesmo!

Katerina senta cruzando os dedos com tanta força que parece querer quebrar os próprios ossos, força o sorriso:

__ Como está Jane, o bebê já nasceu?_ Muda de assunto imediatamente, fingindo atenção no que a velha senhora responde.

Sua mente se perde entre pensamentos confusos, a lembrança de Harry com olhar tão sincero prometendo acabar com aquele... Meu Deus, como pode acreditar? Ele é só mais um desses homens sem caráter! Até onde vai sua ingenuidade?

A voz de Miranda lhe traz de volta à terra:

__... Assim que possível, para conhecermos o bebê.

__ Iremos fazer uma grande festa, já estão convidadas, as duas!

Katerina força o sorriso, fingindo confirmar a presença de algo que ela não sabe muito bem do que se trata.

*****

Harry senta à mesa na hora do almoço, aguarda Katerina se juntar a todos, porém para sua surpresa, o almoço começa a ser servido pelos criados.

Respira fundo tentando manter a calma, olha para uma das criadas:

__ Você... _ Se irrita por ainda não lembrar o nome dos criados depois de certo tempo de convivência_ Vá chamar milady no quarto, diga que estamos aguardando que ela se junte a nós.

__ Perdão milorde. Parece que milady saiu à cavalo, foi em Mullingar House_ A moça responde timidamente.

__ Ah foi?__ Harry fala fechando os punhos, reprimindo a fúria... Mas não foi isso que combinaram essa manhã! Era para viajar após o almoço! Mas que mulherz... Respira fundo, buscando a calma, segura o guardanapo e dobra, praticamente joga na mesa, levanta...
__ Filho...__ Lady Anne tenta apaziguar.
Harry a ignora saindo a passos largos. Do corredor se pode ouvir a voz grave e rouca aos gritos dispensando ordens para lhe prepararem um cavalo.
Durante os trinta minutos seguintes onde força a montaria ao extremo, remói um milhão de vezes a raiva que sente.

Em Mullingar House.
Katerina permanece com o sorriso congelado no rosto enquanto vê Lady Rutcheford subir no coche com o brasão de um lindo ganso, vê Nathan se aproximar calmamente a pé, alguns papeis na mão. Os olhos castanhos a fitam carentes, sofridos.
Kat vai até o primo, para próximo a passarela do jardim:
__ Não te vi ontem__ Fala contrita.
__ Não fui. Não iria suportar ver a mulher que eu amo se casando com um Patife.
__ Nathan... Eu sinto muito.
__ Não estás bem__ Não é uma pergunta.
Katerina olha para o nada, piscando pesado para não chorar.
Nathan trava o maxilar:
__ Ele te machucou?
__ Nã...
__ ... Se ele agiu como um sádico contigo, dessa vez eu o mato! É um juramento!
__ Não! Não é nada disso, Nath, é só que...
O barulho forte de cascos de cavalo no solo firme chama a atenção dos dois, Katerina e Nathan se olham, ele a segura pela mão:
__ Venha comigo!
Katerina não tem tempo de raciocinar, se vê puxada para o caminho de pedras entre o jardim.
Harry a vê de longe conversando com aquele frangote, logo os dois somem de sua vista, motivo o suficiente para piorar ainda mais a raiva que já está sentindo.
Puxa as rédeas do cavalo, desmonta e caminha a passos largos em direção do jardim, Miranda observa tudo, na expectativa:
__ Lorde Milward, que praz...
__ ONDE ESTÁ MINHA ESPOSA?!
Miranda se assusta com a explosão:
__ Ela foi...
Harry não espera pela resposta, segue o caminho que a viu pela ultima vez...

Katerina desvencilha a mão de Nathan:
__ Espere, não posso ir contigo!
__ Eu te escondo, ele nunca nos encontrará! Vamos refazer nossas vidas longe de tudo!
__ Nath, estás louc...
__ KATERINA!
Kat quase dá um pulinho com o susto, vira e vê Harry se aproximando, os olhos verdes parecem o mar em tormenta.
Nathan entra com o corpo na frente:
__ Não ouse tocá-la!
Harry trava os dentes irritado, estende a mão e dá um solavanco no ombro estreito do rapaz, que se desequilibra e capenga três passos para o lado quase torcendo o tornozelo.
__ Harold!__ Katerina se irrita com tal prepotência.
__ Vá para casa, agora!__ Harry tenta conter a intensidade vocal.

__ De jeito nenhum, vou quando EU quiser!
__ DEIXE-A EM PAZ!_ Nathan grita e avança.

Harry estende as mãos impaciente e com uma maestria surpreendente, agarra parte do paletó engomado, despindo-o e girando-o passando por cima da cabeça estragando o topete bem feito, deixando Nathan imobilizado e sem visão. Encara Katerina:
__ Vá! Antes que piore as coisas_ Segura firme enquanto o rapaz se debate para soltar-se.

Katerina empina o nariz tentada a enfrentá-lo porém percebe o olhar curioso de alguns criados e de sua mãe, isso a inibe. Gira nos calcanhares e volta em direção ao cavalo que deixou amarrado no tronco, monta com uma perna de cada lado sem se incomodar com o vestido erguido até os joelhos, chuta o flanco do cavalo que sai em disparada.

Harry empurra o rapaz e a segue, deixando-o debatendo-se, tentando se livrar da confusão que se tornou o casaco. Passa por Miranda e faz uma mesura elegante, completamente educado... Ninguém diria que é o mesmo homem que chegou como um furacão em seu ápice.

A volta para Milward Castle é bem lenta, não quer judiar do animal outra vez, se sente mal agora que a fúria está diminuindo, por ter forçado a montaria ao seu limite!

Cinquenta minutos depois, cansado, estressado e faminto, chega em casa. Caminha direto a sala de jantar, percebe que já não há sinal algum de alimentos ou arrumação. Olha para um dos criados, que permanece ereto como uma estátua:
__ Onde está minha esposa? Ela se alimentou?
__ Não, milorde. Subiu direto para os aposentos.

Harry respira fundo:
__ Mande Cassie fazer um prato para mim, coisa simples, não precisa por a mesa nessa sala, como na cozinha mesmo_ Vira e some entre as colunas que leva ao corredor sem notar o olhar estupefato do rapaz, que pensa consigo mesmo:

(Um lorde comendo na cozinha como um criado?!! Isso é um ultraje!)
Mesmo não concordando, o rapaz corre a cumprir ordens.

*****

Katerina olha pela janela repassando na mente tudo o que irá dizer à aquele cafajeste que infelizmente agora é seu marido. Ouve os passos firmes no corredor, param em frente a porta:
__ Não vai se alimentar?_ Harry pergunta calmo, como se nunca tivesse a tratado com autoridade desnecessária ou feito uma cena ridícula na frente de várias pessoas.

Katerina vira e olha para ele, o rosto bonito ainda demonstra irritabilidade.
Quatro passos e para de frente com ele, levanta a mão e desfere um tapa na face com toda força de que é capaz...

Harry fecha os olhos meio zonzo não se sabe se de fome ou por causa do tapa. Um forte ardor preenche sua face, ouve Katerina falando coisas sem sentido, a voz feminina alterada:
__... AL CARÁTER! EU ACREDITEI! COMO SOU ESTÚPIDA!
__ Mas que merda! O que foi agora?_ Harry afaga o local dolorido, segue com o olhar a jovem ruborizada com punhos fechados caminhando de um lado para o outro sem conseguir conter a explosão do gênio ruim.
__ ... E LÁ ESTÁ ELA SE EXIBINDO COM OS PRESENTES QUE RECEBEU, EXIBINDO O FATO DE TE-LO NAS MÃOS!
__ Do que...
__ ... TENHO QUE SUPORTAR ESSA VERGONHA!
__ ... Estás falando? Pare de gritar!
__... ME DEU SUA PALAVRA QUE NÃO TINHA MAIS NADA COM ELA! SUA PALAVRA VALE TÃO POUCO?

117

Harry dá dois passos e a segura pelos ombros:
__ Kat, para de gritar! Não estou entendendo nad...
Katerina se esquiva violentamente empurrando os braços dele com as mãos:
__ NÃO ENCOSTA EM MIM!_ Levanta a mão para estapeá-lo outra vez, Harry segura o pulso delicado:
__ Não!_ A voz profunda parece uma ameaça velada_ Para seu bem, não faça isso!
__ O QUE? IRÁ REVIDAR? ME BATER? PORQUE NÃO ESTOU SURPRESA?!
Harry tem uma expressão de decepção profunda no rosto:
__ Acha que sou capaz de ser cruel contigo? Acha que sou covarde?
Katerina desvia o olhar cheio de lágrimas:
__ Já não sei o que acho...
__ Veja bem, estás me atacando, quando na verdade quem deveria tirar satisfações contigo sou eu por te ver com aquele frangote inconveniente!
__ Devia ter me casado com ele!_ Katerina praticamente cospe as palavras.
__ Ah devia? Pois bem, sinto muito milady, és minha esposa agora, sem direito a revogação! _ Harry se irrita.
__ Infelizmente!_ Katerina o encara com desprezo.
Harry sente vontade de socar a parede, respira fundo tentando acalmar esse sentimento que não sabe descrever, só sabe que dói mais do que uma lâmina afiada:
__ Desça, vá comer. Partimos em uma hora.
__ Não vou a lugar nenhum!
__ Ah vai! Vai sim!
__ Só saio daqui arrastada!
Harry dá um passo a frente ficando muito próximo, a olha de cima:
__ És MINHA esposa, irás aonde EU mandar.
Katerina empina o queixo altiva:
__ Não. Não vou!_Afirma convicta.
Harry a encara, o corpo tenso:
__ Katerina, não me faça perder a cabeça!
__ Leve aquela atriz, te garanto que ela estará muito disposta!
__ Esse assunto outra vez! Mas que diabos, Kat! Já não disse que...
__ Disse! Claro que disse, PORÉM LÁ ESTÁ ELA, EM LONDRES, DESFILANDO TODOS OS PRESENTES QUE CONTINUA RECEBENDO DE TI, COM VESTIDOS QUE COMPROU COM PROMISSÓRIAS ASSINADAS POR TI!
__ Mas isso já tem tempos! Dei a ela essas promissórias quando a vi pela ultima vez!
__ AH CLARO! E ELA USOU SÓ AGORA_ Katerina soa como um poço de deboche.
__ SIM!
__ HÁ-HÁ, NÃO SUBESTIME MINHA INTELIGÊNCIA, HAROLD!_ Katerina gargalha sem vontade.
__ NÃO! KAT! PARE COM ESSE TOM, ESTOU SENDO SINCERO!
__ Não vou nem dizer o que deves fazer com sua falsa sinceridade_ Katerina soa fria, aponta para a porta_ Saia. Quero ficar sozinha_ Vira e caminha de costas para ele com as mãos na cintura, focando o olhar no vazio da janela, piscando pesado para reprimir as lágrimas.
Harry enfia os dedos nos cabelos um tanto frustrado, olha para o nada, um silêncio pesado no cômodo... Se aproxima devagarinho:
__ Kat, ouça...
Katerina cruza os braços emburrada.
__ ... Eu juro sei lá por qual santo quiseres, mesmo achando bobagem essas coisas...
Que inferno! Não tenho mais nada com aquela mulher!
Katerina não move um músculo, Harry nega com a cabeça, começa a despir o casaco com irritação:

118

__ Quer saber? Acredite no que quiser, se não sou digno de sua confiança por causa de um erro? Muito bem... Jogue nossa vida pela janela, é isso que deseja? Ótimo!
Katerina engole a seco, observa de canto de olho ele caminhar até a bacia e despejar água e lavar as mãos e rosto, passando as mãos em seguida nos cabelos deixando-os umedecidos... Ele coloca as mãos nos quadris:
__ Mas que merda! Estou te jurando minha inocência! O que mais queres que eu diga?
Katerina olha para ele meio insegura:
(Diga que me ama).
__ As pessoas estão...
__ Danem-se as pessoas, Katerina! Somos tu e eu agora, as pessoas não importam!
Se encaram sem nada dizer. Harry sente o coração pequeno, não consegue entender o porque quer estar bem com ela, porque é tão importante? Os olhos castanhos o fitam perdidos, um tanto inseguros, desconfiados... Dois passos e para em frente a ela, o rosto delicado entre as mãos, a boca pressionando os lábios macios... Aperta os olhos, apoia a testa na dela, acariciando-a com o nariz:
__ Só tu me importas agora, entenda... Vem comigo, confie em mim?
Katerina abaixa os olhos:
__ Eu vi como ela é, como é bonita e como deve ser difícil para um homem abrir mão...
__ Sim, é mesmo bonita mas..._ Harry levanta o rosto dela olhando-a nos olhos_ já não me cativa como tu.
Katerina quase derrete com a ternura na voz grave, a rouquidão acentuada por ele estar quase sussurrando conforme fala... Não resiste, corresponde com ardor ao beijo que deixa sua cabeça girando letárgica, sem pensamentos, só a sensação da língua enroscando a sua, os lábios, os braços envolvendo sua cintura, as mãos acariciando sua costa... O abraça receptiva.
Harry sente o coração pular no peito, a maneira que ela corresponde tão carinhosa_ a seu beijo o deixa com uma sensação calorosa... Puxa o laço que prende o vestido no quadril, Kat foge do beijo, surpresa:
__ Harry_ Sussurra_ É dia, não é hora...
Harry a beija no pescoço, ri baixinho:
__ Qualquer hora é hora para fazer amor com minha esposa_ Sorri charmoso deixando as fitas soltarem e caírem livres rente a saia do vestido_ Já te disse que adoro o fato de não teres por costume o uso de espartilho?_ Caminha com ela em direção a cama sem desgrudar o abraço.
__ Sabes que não é decente uma moça não usar espartilho, não é?_ Katerina se deixa levar, em dúvida se esquece ou não a discussão de minutos atrás.
__ Quando eu disse que queria que fosses decente?
Os dois caem na cama, Katerina encontra os olhos verdes um tanto matreiros:
__ Harry!_ Finge repreensão.
Harry morde o lábio inferior e vai subindo as camadas de tecidos em uma confusão até conseguir despi-la pela cabeça. Katerina o ajuda prontamente, ficando somente com a combinação* por baixo.
Harry se afasta rapidamente despindo-se, percebe os olhos castanhos fixarem rapidamente em seu membro ereto, ela desvia os olhos timidamente, se deita ao lado do corpo macio abraçando-a dispensando beijinhos pelo rosto até a boca, sorri por cima dos lábios dela:
__ Pode me olhar, cariño... Pode pegar também_ Segura a mão delicada guiando-a até embaixo e fazendo-a envolvê-lo.
Katerina exclama surpresa quase indignada porém sente a maciez firme, o poder que ali pulsa, na ponta de seus dedos, acendendo sua curiosidade... Vence a vergonha e o envolve completamente, o gemido discreto e rouco que escapa dos lábios rosados a deixa arrepiada.
Harry a segura gentilmente no pulso e a ensina a lhe dar prazer, fecha os olhos se deixando levar pela sensação.

Katerina umedece os lábios, o olhar baixo observando os movimentos da própria mão. De repente a mão dele invade entre suas coxas encontrando o tecido da roupa íntima, puxa o cós despindo-a.

Harry não se lembra da fome, nesse momento está faminto por algo além... Os beijos se tornaram mais urgentes, ansiosos, a mão volta a escalar a coxa se metendo entre a penugem ruiva e invadindo a parte mais íntima já lubrificada aguardando o prazer... O gemido abafado que ela solta o enlouquece, se acomoda entre as pernas segurando a mão que antes lhe dava prazer, penetrando lentamente, desejando aproveitar aquela sensação de preenchimento por completo.

Outro beijo, ofegam juntos quando ele a invade outra vez e outra, a guia, fazendo-a abraça-lo com as pernas, ela enfia os dedos nos cachos agarrando-o pela nuca, afastam os lábios buscando por ar, ele está tão enrubescido, parece o rapaz de dezesseis anos sem controle algum sobre as sensações porém o rosto mais amadurecido, o corpo maduro e firme contra sua pele, os toques arrepiam a cada centímetro.

Ele é ainda mais bonito assim, indefeso... O rosto fica expressivo, a voz rouca fala seu nome baixinho pouco antes de gemidos descontrolados soarem em seu ouvido ao mesmo tempo que o corpo suado é tomado por fortes espasmos, a mão agarra o lençol com força como se temesse machucá-la se fosse sua pele. Fecha os olhos se entregando, querendo mais, mas ele termina antes de algo que sabe estar despertando em si, acontecer...

Harry deixa o peso do corpo cair em cima dela por poucos segundos ainda trêmulo pela intensidade do orgasmo, gira para o colchão cansado, fixando o olhar no teto aguardando a respiração regularizar.

Katerina se sente exposta, puxa o cobertor de pele e se cobre, sente a mão dele em seus cabelos, encontra os olhos verdes fitando-a como uma carícia:
— Kat?
— Uhm?
Harry vira de frente com ela:
— Ouça... Eu serei fiel. Quando falei na presença do reverendo, do juiz que serei fiel estava te prometendo, não à uma entidade superior. De agora em diante, serás minha ultima e única. Tens minha palavra.
— E tu tens a minha_ Katerina fala baixinho.
Harry segura a mão dela e leva aos lábios depositando um beijo delicado:
— Confia em mim?
Katerina afirma com a cabeça querendo confiar.
— Eu confio em ti_ Harry afirma sincero_ Confio a ti minha vida. Não teremos segredos. Só preciso ter certeza que estou seguro para te contar tudo. Me dê esse tempo?
— Sim.
Os dois ficam se olhando apaixonados, Harry levanta o tronco e a beija demoradamente, Katerina o acaricia na face que bateu antes:
— Me perdoe.
— Sim. E não o faça de novo.
— Se tu não merecer.
— Vou me lembrar disso_ Harry ri baixinho, Kat sorri:
— Almoça comigo?
— Absolutamente.
— Hum. Não vou chamar a criada para me ajudar com o vestido. És um sem vergonha por me incitar a fazer isso a luz do dia.
— Fazer amor, Kat_ Harry se perde nos olhos que e uma mistura de castanho e mel_ É o que fizemos.
— Uhm... E o que fazias com as outras?
Harry comprime os lábios para não gargalhar:
— Prefiro não dizer, são palavreados vulgares demais para uma lady... Mesmo uma lady como tu.

120

__ Como eu? Como eu sou?
__ É... Pouco tradicional?
__ Não sei se devo ficar lisonjeada ou indignada.
__ Foi um elogio!
__ Espero que sim.
Harry ri, a beija, um selinho apertado, levanta:
__ Venha, vou te ajudar a se vestir.
Katerina senta cobrindo os seios constrangida com a nudez dele exposta aos seus olhos.
Harry percebe as faces dela enrubescerem ao vê-lo nu, fica com um sorrisinho sacana no canto da boca enquanto se veste.

CAPÍTULO 26

O movimento no castelo diminuiu bastante depois dos convidados partirem, o coche está quase pronto para partir, abarrotado de bagagens.
Harry para em frente a saleta de sua mãe, ela borda um tecido, o olhar entristecido... Dá uma batidinha:
— Mãe?
Lady Anne levanta o olhar:
— Sim?
— Vim me despedir.
Lady Anne engole a seco:
— Não há nada que eu possa fazer para que mudes de ideia?
— Não_ Harry caminha até o sofá estofado, senta ao lado de sua mãe olhando-a com carinho.
— Filho, são meses de viagem, seu avô está bastante frágil... Fique conosco mais um tempo?
— Não posso mãe, tenho que cuidar de meus negócios. E vai ser bom levar Katerina para outro lugar longe da toxidade da família dela.
Lady Anne sorri de leve, acaricia o filho no rosto:
— E como as coisas estão?
— Bem.
— Certeza? Foi impossível não ouvir parte da discussão...
— Já nos entendemos.
— Uhm. Estás satisfeito com esse matrimônio? Katerina é uma boa menina apesar do gênio.
Harry sorri divertido:
— Ela é adequada.
Lady Anne também sorri, achando graça na tentativa do filho de esconder o sentimento escrito nos olhos:
— Gostas dela não é?
Harry suspira, se aconchega deitando a cabeça no colo confortável de sua mãe:
— Sim, ela me agrada.
Lady Anne ri:
— Fico feliz.
— Falei com meu avô sobre a viagem. Ele disse que na volta quer um bisneto nos braços.
— Seu avô é obcecado_ Lady Anne nega com a cabeça acariciando os cabelos macios do filho.
— Há outra coisa que quero pedir. A senhora e Victory... Não andem sem companhia, sempre que saírem seja onde for, levem um criado junto. Por segurança.
— Está bem. Seu avô falou que tens mania de perseguição.
— É muito, muito importante que fiquem seguras.
— Pode deixar.
Harry respira fundo se deleitando com os ultimos momentos de carinho maternal pelos próximos meses... Mesmo sabendo que irá sentir saudades, a adrenalina de estar em alto mar outra vez, de sentir a brisa marítima bater em seu rosto se espalha por seu corpo.
Katerina observa o cocheiro ajustar as rédeas pela milésima vez no focinho dos cavalos. Victory também observa, os olhinhos caídos pela partida do irmão. Ouvem passos e o barulho quase irritante da cadeira de rodas, viram e veem Lorde Milward sendo empurrado pelo fiel valete, os olhos azuis encaram Katerina, sábios:

__ Vá com Deus menina. E cuide bem do meu neto e futuramente bisneto quando nascer.
__ Estarei de volta antes que nasça, milorde
__ Não sei, afinal, na ultima vez, Harold ficou fora 3 anos, então...
__ Harry aparece de braços dados com sua mãe, Lord Milward o encara:
__ Se demorar mais de um ano vou colocar meu pessoal atráp0p0pps de ti, rapaz. E cuidado com essa jovem!
__ Creio que meu marido sabe de seus deveres e responsabilidades, milorde_ Katerina responde quase malcriada.
Harry reprime o riso:
__ Serão somente alguns meses, não se preocupe. Já deixei tudo organizado com ordens específicas. Vai dar tudo certo, não chegará nem a cinco meses sir.
__ Assim espero!_ Lady Anne afirma.
Após despedidas discretas escondendo uma grande carga emotiva, o casal segue dentro do coche em direção a Mullingar House.
Lady Miranda ouve o anuncio avisando que "lorde e lady Milward" chegaram, fica de queixo caído ao ver Katerina entrar lindamente de braços dados com o atraente marido, que tem os cabelos presos daquele jeito peculiar como os guerreiros orientais... Tem vontade de gritar de ódio e frustração.
Katerina sorri radiante:
__ Mamãe? Papai está? Viemos nos despedir, partiremos para uma viagem à Bahamas.
__ Sim, sim, estou aqui_ Lorde Oliver Mullingar aparece na outra entrada vindo do escritório, olha para Harry_ Podemos conversar, por favor?
__ Claro!_ Harry concorda.
__ Venha também minha filha_ Lorde Mullingar sorri discretamente.
Katerina fica meio confusa, troca um rápido olhar com Harry enquanto segue seu pai corredor adentro.
Dentro do escritório, Katerina senta na cadeira de madeira maciça, Harry senta ao lado em outra cadeira idêntica e Lorde Oliver Mullingar senta em outra de frente com eles, a escrivaninha os separando.
Harry pigarreia:
__ Perdoe-me meu sogro, porém temos certa pressa, afinal a viagem até Londres é bastante cansativa.
__ Bem. Vou direto ao ponto. Vou fazer uma promissória com o dote de Katerina. Não quero que te sintas sem valor, minha filha.
Katerina fica séria, mesmo tentando evitar, fica ofendida por estar sendo oferecida como mercadoria.
__ Sobre isso, não tenho interesse em dote algum, já estou levando seu maior tesouro comigo_ Harry responde, olha rapidamente para Katerina que tenta reprimir o sorriso bobo.
__ Estou contente por ouvir isso porém o dote estará no banco a sua disposição, pode ser usado até por ela mesma para que tenha um pouco de estabilidade.
__ Eu agradeço papai.
__ Lógico que qualquer movimentação terá que ser assinada por seu marido, creio que não será um problema.
__ Não mesmo_ Harry confirma.
__ Bem, resta a mim desejar boa viagem aos dois.
__ Obrigado_ Harry estende a mão e aperta firme a do sogro sob o olhar calmo de Katerina.
Minutos depois todos se despedem no pátio, incluso Albert, tentando fingir sobriedade.
Katerina e Harry entram no coche, que se afasta em direção à estrada sendo observados pelos Mullingar...

Nathan, não muito longe dali, observa entristecido e conformado por já não ter chance alguma de mudar os fatos.

Após algumas horas na estrada, duas trocas de cavalos e uma refeição rápida em uma taberna, chegam em Mayfair. É tarde da noite, são recebidos por criados devidamente fardados e acompanhados até o quarto principal onde tem água morna para um banho de tina.

Depois de um banho rápido, Katerina cai em sono profundo enquanto Harry permanece alerta sem saber exatamente o porque...

*****

Um dia depois.

A noite mal iluminada esconde vários segredos pelas ruas de Londres. Harry caminha com mãos no bolso assobiando uma canção alegre, apesar de parecer desligado, está 100% atento.

Passou o dia inteiro carregando o barco e fazendo planos... Daqui há 1 mes no máximo estará em casa!

Sabe que alguém o segue e espiona desde que deixou o cais há alguns minutos, aguarda o momento certo de atacar.

Na próxima esquina se esconde como um fantasma, sacando a adaga escondida no fundo falso do casaco surrado, mal respira, a nuca arrepiada, a sensação de "Black Ghost" voltando com força. Ouve passos suaves já próximos, vê a sombra e avança no homem com a agilidade que anos de experiência lhe trouxeram, agarrando-o pelo pescoço, o homem cambaleia surpreso, chocado, sentindo a lâmina pressionar a garganta.

Harry fala por entre os dentes:

_ Quem és e porque estás me seguindo?_ Pergunta em inglês com um forte sotaque Francês. Fica em choque quando o homem levanta a mão e joga na boca um comprimido azul... Menos de dois segundos o homem começa a tremer e babar, Harry solta o corpo que vai escorregando na parede, parando no chão, os olhos estatelados.

Guarda as feições do homem; negro, careca, traços fortes... Faz uma rápida revista nas roupas procurando algum sinal comprometedor, nada... Levanta e passa por cima do corpo se embrenhando no meio da escuridão, bastante preocupado... Precisa falar com Neil.

Katerina caminha pelo quarto agoniada, o coração aflito... Já anoiteceu, não vê Harry desde de manhã, bem cedinho! Ouve passos no corredor, corre abrir a porta, Harry para, com aparência um pouco cansada... O abraça apertado:

_ Jesus cariño, estava morrendo de preocupação!

_ Desculpe, deveria ter vindo mais cedo, mas quis deixar tudo pronto para irmos amanhã cedo_ Harry se inclina e a beija delicado_ Achei que chegaria e te encontraria na cama, no quinto sono!_ Caminham para dentro do quarto.

_ Não consegui, estava aflita.

_ Por quê?_ Harry ri_ Que bobagem!

Katerina dá de ombros, sem saber explicar a própria aflição, retira o penhoar:

_ Tem água aquecida_ Aponta o grande balde na lareira_ Mandei deixar a tina...

_Fez bem, preciso mesmo de um bom banho, iremos para alto mar, um banho decente custa água potável, portanto economizamos, evitando desperdícios e os mais asseados se limpam com o mínimo de água.

Katerina senta na cama e observa disfarçadamente ele despir enquanto fala, então completamente nu envolve a mão com um pano e segura a alça do balde levando até a tina e despejando o líquido levemente esfumaçando ali. Kat finge interesse na rendinha da camisola.

Em seguida, Harry entra e afunda até o tórax, suspirando de satisfação.

_ Quer ajuda?_ Katerina oferece.

_ Uhm, adoraria... Mas estou tão cansado que serei rápido, vá dormir carinõ, amanhã será um dia cansativo.

124

__ Está bem_ Kat deita e puxa o cobertor, ouve ele se movimentar freneticamente, o barulho da água... Minutos depois ouve ele levantar e mais alguns minutos sente o peso afundar o colchão... A mão desliza por sua cintura, o braço forte puxando-a para mais perto, suspirando o cheiro de sua pele, um beijinho no pescoço:
__ Durma bem.
Katerina sorri satisfeita, finalmente aliviada.

7:40 da manhã.
Katerina desce do coche com a ajuda de Harry, arruma o chapeuzinho delicado olhando para o barco... Não é enorme nem pequeno, algo nele cheira a liberdade.
Há quinze marinheiros na plataforma e um menino que não tem mais do que 12 anos.
Harry a segura pela mão e se aproxima dos homens um tanto xucros, alguns amassam chapéus nas mãos:
__ Senhores... Minha esposa, Lady Katerina Milward_ Olha para Kat com um sorrisinho_ Estes são: Joffrey nosso mascote.
__ Olá Joffrey_ Kat sorri simpática para o menino loiro que necessita de um bom banho.
__ Mr Fuller nosso médico, cozinheiro, costureiro... E outras utilidades.
__ Mr Fuller, prazer_ Katerina observa as feições rechonchudas do homem careca.
__ Mr Lewar. Mr Spark. Mr Smith. Mr Jonas. Mr Lohan. Mr Canndric. Mr xung. Mr Silvas. Bonacho. Mr Ogama. Mr Hucher e meu primeiro imediato, Mr Seran
Katerina tenta gravar tantos nomes e rostos embarbados, sujos de fuligem com cabelos grudados de suor... Mr Seran é o mais marcante, a pele clara muito limpa, os cabelos de fogo esvoaçam macios com a brisa e os olhos azuis muito claro... Muito bem apessoado, o sorriso doce:
__ Seja bem vinda, milady_ Faz uma mesura elegante, os outros quatorze tentam imitar falhando miseravelmente.
__ Obrigada_ Katerina agradece a gentileza.
__Joffrey?
__ Sim capitão!_ A voz pré- adolescente soa firme.
Harry olha para o garoto:
__ Tua missão é se encarregar de prover todas as necessidades de milady sem exceção.
__ Sim senhor!
__ Leve-a até minha cabine.
Joffrey olha para Katerina como se estivesse em frente a uma fada:
__ Por aqui, Milady.
__ Com licença senhores_ Katerina acompanha o rapaz deixando no ar seu leve perfume de flor de lavanda, que sempre faz questão de espalhar pelo baú para que seus vestidos tenham um cheiro agradável... Antes de sumir convés adentro dá uma ultima olhada em Harry, que já despiu o casaco, prendeu o cabelo como um samurai, abriu alguns botões na camisa e arregaça as mangas:
__ Homens!_ A voz grave soa forte_ Tragam a bagagem a bordo, cuidado com as coisas de milady. Zarpamos em trinta minutos! Lohan, vai para o caralho!*
__ Sim senhor!_ Lohan responde prontamente começando a escalar o mastro.
Outro coral de vozes masculinas repetem um "sim senhor!" e correm cada um cumprir sua tarefa.
Harry agarra a corda e sobe de um pulo no Elevado onde fica o timão observando o horizonte, o sangue correndo rápido nas veias... Sim, pode sentir o gosto de aventura na ponta da língua... O sorriso com covinhas charmosas brinca nos lábios rosados.

125

CAPÍTULO 27

Katerina desperta assustada, o balançar calmo do barco ainda lhe é estranho... Na verdade já viajou duas vezes para a Espanha e sempre estranhou, o que mais admira são os homens do mar caminhando pelo convés como se fosse terra firme.

É o terceiro dia de viagem, quinto dia casada com o homem mais charmoso e encantador do mundo... Não devia estar surpresa, Harry sempre foi um encanto desde o senso de humor até as manias peculiares, porém voltar a se sentir intima dele a fez perceber que ele nunca deixou de ser o amigo querido que sempre foi. A única diferença é que o que sente vai muito além de um simples afeto de amizade.

O sol alto ilumina a pequena janelinha da cabine e irradia ali dentro, Kat senta na cama passando a mão nos cabelos rebeldes bocejando discretamente... Pode ouvir lá fora o conversorio de vozes masculinas, risadas e brincadeiras de gosto duvidoso... Há três dias tenta fazer amizade com os homens do marido mas eles a tratam de maneira respeitosa demais, distante demais como se fosse um ser superior ou simplesmente a ignoram e isso a incomoda bastante. Hoje irá mudar de estratégia.

Levanta e caminha até a bacia no canto do quarto em uma garrafa de barro, despeja um pouco d'agua e lava o rosto, também faz a higiene bucal com uma pasta branca com sabor de menta, um dos produto trazido da França e que Harry é usuário assíduo. Depois veste o vestido simples evitando os saiotes que vão por baixo, é muito calor e aquelas camadas de tecido são uma tortura... Não importa que a saia do vestido fique menos glamurosa o que importa é o conforto. Após trançar os cabelos, abre a porta da cabine recebendo o calor do sol na pele. Três dias e as sardas que sua mãe tanto lutou para clarear com pasta de pepino e suco de limão estão completamente evidentes.

Sai para o convés movimentado, ali cada homem cumpre sua tarefa; fazer nós, desfazer nós, manter as velas no ângulo, limpeza e lubrificação da madeira e outros reparos/manutenção... Entre tantos, ele se destaca, sem camisa, que por sinal está sendo usada como "lenço" na cabeça, os cachos rebeldes escapam do emaranhado de panos. O rosto determinado observando o horizonte, pernas afastadas e braços cruzados, a pele mais bronzeada do que antes... Katerina encosta no "parapeito" superior e apoia o rosto na mão, observando-o por alguns minutos, enlevada.

Harry olha para longe dali, um pouco preocupado com o tempo... Se percebe nuvens mais escuras no horizonte e torce para quando passarem por lá essa tempestade já tenha ido embora. Fora isso a viagem está agradável, agitada mas muito agradável, se continuar assim chegarão até mais cedo do que o esperado.

Algo rosa lhe chama atenção no canto do olho, vira e vê Katerina com uma expressão adorável, algumas mechas do cabelo de fogo escapam da trança e brincam no rosto que agora tem lindas sardinhas espalhadas pelo narizinho empinado e bochechas, assim como no ombro, lembrar dela nua em seus braços, o rosto expressivo de prazer volta a deixa-lo com um sorrisinho no canto da boca. Gira, caminhando até ela, suspende o corpo em um salto, cortando o caminho entre os mastros e desce no último degrau que leva ao convés superior:

— Bom dia! _ A envolve pela cintura.

Katerina observa o sorrisinho charmoso que lhe traz a lembrança da noite de caricias tórridas feitas na privacidade da cabine na cama de palha.

— Bom dia_ Sorri meio timida recebendo o selinho provocante que chega a sugar lhe o lábio inferior discretamente, o abraça pela cintura.

— Acordou mais cedo hoje! Vou chamar Joffrey para levar seu desjejum.

— Não, pode deixar que desço e busco.

126

__ Não, não vou permitir que te mistures com esses selvagens mal educados Katerina, não é uma boa ideia.
__ Er... Irei passar o próximo mês nesse barco Harold, não vou ficar dando trabalho, pobre Joffrey, cuida da limpeza de tudo quase sozinho. Vou ajudar, serei util.
__ De jeito nenhum!_ O rosto bonito se contorce de incredulidade_ És uma lady, minha convidada!
__ Mas não tenho nada para fazer!
__ Não adoras ler? Tenho alguns livros na cabine, acho que dois ou três são em espanhol, aproveite! Leia e relaxe.
Katerina torce o nariz despercebidamente, respira fundo:
__ Está bem. Mas vou na cozinha sim, estou curiosa para conhecer por lá.
__ Vá mas não se demore muito, e capaz daquele brutamontes te expulsar aos gritos!
Katerina ri imaginando a cena, fica na ponta dos pés e o beija rapidamente:
__ Está bem, vou tomar cuidado_ Se afasta a passos cuidadosos agarrando nas laterais a procura de equilíbrio.
Harry a observa começar a descer a escada que vai para convés inferior, vira olhando para o horizonte outra vez, um vinco de preocupação formando na testa... Bem, por enquanto não há nada a fazer, precisa ficar atento e aguardar se haverá maiores mudanças climáticas.
Katerina para em frente a porta da cozinha que é nada mais, nada menos, do que um quartinho com várias panelas penduradas, um forte cheiro de temperos e condimentos misturados com odor de carne salgada. Há um restante de frutas também, algumas começando a amadurecer outras já bastante maduras que provavelmente serão devoradas ainda hoje.
Sorri para o homem careca que amasseta uma massa que provavelmente será o pão para os próximos 3 dias:
__ Bom dia_ Fala suavemente.
O homem a olha com estranheza, segura a camisa e seca o suor da testa:
__ Bom dia, Milady. Joffrey irá levar seu desjejum imediatamente.
__ Oh não, vou comer aqui mesmo, obrigada. Um pouco de café e uma fruta está ótimo.
__ De jeito nenhum! Milady... O capitão...
__ Eu me resolvo com meu marido, não se preocupe_ Kat entra na cozinha e segura a jarra com café, vira em uma caneca de ferro, beberica_ Vamos ter o que de almoço hoje? Quero ajudar no preparo ou na limpeza, seja o que for...
__ De jeito nenhum! Quer que o capitão me arranque a cabeça?
Katerina quase gargalha... Esses homens acham mesmo que Harry é capaz de arrancar a cabeça de alguém por algo tão banal?
__ Estou entediada, preciso me ocupar!
__ Não, milady. Vá bordar alguma coisa, aproveite a vista, durma... Não posso nem vou aceitar ajuda!
__ Porque não?
O homem a olha muito sério, Katerina tenta lembrar o nome...
__ Agradeço, mas sou cozinheiro, médico, barbeiro e outras atividades há 6 anos desse barco, estava aqui antes mesmo do capitão ser nomeado capitão. Não preciso de sua ajuda_ Fala quase ríspido.
__ Devo insistir_ Katerina deposita a caneca na mesa de madeira presa no chão.
O Homem respira fundo:
__ JOFFREY!
Katerina arregala os olhos rapidamente, surpresa com a explosão. Em segundos o menino loiro de cabelos oleosos aparece segurando uma esponja e um balde, respondendo malcriado:
__ NÃO PRECISA GRIta... Perdão, Milady_ Fica sem graça ao notar a presença feminina.
__ Vá chamar o capitão_ O cozinheiro ordena.

Joffrey deixa a bucha e o balde no chão e sai correndo, Katerina coloca as duas mãos na cintura:

— Nada do que o senhor diga irá mudar minha decisão, portanto... Onde estão as batatas? Irás fazer cozidas como ontem? Vou descascar e... Katerina entra ainda mais, caminhando até o saco enorme de batatas.

O homem volta a respirar fundo irritado, Harry aparece na entrada um pouco ofegante:

— Kat? Aconteceu alguma coisa?

— Capitão. Cuide de sua mulher e a mantenha longe da minha cozinha para que ela não venha se meter onde não é chamada.

Katerina encara o homem indignada:

— Mas eu só quero ajudar!

— Pensei que tinha sido claro_ Harry apoia a mão no batente, displicente.

— Não, cariño, não é possível! Não sou inútil, posso ajudar a...

— Não na minha cozinha_ O homem responde rabugento.

— Fuller_ Harry admoesta quase ameaçador, olha para Kat_ Venha. Vamos subir, é melhor...

— Não_ Katerina empaca_ Tenho duas mãos, minha ajuda será muito bem vinda, creio eu.

Fuller olha para o capitão com uma sobrancelha arqueada, Joffrey engole a seco lembrando que já viu mulheres apanharem de seus maridos por muito menos.

Harry sabe que se Katerina enfrentá-lo, correrá o risco de perder a autoridade com seus homens, prejudicando o bom andamento da viagem. Ela terá que obedecê-lo para que não perca o respeito de todos, se lembra perfeitamente bem como foi difícil se impor no começo principalmente por ser muito jovem. Tinha acabado de completar dezoito anos!

Olha para Katerina, sério:

— Katerina, suba. Vá para a cabine e pare de atrapalhar o trabalho dos meus homens.

Katerina engole a seco chocada com a grosseria, cruza os braços levantando o queixo orgulhosa:

— Não sou uma bonequinha de porcelana, sabes disso! Se acha que vou ficar ociosa todos esses dias estás muito enganado, diga à seu homem que irei ajudar.

— Não quero ser culpado por cortes em suas mãos macias, milady_ Fuller debocha.

— Se continuar com esse tom o corte será em sua língua, sir_ Katerina ameaça.

Harry olha para o céu azul, impaciente, em outros tempos estaria gargalhando pela petulância dela em ameaçar um homem com o dobro de seu tamanho, mas ela precisa entender... Ali não é Harold, seu marido e amigo, ali é o capitão Edwards, comandante daquela navegação, sua palavra é lei!

Se afasta da porta dando passagem, olha para Katerina firme:

— Suba.

Katerina se irrita:

— Não. Não me venha com essa prepotência, sou sua esposa não um de "seus homens"_ Frisa as duas ultimas palavras.

— Exatamente_ Harry dá dois passos e a segura pelo antebraço, a obriga a sair sob o olhar satisfeito do cozinheiro e de compaixão de Joffrey.

Katerina tenta acompanhá-lo a passos desequilibrados, a única coisa que lhe mantem em pé é a mão firme em seu braço, sobem as escadas e entram a direita, no corredor, indo em direção à cabine. Katerina tenta se desvencilhar:

— Harry?! O que significa isso! Me solte, vai me machucar!

Harry abre a porta da cabine e a solta, indicando o caminho:

— Quando eu disser algo, obedeça. São regras de uma boa convivência em alto mar, não me questione nem me enfrente na presença da tripulação, minha autoridade não pode ser questionada! Principalmente por uma mulher, Katerina. Se comporte como uma lady, uma mulher casada que deve respeito ao marido.

128

__ Sou uma mulher casada não uma jumenta com cabrestos, não fale comigo nesse tom!
__ Não fale TU comigo nesse tom!_ Harry ordena, segura a porta e fecha em um baque.
Katerina permanece olhando a madeira incrédula... Como um homem tão maravilhoso a noite se tornou esse troglodita mandão pela manhã? Nunca imaginou vê-lo falar com ela assim outra vez... Bem... Estava enganada!
Ainda demora alguns minutos pensando no que vai fazer, procurando livros, encontra um que lhe interessa, fala sobre construções de barcos.
A porta da cabine abre, Harry aparece, os olhos verdes interrogativos. Katerina deixa o livro na cama, o encara fria:
__ O que foi?
__ Vim me desculpar, acho que fui um pouco rude...
__ Um pouco?
__ Kat, entenda... Se eu não conseguir controlar minha mulher, como vou controlar um barco?
Katerina abaixa o olhar, senta na cama ao lado do livro:
__ Daqui a pouco vou explodir. Odeio não fazer nada.
__ Eu entendo mas..._ Harry se aproxima e agacha de frente com ela_ Evite me questionar, sim? Isso pode causar problemas.
__ Harold, não sou estúpida, pare com essa atitude condescendente!
__ Estou tentando dialogar contigo, não seja grossa!_ Harry franze o cenho.
__ Eu já disse que posso ser muito útil, vou ajudar o Joffrey então, pobrezinho, ele faz todo o trabalho de limpeza sozinho!
__ Katerina, eu não permitiria que..._ Harry revira os olhos_ Jesus, não podes ceder uma única vez?
__ Não quando estou certa!
Os dois se encaram em uma batalha de vontades, determinados... Porém Harry acaba desejando rir com a teimosia nos olhos castanhos se perguntando como ela pode ser tão adorável!
Katerina percebe o brilho divertido nos olhos verdes, reprime o sorriso:
__ Pode parando, estamos conversando a sério.
__ Eu sei_ Harry fica com um meio sorriso, suspende o corpo deitando-a lentamente no colchão, ficando por cima:
__ Devo procurar outras maneiras de gastar suas energias, carinõ.
Katerina o abraça pelo pescoço enrolando os cachos da nuca nos dedos:
__ Não mude de assunto, espertinho, não vou desistir!
__ Eu sei!_ Harry ri baixinho, inclina o rosto beijando-a languidamente.
Katerina geme baixinho ao sentir a língua enroscar a sua, estreita ainda mais o abraço..,
__ CAPITÃO!_ Alguém chama lá fora.
Harry interrompe o beijo devagarinho:
__ Tenho que ir.
__ Uhum.
__ Volto logo, se possível.
__ Uhum.
Harry lhe dá um ultimo beijinho, levanta e leva a mão delicada aos lábios, beijando galante, vira e sai da cabine.
Katerina suspira, olha para o livro, segura e abre, iniciando a leitura... Não percebe Harry se demorar, os olhos começam a pesar... Acaba adormecendo.

CAPÍTULO 28

O mar fica a cada minuto mais agitado e a ventania começa a incomodar bastante. No convés, uma correria se instala, homens puxam e amarram as velas, guardam tudo o que podem para manter seguro preocupados com a força da tempestade e as perdas que pode causar. As vezes é necessário se desfazer dos barris de vinho e de outros pesos para manter o barco flutuando, precisam manter o pouco de água potável disponível em segurança.

Harry torce para que nada pior aconteça, olha para o horizonte, a chuva fina já lhe deixou em pingos, os cabelos grudados no rosto, no pescoço, conforme segura firme o timão... Precisa falar com Katerina, ela não pode sair da cabine, lá estará segura.

Katerina desperta com um solavanco, vê o livro caído de lado na cama, o barco faz movimentos violentos... Pela janelinha se nota o céu acinzentado, a chuva constante. Levanta e caminha até a porta, abre e sai, é recebida pela chuva gelada que não demora muito em molhar seu vestido. Continua caminhando até ter visão completa do convés e da confusão, todos se preparando para a tempestade eminente.

Procura Harry com o olhar, o vê segurando o timão, olhando-a de volta:
_ KATERINA! VÁ PARA DENTRO, AQUI NÃO É SEGURO!_ Ouve a voz grave berrar por cima do barulho da chuva e das outras vozes masculinas, vira o rosto e vê Joffrey correndo, trazendo baldes, se aproxima:
_ Joffrey, posso ajudar? Só me diga o que fazer.
_ Milady, acho melhor..._ Joffrey começa, emudece ao ouvir o berro do capitão.
_ KATERINA! _ Harry grita outra vez.
Kat volta a olhá-lo:
_ EU POSSO AJUD...
_ PRA DENTRO! AGORA!_ Harry se irrita.
_ Mas que porcaria!_ Katerina sente vontade de tirar a botina e jogar naquela cabeça dura. Vira e volta para a cabine a passos pesados.

Harry respira aliviado, volta a se concentrar em manter o barco nivelado... Por sinal, será um longo período de turbulência.

Sete minutos presa na cabine, lá fora o mundo parece estar acabando, kat quase tem uma crise de pânico pelo fato de estar ali como se fosse um peso morto... O que Harry está pensando? Que é inútil, uma florzinha intocável?
_ Que diabos!_ Levanta e corre meio desequilibrada até o baú, solta a fita do vestido despindo com um pouco de dificuldade, segura uma camisa e uma calça de Harry, veste e usa uma fita arrancada do vestido para envolver a cintura e manter a calça segura.

Ajusta a trança de cabelo, vai se apoiando para não cair, abre a porta... É recebida por uma enxurrada de água, fecha imediatamente, tomando coragem. Abre outra vez, sai da cabine rapidamente e fecha a porta por fora, agarra na lateral do barco, alguns passos e se depara com o convés inundado. Apesar de ser início de tarde parecer ser noite, as ondas de vários metros de altura a faz engolir o seco de medo.

Os homens mal conseguem manter o barco flutuando, Kat observa Joffrey encher baldes e baldes de água e devolver para o mar, uma corda amarrada na cintura, mais um passo e é atingida por uma onda por trás, sendo arremessada em direção ao mastro... Tenta recuperar o fôlego, as costas parecem ter se partido ao meio. Agarra uma corda presa no mastro e amarra na cintura como viu em Joffrey, vai até ele com alguma dificuldade, segura um dos baldes que também está preso por cordas, enche e joga a água no mar.

Joffrey vira e fica em choque quando a vê:
_ Milady, o capitão não vai gostar...
_ Ele não saberá se não abrires a boca_ Kat enche outra vez o balde, entrando na luta contra a natureza com garra.

Harry tenta manter o timão firme, um vinco na testa, o olhar determinado... Tiveram que se desfazer de algum peso, os galões de vinho agora flutuam na água turbulenta, outra onda assustadora atinge o barco fazendo-o flutuar desordenado como papel... Não sabe até quando Spirit irá aguentar! É a Terceira vez em anos que enfrenta uma tempestade desse porte!

__ CAPITÃO, AS VELAS ENGANCHARAM! VAI QUEBRAR O SEGUNDO MASTRO!_ Um dos homens grita.

__ SERAN! AQUI!_ Harry grita.

Como em um passe de mágica Ed aparece a seu lado e agarra o timão, Harry pula no convés e agarra o mastro onde os homens tentam desenganchar a vela, segura na corda e começa a subir com dificuldade, saca a adaga e corta a corda superior, os dentes travados por causa do esforço, a chuva e água salgada impiedosa atrapalham sua visão. Quando consegue cortar, a vela se solta e cai diretamente na lateral, o tecido pesado quase acertando quem está por ali. Congela ao reconhecer os cabelos vermelhos, o corpo franzino perdido em suas roupas.

__ Merda!

Katerina afasta os fios de cabelo que insistem em lhe tampar a visão, vê a pequena confusão entre as velas e de repente uma parece vir em sua direção, joga o corpo em cima de Joffrey, os dois quase sendo espremidos contra a lateral do barco, levanta o olhar, assustada, observa Harry deslizar pela corda com agilidade. Assim que ele pisa no convés, vem em sua direção. Kat levanta o queixo pronta para enfrentá-lo e entrar em uma discussão, porém ele não diz nada, somente agarra a corda e checa o nó em sua cintura fazendo outro por cima e checa o nó no mastro. Em seguida a olha com seriedade e corre de volta para o timão, onde Ed observou a cena com um leve sorriso divertido.

Harry agarra o timão irritado:

__ Mulherzinha teimosa!

__ De uma coragem admirável_ Ed sorri e pula para o convés agarrando o primeiro balde que encontra.

Harry olha outra vez onde Katerina se mistura entre seus homens, ombro a ombro... Sim, de uma coragem admirável!

Não é o único a observar Katerina, outros olhos frios e lascivos observam o corpo feminino contornado na roupa molhada, atiçando o desejo masculino...

HORAS DEPOIS.

Katerina e Joffrey se largam no chão exaustos, finalmente a tempestade diminuiu restando só uma garoinha fina... Os homens começam a procurar estragos, já fazendo consertos mais urgentes enquanto Harry tenta se encontrar pela bússola:

__ LOHAN, SUBA E VÊ SE ENCONTRA ALGUM BARCO, ALGUM SINAL DE APROXIMAÇÃO!

__ SIM CAPITÃO_ Lohan agarra o mastro e inicia a subida, Ed segura o binóculo:

__ Não se vê nada, Cap.

__ Hm..._ Harry corre o olhar pelo barco, os músculos doloridos pelos momentos de tensão, vê Katerina sentada com as pernas abertas mais parecendo um moleque como Joffrey... Sente orgulho dela. Mas também está incomodado por ela desautorizá-lo outra vez. É fato, não consegue controlar essa mulher, isso pode lhe causar sérios problemas!

__ Cap., vá descansar, o plantão é meu hoje_ Ed avisa, segurando o timão.

__ Não, vou ver se ela está bem e volto para ajudar no que for preciso. Não esqueça de checar os barris e encher os baldes de água, sem o vinho teremos só água para matar a sede_ Harry desce os cinco degraus do elevado onde fica o timão e caminha em direção a Katerina.

Kat mantém os olhos fechados um pouco trêmula por causa do esforço, ouve passos, abre os olhos se deparando com as duas botas marrons em sua frente. Levanta o olhar devagarinho.

Harry percebe o rosto pálido ficar tenso ao vê-lo, agacha:

__ Muito bem. Não sei o que te dizer.

__ Muito obrigado?_ Katerina debocha com um sorrisinho.
Harry olha para Joffrey, que também se diverte, o rapazote fica sério imediatamente:
__ Joffrey, vá pegar água doce, milady precisa se banhar para tirar o sal da pele. Smith, vá com ele, pegue a tina e use a água dos baldes.
Katerina observa Joffrey e o homem calvo correrem a obedecer, Harry levanta e estende a mão, ela segura e se põe de pé:
__ Então? Sem brigas?
__ Depois conversamos_ Harry responde começando a desamarrar o nó na cintura delgada.
__ Não temos o que conversar, fiz minha parte como tripulante do barco, não consegui ficar na cabine como se fosse um peso morto.
__ E outra vez me enfrentou na frente de meus homens.
__ Tens que parar de tentar mandar em mim, só fiz o que era certo.
__ Então é isso?_ Harry levanta o olhar, sério_ Sua intenção é provar o quanto é indomável?
__ Minha intenção é ajudar, não tenho que provar nada a ninguém!
Harry puxa a corda e deixa cair no chão:
__ As vezes pareces uma criança birrenta, Katerina.
__ E tu?! És um brutamontes mandão!_ Kat retruca.
Harry a olha, o maxilar travado, respira fundo, tentando ser paciente:
__ Vá se banhar antes que sua pele fique em carne viva. E descanse, provavelmente os homens vão se lavar com essa chuvinha, é melhor que fiques na cabine para evitar constrangimentos..._ Kat abre a boca para retrucar, Harry franze o cenho, bravo_ E me obedeça dessa vez, Katerina!
Kat se ofende... Suas mãos estão quase em carne viva por ficar pegando o peso do balde, está com as costas doloridas por causa do baque na hora que foi atingida pela onda, quase sofreu um acidente grave por causa da vela e nem um "obrigado"? Só sermão?
(Mal agradecido!)
Se afasta revoltada, sob o olhar penetrante dos olhos verdes.
Harry respira fundo, vira e vai checar o real estrago na vela.
Kat deita na cama trêmula de frio, os lábios arroxeados... Não teve água aquecida, depois de tantas horas em contato com a água gelada do mar, teve que tomar banho com a água congelada da chuva e agora esta morrendo de frio. Se cobre com o cobertor de pele tentando se aquecer, fecha os olhos apertado, ainda muito dolorida.

*****

Harry faz uma ultima ronda no barco, levanta o olhar para o mastro, Lohan continua no caralho*... É até estranha essa disposição do marujo de ficar ali, aquele é um dos piores lugares para se viajar em um barco, mas Lohan parece fazer questão de... Nega com a cabeça. Está ficando paranoico.
Restou somente a calmaria agora, a chuva bem fininha, o dia começa a escurecer, quase não se ouve a voz dos homens, os que estão livres essa noite provavelmente já foram dormir, os demais de plantão continuam atentos a suas atividades.
Abre a porta da cabine, vê o amontoado na cama, sabe que Katerina deve estar com muito frio e provavelmente as camadas de tecido não a aquecem. Já passou por isso em seus primeiros dias de marujo quando recebeu um castigo no qual ficou quatro horas no mar gelado depois de enfrentar o capitão. Quase morreu de hipotermia.
Despe a roupa e entra na tina, que mal cabe seu corpo encolhido, se banha da melhor maneira possível e sai, segurando a toalha que Kat usou ainda meio úmida para se enxugar. Em seguida caminha em direção a cama.

Kat aperta ainda mais os olhos ao senti-lo se aproximar, magoada. Sente ele deitar na cama se enfiando por baixo do cobertor... Nu?! Não é possível que vá querer ter intimidade com ela depois de tê-la tratado tão mal! Sente ele puxando seu vestido, abrindo os laços, finge estar dormindo mas ele não para. Continua fingindo mesmo ele continuando despindo-a, fica imaginando mil maneiras de negar, de impedir que ele a toque.

Assim que a deixa quase completamente nua, o braço forte a envolve, tenta se esquivar com brutalidade:
__ Harold, eu não vou...!
Harry a segura firme, terminando de tirar o vestido pelos pés pequeninos:
__ Shiiii, eih. Descanse, só preciso te aquecer_ Ele sussurra baixinho, carinhoso.
Kat emudece, sem reação. Ele a beija no ombro:
__ Estou orgulhoso de ti_ A voz rouca soa terna, amorosa_ És muito valente, Kat.
Kat engole a seco, tentando endurecer o coração, fecha os olhos percebendo os tremores de frio começarem a dissipar, a pele dele aquece a sua e vice-versa... Começa a se questionar até onde vai o poder daquele homem sobre si? Ele destrói suas defesas com um único ato de carinho! Não pode ser tão fraca! Não pode amá-lo tanto! Como é possível?

Harry obriga o corpo a relaxar. Mesmo cansado, sentir as curvas delicadas junto a si acende seu desejo, porém sabe que Katerina precisa descansar. Ambos merecem todo descanso do mundo!

*Caralho= Cesto que fica na ponta do mastro, onde o vigia do barco ficava alerta para avisar a tripulação caso visse qualquer coisa no mar.

CAPÍTULO 29

A claridade do dia entra pela janelinha da cabine iluminando o local, Harry abre os olhos em um susto, surpreso por ter apagado em um sono pesado perdendo a noção do tempo... Isso não acontecia há meses!

Ao reconhecer a cabine solta a respiração aliviado, levanta a cabeça do travesseiro devagarinho, a perna de Katerina está colada na sua, o corpo quente e macio junto ao seu o conforta. Vira tomando todo o cuidado para não despertá-la, apoia o cotovelo no colchão suspendendo a cabeça e apoiando na mão, fica assim por alguns minutos, observando a beleza de sua esposa adormecida, em paz como um anjo, os cabelos cacheados espalhados pelo lençol e caindo por cima do ombro nu, os seios expostos como dois botões de rosas... Suspira encantado com a imagem a sua frente, levanta a mão enrolando no indicador uma mecha do cabelo, o que a faz despertar devagarinho, os olhos cor de mel abrindo lentamente.

Kat sente um ventinho no rosto, alguém mexendo em seus cabelos tirando-a do mundo dos sonhos, abre os olhos encontrando outros como um par de esmeraldas brilhantes observando-a, transbordando ternura, o meio sorriso com aquelas covinhas charmosas que lhe deixa com sensação de moleza no corpo... Que dia maravilhoso!

_ Bom dia_ Fala manhosa, por um segundo esquecendo a mágoa do dia anterior.

_ Bom dia_ Harry responde, se inclina e deposita um selinho nos lábios que parecem fruta vermelha madura_ Dormiu bem? Descansou direitinho?

_ Sim..._ kat torce o narizinho_ Até me esqueci que estou brava contigo.

Harry ri baixinho:

_ Ainda está brava?!_ Abocanha o lóbulo da orelha mordiscando de leve.

_ Aham_ Katerina sente os cabelinhos da nuca eriçarem.

_ Não fique brava comigo, cariño!_ Harry brinca dengoso, um sorrisinho debochado, se inclina ficando com parte do tronco por cima envolvendo-a pela cintura, a beija na curva sensual do pescoço_ Que coisa feia ser rancorosa!

_ E tu não faça graça!_ Kat repreende_ Não teve consideração alguma comigo!

_ Desculpe, ontem foi muito tenso, estava com a cabeça cheia... Mas também, que teimosia? Não me conformo, nunca fazes o que peço! E se tivesse se machucado?

_ Tu nunca pedes, sempre ordenas como se eu tivesse obrigação de te obedecer! É tão sem cabimento!

_ Mas eu sou teu marido!

Katerina o encara incrédula:

_ E o que tem isso? Acha que sou teu capacho? Por isso não queria me casar, queria ser dona da minha vida!_ katerina começa a ficar irritada, o que faz Harry enchê-la de beijinhos no rosto e pescoço, entre risos:

_ Nossa mas que braveza!

_ Hum!_ Kat se faz de difícil.

Harry a beija outra vez, e outra, aprofundando um pouco mais a carícia, Katerina corresponde lânguida, ele levanta a cabeça, encontra os olhos castanhos:

_ Sabe...

_ O que?

_ Estou tentando entender o que estás fazendo comigo...

_ Como assim? O que estou fazendo?

_ Isso.

_ Isso o que?_ Kat acha graça.

_ Não sei explicar, só estou sentindo...

_ Uhm. Eu também sinto...

_ O que sentes?_ Os olhos verdes intensos, curiosos.

134

__ Isso_ Katerina responde com um sorrisinho sapeca.
__ É bom, não é?_ Harry se diverte com a afirmação velada, a acaricia com o nariz mordendo-a de leve no queixo.

Kat ri sentindo cócegas, procura a boca apetitosa roubando um beijo, Harry geme baixinho, correspondendo de imediato, se abraçam com vontade... Kat sente o nervo da costa dolorido, repuxando, solta o abraço reclamando baixinho:
__ Ai...
__ O que foi?_ Harry a olha preocupado.
__ Ontem bati minha costa com força, se faço movimento brusco dói_ Kat observa os olhos verdes ficarem sérios, profundos:
__ Está vendo? Não disse?_ Harry esbraveja.
__ Ah não! Não recomece, venha cá_ Katerina levanta o braço para tocá-lo no rosto.

Harry segura a mão beijando-a na palma, levanta e veste a calça agora seca:
__ Tenho um óleo da Índia aqui, é analgésico_ Caminha até uma caixa de madeira no chão, no canto da cabine, agacha e destrava a manivela, abre. Katerina observa curiosa.
__ Vire de bruços_ Harry fecha a caixinha de madeira.

Kat obedece... Começa a ficar tímida, tentada a cobrir o bumbum porém, se obriga a ter coragem, a ser mais desinibida, quer provocá-lo... Apoia a cabeça nos braços cruzados, fechando os olhos para vencer a timidez.

Harry levanta e vira, paralisa ao vê-la se expondo para ele pela primeira vez, de maneira tão natural, os raios de sol que entram pelo vidro da janelinha iluminam o cabelo deixando com mechas douradas, a pele translúcida... Seu queixo quase cai, o corpo reage com paixão. Sempre soube que ela tinha algo de sensual, se lembra perfeitamente dela dançando, mas agora? Por todos os deuses, que tesão!

Engole a seco prometendo se conter, senta na beirada da cama, aplica um pouco do óleo na mão e espalha sobre a pele, massageando enquanto fala:
__ Isso irá aquecer um pouco, provavelmente te sentirás muito relaxada.

Katerina pisca vezes seguidas... Está em chamas por todo o corpo e não é por causa do olinhos, as mãos enormes deslizando, massageando sua pele... Não sabe se é de propósito mas vai quase no início do bumbum e sobe.

Harry morde o lábio com força olhando para o bumbum branquinho, empinadinho, não resiste, desliza as mãos pelas nádegas e aperta com vontade. Katerina geme baixinho;
__ Cariño, é a costa que está doendo_ Nem acredita na sensualidade na própria voz.

Harry se inclina e a beija no meio da costa, no local mais sensível:
__ Estás me tentando...
__ Não resista_ kat mal acredita no que está fazendo, ao ouvir o gemido baixinho dele sente vontade de rir.
__ Não_ Harry para a massagem, levanta e a cobre com delicadeza_ Estás ferida, precisa melhorar.
__ Mas eu já melhorei!
__ Não melhorou não.
__ Melhorei sim!_ Kat vira o corpo ficando de barriga pra cima expondo os seios. Harry trava o maxilar, agarra a camisa e veste:
__ Pare Mulher!_ A voz soa sofrida fazendo-a rir. Segura a bota com a mão, sente o calçado úmido mas ignora, calça e caminha até a porta, abre, dá uma ultima olhadinha com expressão safada fazendo-a rir outra vez, vira e sai, fingindo estar estabanado.

Kat respira fundo, o sorriso bobo, faz uma caretinha de dor, levanta devagarinho... Não irá ficar deitada o dia todo, tem muito o que fazer.

Minutos mais tarde, Katerina aparece sorridente na cozinha:
__ Fuller? Teremos sopa de batata hoje?
__ Sim, Milady.
__ Ótimo. Vou descascar.

— Mas o cap...
— Meu marido já está ciente de que ajudarei na cozinha.
— Er... Muito bem então.

Kat entra e abre o grande saco, inicia sua tarefa, não são poucas batatas afinal são 16 homens com Harry e mais ela.

Horas mais tarde, Harry descobre que Katerina esta ajudando na cozinha, dá de ombros... Afinal, ela sempre consegue o que quer mesmo, foi assim quando criança e dificilmente irá mudar agora.

*****

Anoiteceu, o barco silencioso navega pelo mar calmo, a única coisa que incomoda é a neblina, não se vê um palmo a frente.

Harry observa da popa, atento ao estrago na vela feito pela tempestade. Passaram o dia remendando, tentando consertar, amanhã terão que terminar sem falta, a velocidade do barco caiu pela metade!

Ouve passos suaves, vê katerina aparecer, o vestido azul escuro com babados brancos deixa os ombros a mostra, o cabelo solto, esvoaçando com a brisa:

— Vai fazer plantão hoje?_ Kat pergunta suave.

Harry solta o pedaço da vela, estende a mão segurando a dela, ajudando-a a se aproximar:

— Até umas cinco da manhã.
— Uhm. Então vou me deitar.
— Está bem_ Harry acaricia os cabelos sedosos, Kat o abraça ficando nas pontas dos pés, sorri:
— Minhas costas já não doem.
— Isso é um convite?_Harry fica com um meio sorriso.
— Creio que sim_ Katerina sorri fingindo inocência, o segura pelo queixo e o beija ardente.

Harry a agarra pela cintura puxando-a contra si correspondendo com loucura, sente as mãos delicadas agarrarem sua nuca, o corpo pronto para fazer amor... Carícias atrevidas, calor, respirações ofegantes, Harry perde a noção de tempo, aos beijos. De repente algo dispara em sua cabeça, está silencioso demais... Se afasta.

Kat fica confusa com a interrupção abrupta, Harry levanta o olhar desconfiado.

— O que...?_ Kat se interrompe ao ver ele colocar o indicador nos lábios, Harry a olha e move os lábios:

"Não sai daqui"

Desembainha a adaga presa na cintura e começa a andar cuidadoso, mais parece deslizar, sem som algum... Não se ouve nada, somente a água batendo enquanto o barco flutua.

Katerina franze o cenho sem entender, sua intuição lhe avisa que é hora de obedecer, a sensação da adaga em sua botina lhe conforta.

Harry continua a caminhar pelo convés, passa pelo corredor que fica paralelo a cabine, de longe vê o mastro principal, tudo vazio, sem sinal de movimento? Tem algo muito errado!

Dois passos e sente a lamina gelada no pescoço:

— Olá Black Ghost... Ou devo dizer Capitão Edwards?_ A silhueta troncuda de um homem aparece, o inglês carregado de sotaque francês na voz mortífera_ Melhor ainda, Lorde Milward.

Harry engole a seco, sente o ardor na pele onde a lamina gelada encosta. Um movimento errado e lhe dilaceraria a carne até a veia, fazendo sangue quente jorrar.

De canto de olho assiste outro homem se aproximar com corda e amarrar suas mãos presas atrás, em um aperto violento. Trava o maxilar, seu único pensamento é Katerina sozinha lá atrás.

Com um empurrão é levado em direção ao convés, se depara com sua tripulação amarrada e amordaçada, rodeada por homens armados de facão e armas de fogo, o olhar de Ed implora por desculpas, afinal, ele estava responsável pela segurança do barco no momento... Como é possível essa invasão? Apesar da neblina forte, Lohan estava... Lohan!
Corre o olhar pelo convés, o vê em pé, segurando uma arma apontada na cabeça de Joffrey... Trava o maxilar, revoltado por não ter escutado sua intuição. Maldito traidor!
Vê também o outro barco há alguma distância, as névoas escondendo boa parte das velas.
Katerina não aguenta mais esperar, que silêncio assustador é esse? Já se passaram minutos! Caminha em direção ao convés, para ao ouvir vozes, espia... O que vê faz seu estomago revirar. Harry está amarrado, um homem o encara com maldade, falando em Francês:
__ Não sabes o prazer que sinto em te reencontrar. Lembra de mim?
Harry o encara de frente, alguns centímetros menor, não responde, tentando puxar na mente onde já tinha visto aquele homem.
__ Não? Deixe-me clarear sua mente. Marseille, há dois anos atrás. Seu espiãozinho de pouca merda, achou que eu nunca fosse te encontrar? Eu jurei que vingaria meu irmão!
Harry sente um gelo subir pela espinha... Sim, se lembra perfeitamente. Jessua, um dos maiores contrabandistas da França!

*****

Poucos meses depois de embarcar, Harry foi preso em um bordel em Veneza por soldados da coroa inglesa disfarçados de viajantes. Foi levado junto com outros homens para uma prisão no meio de uma ilha, onde todos iriam ser interrogados.
O pânico quase o destruiu, fazendo-o quase ter um surto ao ouvir os gritos de dor dos outros homens, se arrependeu por ter fugido, só queria estar em casa, com sua família!
Ao chegar sua vez de ser interrogado, por puro orgulho na altura de seus dezessete anos, fingiu uma frieza que não lhe pertencia.
Foi colocado amarrado em uma cruz onde sabe se lá o que fariam com ele.
Pouco antes de começar a tortura, o "chefe" foi olhar o mais jovem dos homens, crendo que o rapaz estaria se borrando por causa da tortura psicológica de ter sido obrigado a ouvir os lamentos de todos antes de chegar sua vez... Qual não foi sua surpresa ao ver Lorde Cowell Stanford, duque de Cambridge entrar na sala mal iluminada.
Cowell não lembrava em nada o almofadinha que conhecia desde pequeno, a barba sempre impecavelmente feita estava por fazer, os cabelos lisos sempre perfeitamente penteados estavam emaranhados e os olhos castanhos, firmes, não tinham nada do brilho desinteressado de sempre, ao contrário, estavam seguros, determinados. Jamais pensou ver um dia o lorde afeminado com postura tão máscula. A expressão do comandante demonstrava a mesma surpresa que sentia. Cowell ordenou que os deixassem a sós e então iniciou um interrogatório, Harry respondeu o mais sincero possível.
Estava de folga naquela noite depois de seis meses direto no mar e foi torrar seu pagamento com prostitutas, já não aguentando conter os hormônios adolescentes... Foi a primeira vez que tocou em outra mulher(no caso em três) tentando apagar Katerina da memória.
Pouco mais de uma hora foi solto pelas mãos fortes do homem que depois iria lhe ensinar tudo o que sabe agora. Naquela noite entrou para o serviço secreto britânico e conheceu Neil Hoggan e Liam Durstan, companheiros de jornada nos ultimos anos. Black Ghost, Coruja e Grey.
Black Ghost, o fantasma que circula pelos locais sem ser percebido, deixando filas de corpos bem escondidos e conseguindo acesso até nos lugares mais impossíveis.
Coruja é o olho de todos, se infiltrando entre várias comunidades como um irlandês inocente bonachão, nunca despertando desconfianças.
Grey é o arquivo. Advogado formado, guarda consigo todos os arquivos, a maioria codificados como se seu cérebro fosse uma pasta de couro onde só tem acesso quem ele permite.

O trio pareceu completar um ao outro, como se tivessem sido feitos para trabalhar juntos. Foi também nessa época que Harry conheceu a Índia e um grande amigo, o príncipe Malik, que também tem negócios com a coroa Britânica e serve como um informante sobre o contrabando na Índia... Para variar, por ser príncipe, jamais levantaria suspeita.

No ano seguinte, ganhou como recompensa o barco e se tornou capitão Edwards. Se envolveu com contrabando, infiltrado, usando essa nova identidade para espionar, como uma ponte entre o certo e o errado. Óbvio que ganhou muito dinheiro sujo, porém manteve a fidelidade com seu país sempre.

Há dois anos atrás estavam em uma missão para provar a coroa francesa que os ingleses não tinham relação com atentados e contrabandos que estavam acontecendo nos barcos franceses, Ello Jessua foi preso em Bogotá com Dantes, seu irmão, que confessou todos os crimes para os soldados franceses e o inocentou.

Harry ainda encontrou algumas provas da culpa de Jessua e deixou com os franceses antes de partir com o documento onde estavam os pedidos de desculpas à coroa britânica, porém, após Jessua sofrer torturas aterrorizantes, foi solto e deixado para morrer em uma das esquinas de Paris. Enfim, como vê agora, Ello Jessua sobreviveu e saiu a caça, em busca de vingança.

CAPÍTULO 30

Os olhos cinzas como gelo do Francês estudam o mais jovem, que mantém o queixo erguido, arrogante... Sua vontade é matá-lo ali mesmo, mas tem que pensar friamente. Irá entregá-lo para os franceses, afinal, Inglaterra e França voltaram a se estranhar, imagine o tanto de informações secretas que aquele bastardo deve ter? É bem provável que, depois de arrancar tudo dele e entregá-lo para execução, será bem recebido pela coroa francesa e perdoado pelos seus crimes, quem sabe até condecorado?

O Francês ri debochado, deixando a mostra os dentes amarelados por causa do fumo:
__ Tens coragem, rapaz. Sabes que estás perdido e não desces do pedestal_ Faz um movimento afirmativo com a cabeça para alguém atrás do prisioneiro.

Harry sente um forte baque e uma dor aguda na nuca, um chute atrás do joelho faz seu corpo curvar e cair ajoelhado.

Katerina cobre a boca com a mão abafando o grito desesperado, sem saber o que fazer ao ver Harry indefeso assim, se inclina e desembainha a adaga, aperta o punho de couro revoltada, pensando o que pode fazer para ajudar, os olhos cheios de lágrimas de ódio.

__ Capitão Hayler_ Lohan se manifesta_ Há uma moça aqui, esposa do ca... Dele.
__ Ah é?_ Jessua sorri maldosamente.
Lohan continua, meio temeroso:
__ O senhor prometeu me dar o que eu quisesse. Quero ela.

Harry levanta o olhar para o traidor, um vinco entre as sobrancelhas, ameaçador. Chega a esquecer a pontada na nuca e a gastura nas pernas.

Jessua olha para Lohan:
__ Bem, costumo cumprir minhas promessas... Vá procurá-la. Fitzer, vá com ele!

Lohan passa por eles evitando encarar Harry, Jessua o segue com o olhar:
__ Leve-a para o Brancle, na minha cabine, quando terminares com ela vou oferecê-la a todos, afinal, não é todo dia que temos a chance de tocar as carnes macias de uma lady.

Harry tenta controlar o desespero, toca com a ponta dos dedos o nó que amarra suas mãos.

Jessua olha para Harry:
__ Será um prazer te ver assistindo meus homens foderem tua puta.
__ Vá-se-danar!_ Harry fala por entre os dentes, torcendo para que Katerina esteja em um bom esconderijo... Onde seria um bom esconderijo em um barco sem ter para onde fugir? Seu coração sangra imaginando o que ela pode enfrentar nas mãos daqueles animais... Seu pensamento é interrompido pelo soco que Jessua acerta em seu queixo, arremessando-o de lado. Em seguida dois homens o agarram e o levantam, levando junto com os demais e jogando-o sentado de costas para Ed, que também esta amarrado e amordaçado, sentado no chão.

Katerina olha para a adaga, levanta o olhar... Não tem como lutar, o melhor é fingir desamparo, despertar a compaixão desses homens, sabe-se lá como. Vira e corre para a cozinha. A porta está aberta, entra e abre o armário onde se guarda o panelão. Retira o utensílio e se encolhe, entrando ali, fechando a porta em seguida. Fecha os olhos ao ouvir eles entrarem na cozinha, conforme foi se esconder deixou pistas discretas de seu paradeiro, como por exemplo, o pedaço minúsculo de seu vestido aparecendo pela fresta do armário. Tudo o que precisa é que eles acreditem que é indefesa e pouco inteligente... Na primeira oportunidade, dará o bote.

Ouve passos chegando mais perto, a porta do armário abre e um homem sujo aparece, estende a mão e a agarra pelos cabelos:
__ ENCONTREI!

139

Katerina grita de dor, sendo puxada para fora com violência, o homem a olha com desejo...
___ Deixe-a, o cap. falou que ela é minha ate eu me cansar_ Lohan aparece na porta.
Katerina levanta o olhar para ele, se enche do ódio imediatamente chegando a conclusão de que o maldito facilitou a invasão.
O outro homem a solta.
Lohan a olha penetrante, sorri, o que parece mais uma careta, deixando alguns dentes podres a mostra:
___ Milady, venha comigo. Estás segura.
Katerina estende a mão e segura a dele, obediente, o segue em direção ao convés.
O coração parece querer pular da boca... Harry ignora a cabeça latejando, procura com a ponta dos dedos os nós da corda de Ed, que sente o toque do capitão e inicia a luta para tentar soltar, outros homens saem a procura de Katerina.
Joffrey mantém a coragem mesmo querendo cair em prantos, angustiado por sua lady.
Harry ouve um dos homens avisar que a encontraram e o grito feminino de dor, tenta manter a mente focada, fria, mesmo sabendo que não conseguirá ignorar o desespero por muito tempo... Está conseguindo soltar Ed... Segundos depois vê ela aparecer... De mãos dadas com Lohan? O rosto delicado tem uma expressão assustada, inocente... O que ela está tramando? Irá ceder assim, sem luta?! Não é possível. Sua Katerina estaria esperneando, gritando, mordendo...
Katerina olha para os homens presos no convés, seus olhos encontram os verdes, que tem um brilho incrédulo, desvia o olhar e olha para o francês corpulento.
___ Milady_ O homem fala em um inglês horrível fazendo uma mesura desajeitada_ Sinta-se convidada para continuar a viagem do meu barco. Lohan a reivindicou, deve a ele sua vida.
Kat sente vontade de cuspir na cara daquele imundo, permanece inexpressiva, como se estivesse em choque.
Lohan olha para Harry com superioridade, a guia em direção à passarela que vai de um barco por outro.
___ HOMENS, VAMOS LEVAR OS PRISIONEIROS PARA O PORÃO DE BRANCLE E PEGAR TUDO DE VALOR QUE HÁ POR AQUI. EM SEGUIDA ZARPAMOS!
Harry abaixa o olhar concentrado, consegue folgar um pouco do nó de Ed, ainda se perguntando o que aconteceu com Katerina. Por que está tão apática?!
Kat engole a seco quando Lohan abre a cabine fétida do Francês olhando-a com lascívia, pisca pesado se fazendo de ingênua:
___ O que o senhor vai fazer comigo?
___ Não tenha medo, se milady for boazinha prometo não machucá-la. Pode despir o vestido.
___ M...m...mas... Veja bem. Vou fazer o que o senhor quiser... O problema é que estou nos dias das minhas regras e seria... Pecaminoso entende? Sou muito religiosa, o senhor teria coragem de me fazer ir para o inferno? Dois dias é o que te peço. Por favor!_ Katerina implora chegando a deixar os olhos cheios de lágrimas.
O homem a olha com compaixão:
___ Também sou muito religioso, milady, e sei que nesse período a mulher deve se guardar. Irei atender esse pedido, dois dias, nada além disso.
___ Oh, muito obrigada_ Kat sorri meiga.
___ Mas uma coisa eu insisto. Me deixe te beijar.
Katerina sente que vai vomitar, o mal hálito que exala dele é tão nojento quanto o cheiro do corpo sujo. Afirma com a cabeça fechando os olhos, ele a segura no queixo e aperta seus lábios com um beijo molhado, asqueroso. Kat prende a respiração, ignorando a náusea, logo ele se afasta satisfeito:
___ Vou deixá-la então e cuidar de outros assuntos.

Kat entra na cabine, ele sai e tranca por fora, imediatamente passa a costa das mãos na boca, enojada. Olha ao redor, observando o local e o que poderá usar como arma em caso de urgência... Só irá sacar sua adaga em ultimo caso, é seu único trunfo.

Harry praticamente é arrastado pela passarela, se deixa levar, a intenção de ficar o mais próximo possível de Katerina. Vê seus homens terminando de descer as escadas em direção ao porão, a passarela de tábuas é recolhida.

Jessua o encara com maldade, molha um pano com álcool e risca o fosforo, o pano, engolido por fogo, é jogado em Spirit, que tem um fio grosso de pólvora indo até os barris cheio de pólvora, ordena que afastem Brancle dali.

Os remos são expostos e a tripulação que ficou vigiando o barco começa a remar rapidamente, gritos soam no ar como um coral masculino.

Harry é obrigado a assistir o estouro, fazendo Spirit inflamar e afundar aos poucos... Em outros tempos estaria desesperado, adora aquele barco... Porém agora sua maior preocupação é Katerina. Precisa tomar o barco e lutar por liberdade, já deixou meio caminho andado ao afrouxar os nós da corda de Ed, tem certeza que ele conseguirá se soltar e ajudar os demais.

__ E então? Como é ver algo importante ser destruído? Era um bom barco, teria algum valor mas meu desejo é assistir tua reação a cada passo de tua derrota.

Harry olha para o homem, levanta uma sobrancelha desinteressado:

__ Satisfeito?_ Debocha.

O sorriso do Francês some. Agarra os cabelos do prisioneiro com violência:

__ Vamos ver se daqui há algumas horas continuarás com essa arrogância.

Harry cospe no rosto odioso, um sinal veemente de que pouco se importa.

Jessua se enfurece, bate com a cabeça do maldito rapaz no parapeito do barco, querendo machucá-lo, fazê-lo implorar por piedade.

Um baque ensurdecedor, a dor aguda, de repente tudo gira, escurece... Harry cai pesadamente no chão, desacordado.

Ordens para partir, Katerina está quase enlouquecendo... É óbvio que ouviu o estouro, o que será que aconteceu com Harry? Com as mãos unidas em prece, roga silenciosamente pela segurança de seu amor, seu corpo tremulo de pavor. E agora? E agora?!

Um barulho na porta de madeira lhe deixa tensa, o trinco é aberto, logo da passagem para o Francês, que a olha de maneira feroz. Permanece emudecida.

Jessua encara a jovem a sua frente. Muito jovem, sem uma beleza deslumbrante porém os olhos tem um brilho inteligente, vivaz, o rosto delicado tem seus encantos. O corpo parece juvenil ainda, nada de muitas curvas, magra demais para seu gosto:

__ Milady, espero que esteja bem. Não acha melhor dormir um pouco?

__ Não consigo dormir. O que aconteceu? Meu marido...

__ Não se preocupe com ele, está vivo... Ainda.

Kat cruza os dedos, disfarçando o nervosismo:

__ Ouça... O senhor tem certeza que não se enganou? Somos simples viajantes, comerciantes, não...

__ Ele não te contou então. Teu marido é um dos homens mais procurado na França, milady.

__ Não! Deve ter algo errado!

__ Ele foi inteligente, eu diria. Três identidades completamente distintas uma da outra, o único erro são as tatuagens que o entregam.

__ O que senhor vai fazer com ele?

__ Não queira saber. Vou poupar tua sensibilidade_ O homem sorri maquiavélico_ Logo mando um dos meus homens lhe trazer algo para comer_ Abre a porta_ Aproveite sua viagem.

Katerina não sabe o porque, aquela frase lhe deixa ainda mais amedrontada.

Harry desperta sentindo a testa latejar, o rosto colado na imundice, de bruços no chão. Provavelmente onde prisioneiros sempre são deixados. Geme baixinho de dor, o corpo dolorido,

141

gira ficando de lado e suspende o tronco ficando ajoelhado, levanta e caminha pelo cubículo. Não tem iluminação, vai tateando com o pé procurando alguma coisa onde possa comprimir a corda para tentar se soltar.
_ Capitão?_A voz de Ed é quase um sussurro.
_ Aqui. Todos estão bem?
_ Duas baixas cap.
_ Joffrey?_ Harry se preocupa.
_ Aqui cap._ A voz adolescente soa baixa.
_ Ótimo_ Harry sente algo duro no chão, parece ser ferro de segurar grilhões, senta com alguma dificuldade e começa a arrastar a corda na parte áspera do ferro, tentando soltar.

Fica assim por um bom tempo mesmo sentindo o pulso começar a sangrar, seus dedos apalpam a corda, conseguindo gastar o local, talvez demore mas no final irá dar certo... Só para ao ouvir passos, em um movimento rápido, joga o corpo no chão, fingindo estar sem consciência.

Não demora muito, os trincos da porta são abertos, passos e quatro mãos o agarram, duas em cada braço, colocando-o de pé e em seguida sentado de mal jeito na cadeira. Então um jato de água jogado com um balde acerta em cheio sua face, entrando pelo nariz engasgando-o. Harry tem uma crise de tosse.

_ ACORDA VAGABUNDO_ A voz irritante de Jessua invade o local.
Harry levanta o olhar já recuperado do acesso de tosse, encara o homem com descaso. Jessua sorri maldoso:
_ Tens duas alternativas: ou desembucha e responde tudo o que eu quero saber e eu te deixo em paz até entregá-lo aos Franceses ou irás assistir sua esposa ser usada por toda a tripulação vezes e vezes seguidas. E então, como vai ser?
_ Quando eu te pegar, te arrependerás por ter entrado no meu caminho outra vez_ Harry ameaça, a voz cortante, gélida.
_ Bem... Esta é sua escolha?
_ Se atreva a encostar um dedo imundo nela, filho da puta!
_ O que irás fazer? Chorar igual um pirralho? Porque se não percebeste, ESTÁS EM DESVANTAGEM!_ Jessua grita a plenos pulmões no ouvido de Harry... Só não esperava o que vem a seguir.

Harry vê a oportunidade ali de concretizar seu desejo, de alguma maneira descontar a fúria que está sentindo. A possibilidade de Katerina sofrer violência o desespera.

Em um movimento rápido, dá uma forte cabeçada no nariz do homem. O gemido de dor lhe enche de prazer, aproveita a guarda baixa e o atinge com o ombro, se jogando no chão ao lado dele um pouco acima, enrosca o pescoço com uma perna, uma destreza surpreendente, ágil demais para alguém tão alto.

Mas esse é Black Ghost. E o Francês devia saber que Black Ghost não desiste facilmente.

O cubículo se torna um pandemônio, três homens agarram Harold, obrigando-o a soltar o francês, que levanta meio tonto, o nariz sangrando muito... Então uma sequência violenta acontece, três contra um, Harry é atingido por vários chutes no estomago, costas e pernas até quase perder a consciência outra vez.

Depois de assistir o prisioneiro ser espancado, Jessua ordena. que parem. Não o quer tão mal, pelo menos precisa estar apto a responder as perguntas mesmo que tenha que sofrer para isso:

_ Já chega!_ Se inclina e agarra os cabelos do jovem ferido a seus pés_ Isso é só uma amostra do que pode te acontecer se tentar me atacar outra vez_ Solta os cachos desgrenhados do rapaz e sai, seguido pelos outros três.

Harry continua de bruços tentando se recuperar, muito dolorido... Espera não ter quebrado nenhum osso... Aos poucos vai apagando, deixando o corpo relaxar até ser tomado pela inconsciência...

Anoiteceu, Katerina continua em silêncio tentando escutar qualquer comentário que cite os prisioneiros. Está tão preocupada! E exausta! Os olhos querem se render ao sono mas o cérebro não permite, imaginando mil e uma possibilidades... Acaba que o cansaço fala mais alto, adormece meio sentada na cama, a cabeça apoiada na parede de madeira.

CAPÍTULO 31

Dezessete horas se passaram, Katerina sente que vai enlouquecer! Não chegou a ver ninguém além de um homem que mal abre a porta e lhe entrega vinho e a refeição escassa, uma sopa de lentilhas sem lentilhas alguma, somente um caldo quente com leve sabor de carne, provavelmente degustada pelo capitão. Não tem noticias de Harry e os demais, por mais que tenha tentado perguntar. Precisa manter a calma. Precisa manter a calma!

Lá embaixo, nos porões, o silêncio permanece, o único barulho que ocorreu o dia todo foi o código que Ed e Harry trocaram pela parede de madeira. Um toque para avisar estar vivo. Dois para avisar estar bem.

Harry não está bem, mesmo assim finge estar. Não recebeu água nem alimento o dia todo, os braços deram câimbra três vezes por estar na mesma posição por tanto tempo... Seus homens também estão sedentos e famintos, todos não receberam visitas no dia de hoje, abandonados ali.

Já tem um plano, um que nunca falha, por esse motivo sua bexiga quase explode. Chegou a hora:

___ HEY! ALGUÉM?!_ Apesar de falar alto, tenta passar a sensação de fraqueza pela voz.

Demora alguns segundos, a porta abre e um homem entra com arma em punho, Harry tem o rosto transtornado pela dor:

___ Por favor, minha bexiga... Preciso... Por favor!

___ Faz nas calças!_ O homem fala rude.

___ Por favor, olha meu estado! Sinto muita dor, ao menos me permita manter minha dignidade.

O homem o encara com desprezo... Pelo que ouviu sobre aquele jovem, ele é um espião contrabandista conhecido... Mas... Esse coitado molengas sofrendo por ter asseio demais e não querer molhar as calças?! É vergonhoso tanta falta de coragem! O jovem tem um galo feio na testa, o que não impede de se perceber o quanto tem boa aparência, os traços quase delicados.

___ Levanta..._ A voz, o jeito de falar também demonstra que tem berço. Estranho.

Harry levanta com muita dificuldade:

___ Pode abrir a calça para mim, por favor?

O homem faz uma careta, sendo atacado em seus brios masculinos:

___ Vou soltar suas mãos. Se reagir eu atiro.

___ Senhor, não consigo nem me movimentar direito, acha que vou reagir?

O homem começa a soltar a corda com uma só mão enquanto a outra mantém a arma firme, desfaz o nó somente de um pulso, o outro permanece com a corda pendurada. Assim que Harry sente o pulso livre, abre a calça com pressa e se alivia sem pudor, um pouco dramático demais... Uma distração, é tudo o que precisa.

O homem franze o cenho incomodado ao ver as "partes" do mais novo, desvia o olhar por milésimos de segundos, era a oportunidade perfeita. Harry gira rapidamente batendo a mão na arma, o homem é pego de surpresa, a arma voa longe, os dois se engalfinham, Harry consegue fazê-lo ficar de costa para si, enrosca a corda pendurada em seu pulso em volta do pescoço grosso segurando com a outra mão, trava os dentes tentando suportar a própria dor, usando toda sua força puxando-a, o homem ainda tenta reagir, o único som no cubículo é o do estrangulamento... Logo o corpo pende, Harry o deposita no chão, silencioso, segura a faca que está na cintura do defunto, vai até a porta entreaberta e olha para o sujeito no chão... Nega com a cabeça se dando conta de que o homem era amador ainda, não tinha treinamento para lidar com prisioneiros.

Respira fundo, o estomago, as costas doem demais depois do esforço que fez, porém continua, indo até o quartinho ao lado, abre a porta:

__ Ed?_ Está mal iluminado, consegue ver os fios loiros do cabelo de Joffrey e os vermelhos de Ed, que levanta imediatamente, as cordas que pareciam ainda estar amarradas desenroscando do pulso e caindo no chão.
__ Todos livres?
__ Sim. Cap., Joffrey está desidratado.
__ Smith, pegue água e cuide dele, Fuller cuide da retaguarda, os demais comigo. Vamos tomar esse barco!

*****
No convés do barco o movimento começa a diminuir. Apesar de estarem com prisioneiros a bordo, alguns dos marinheiros não veem perigo em descansar. Grave erro.
Um sombra aparece no canto da escada, os olhos verdes atentos contando quantos adversários estão ali... A intenção é ir em direção a porta da cabine que fica quase de frente com os mastros, em um nível acima do convés.
Harry caminha pelas sombras usando o escuro a seu favor, a única iluminação mais próxima é a de uma tocha presa ao lado da cabina. Há um homem ali guardando a porta, o agarra por trás, a faca deslizando pelo pescoço, o corpo pende, sangue jorrando.
Harry passa por cima do corpo e abre o trinco da cabine...

Katerina anda de um lado para o outro enjaulada, morde os lábios por causa do nervosismo, olha para a vela quase toda derretida no chão. A porta abre, vira de um pulo, assustada, quase cai em prantos ao ver o rosto adorado um tanto machucado, corre para os braços que a esperam abertos:
__ Graças a Deus!
Harry a abraça, os olhos fechados, aliviado, Katerina não quer romper o abraço mas é preciso, se afasta e o beija rapidamente:
__ Estava desesperada já!
__Eu também, carinõ, eu também.
__ E agora? Onde estão todos?
__ Vamos tomar o barco, tranque a porta e só abra quando ouvir minha voz.
__ Está bem.
Harry vira para sair, Katerina o segura pelo antebraço:
__ Prometa que voltará para mim inteiro.
Harry sorri, terno:
__ Prometo_ A segura no rosto com as duas mãos e lhe dá um selinho apertado_ E tu, me prometa que vai ficar aqui como pedi.
Katerina afirma com a cabeça, engolindo a seco temerosa, os olhos cheios de lágrimas... Podia até ajudar de alguma forma mas teme acabar atrapalhando, afinal a situação é muito séria, muito tensa.
Harry volta a beijá-la, some porta afora, Katerina fecha o trinco por dentro, fica olhando a madeira da porta sem saber o que fazer ou como agir. Nunca ficou passiva em situações como essas! Aliás, nunca esteve em uma situação como esta.
Em segundos gritarias, logo a confusão lá fora se instala, Kat sente o coração apertado. Harry corre até o convés que se tornou uma confusão, obviamente são dois contra um, seus homens em desvantagem mas mesmo enfraquecidos pelo dia sem alimentação lutam com braveza. Se mete no meio da batalha, o facão em sua mão causando um estrago, logo nota Ed atrás de si, como sempre cuidando de sua retaguarda.
Sangue, urros de dor, choque de metais, som de tiros, correria, dois de seus homens estão com arma de fogo neutralizando o máximo possível de adversários.
Harry consegue vencer mais um, segura o outro facão que caiu das mãos inertes do ferido no chão, continua em sua luta, feroz, sem se incomodar com o sangue que escorre em seu

145

rosto ou roupa, o mais importante é que não é seu próprio sangue. Os olhos continuam atentos procurando um indivíduo em especial. Lohan.

Katerina planeja fazer alguma coisa para ajudar quando alguém força a porta, estremece:

___ Harry?_ Sua voz soa trêmula. Não há resposta, só a porta sendo forçada, corre e pega a garrafa de barro no canto da cabine quase vazia, segura firme.

Um machado quebra o trinco da porta abrindo-a, Kat vê Lohan entrar, o olhar do homem parece endemoniado.

Kat levanta o jarro ameaçadora:

___ Não se aproxime!

Lohan sorri deixando os dentes podres a mostra, continua andando:

___ Vai fazer o que? Me bater com isso_ Ri debochado.

Katerina joga a jarra, ele desvia, continua arremessando objetos que estão por ali, uma caneca de metal, prato de barro, candelabro.

Mesmo sendo acertado, Lohan não para.

Katerina tenta correr.

Lohan estende a mão e agarra os cabelos de fogo, a joga na cama.

Katerina grita, se debate, ouve o barulho dos tecidos de seu vestido sendo rasgados, ferindo-a abaixo dos braços. Seus seios ficam expostos ao olhar do homem que parece um animal no cio, a boca asquerosa lhe beija os cabelos, a mão lhe aperta um seio rudemente.

Katerina fica inerte ouvindo a confusão lá fora, gritar não resolvera de nada, precisa ser cuidadosa para conseguir se defender.

Lohan abre a calça e se mete entre as belas pernas, crente que ela irá ceder por medo:

___ Muito bem, quietinha_ Ele fala soltando o bafo putrefato no rosto delicado.

Katerina aperta os olhos... Não é de desistir facilmente, prefere morrer do que ser violada por alguém. Desliza a mão até a bota, as pernas levantadas como se desse passagem para ele, segura a ponta da adaga tirando cuidadosamente da bainha que fica encaixada ali dentro de sua botina, seu estomago revira com náuseas, pode sentir a ereção em sua coxa.

___ Não irás me machucar?_ A voz sai em um fio.

___ Não, se milady for boazinha.

___ Que bom_ Kat deixa a cabeça pender na cama como entrega, assiste o homem sorrir satisfeito e confiante, corresponde, o sorriso se tornando frio em seguida_ Porque eu vou... _ Acerta a adaga no pescoço dele em um movimento certeiro_ ... Te machucar!

Lohan arregala os olhos de surpresa, em seguida um brilho de incredulidade, ele dá um passo para trás e cai em cima do corpo feminino, morto.

Katerina sente seu corpo ser banhado com sangue, fecha os olhos exausta, ofegante.

A luta continua no convés, se nota que os homens de Harry são bem treinados, Jessua percebe que não irá vencer, os marinheiros que contratou são amadores inexperientes, normalmente acostumados com trabalho braçal. Termina com um adversário, vira para Black Ghost e começa a recarregar sua arma... Pode até morrer mas aquele maldito não sairá ileso.

Harry olha ao redor, vê Jessua a alguma distância, avança em direção a ele se livrando de quem aparece em sua frente, porém um homem vem para cima impedindo-o de progredir, é obrigado a se defender, perdendo-o de vista, quando levanta o olhar, muito ofegante, percebe que Jessua desapareceu. Seu primeiro pensamento é katerina.

Katerina se desvencilha do corpo pesado em cima de si, observa Lohan cair pesadamente do chão, agora que a adrenalina passou, treme dos pés a cabeça. Não chega a dar quatro segundos, Jessua entra na cabine, os olhos posam nos seios expostos, são tomados pelo desejo, Katerina agarra as laterais do vestido tentando se cobrir, aperta a adaga na mão pronta para outra luta.

___ Que pena que não tenho tempo para isso, menina.

__ Me deixe em paz_ Kat mostra a adaga ensanguentada.
__ Hm, adoro mulheres corajosas, quem sabe mais tarde... Agora virás comigo.
__ Não!_ Kat não consegue controlar o tremor.
O homem avança, ela pula para o lado, pronta para enfrentá-lo, ele lhe aponta a arma:
__ Solte ou morrerás agora mesmo.
__ Não vou me render, sir_ Katerina permanece em posição de ataque, Jessua atira passando muito próximo ao ombro delicado, fazendo-a estremecer com o susto, distração o suficiente para ele dar um passo e agarrá-la no pulso, ainda tenta se esquivar, ele lhe torce a mão quase quebrando o osso, Kat geme de dor, a adaga cai no chão.

Jessua a amarra no pulso com parte do tecido rasgado do vestido, Kat ainda tenta lutar esperneando, somente para quando ele saca a faca e aponta para seus olhos:
__ Fica quieta!
Kat obedece exausta.
Em seguida ele a empurra em direção ao convés.

A lua ilumina a bagunça de corpos de homens aqui e ali, Harry corre até a escada que dá acesso a cabine, paralisa no meio do caminho ao ver Katerina ensanguentada sendo trazida como uma boneca de pano pelo homem, os braços presos de maneira desengonçada.

Jessua a agarra pelos cabelos, a faca apontada para o rosto delicado:
__ Soltem as armas e se entreguem, agora!
Imediatamente um silêncio sepulcral paira no ar.

Harry e seus homens levantam as mãos em rendição sem titubear, os poucos homens de Jessua que restaram correm a imobilizar a todos apontando armas em suas direções e cabeças, dois seguram Harry, começando a amarrá-lo com cordas.

Jessua ri:
__ Achou mesmo que seria tão fácil tomar meu barco?_ Desliza a mão dos cachos ruivos até o pescoço elegante_ Quer saber? Mereces um castigo. Vou te deixar vivo, Black Ghost, mas sentiras na pele a dor de perder quem ama_ A expressão é pura maldade enquanto fala, agarra o pescoço de Katerina começando a estrangulá-la_ Hoje será essa aqui, depois sua mãe, sua irmã...

Kat arregala os olhos tentando respirar, vê o horror nos olhos verdes, tão queridos, em segundos parece perder a visão, tenta se debater, se soltar porém não tem sucesso, um braço forte a agarra pela cintura.

Harry grita com desespero, se debate tentando se soltar, os dois homens que o seguram mal conseguem manter-se firme, assiste Katerina desfalecer nos braços do maldito, que o suspende e a joga no mar, desacordada.

O som seco de um tiro soa no ar, Jessua capenga para o lado e vira procurando de onde saiu o disparo.

Joffrey segura a arma meio trêmulo... Foi deixado no porão pelos demais que precisaram ajudar na batalha e ao ouvir a gritaria, com muito esforço, subiu até o convés com a arma que foi deixada para proteger-se na mão.

Chegou a tempo de ver o Frances jogando milady no mar, levantou a arma, apontou e atirou...

Harry joga a cabeça acertando um dos homens que o seguram, Ed joga a faquinha no outro ao mesmo tempo que empurra o individuo que está apontando a arma para si, acaba sendo atingido por uma bala, a batalha recomeça...

Harry corre até a lateral do barco ao mesmo tempo que se desvencilha da corda que não chegou a ser amarrada, mergulha na água...

Escuridão. Longas braçadas procurando algo a se agarrar, não vê um palmo a frente, o corpo dolorido dificulta ainda mais os movimentos. De repente um tecido passa por seus dedos, agarra e puxa, logo sente o peso do corpo franzino, gira e começa a nadar para cima até emergir, puxando o ar com desespero... A cabeça dela pende, Harry a segura pelo rosto:
__ Kat?_ Assopra a boca dela tentando fazê-la respirar.

Uma corda é jogada ao mar, Harry agarra firme girando duas vezes no braço, os homens começam a puxá-lo...

Harry deposita o corpo desacordado no chão e continua os processos de reanimação, silencioso, focado... Ela não está voltando!!! Seu coração falha uma batida, negando-se a entregar-se ao desalento, continua tentando...

Os olhares dos homens no barco transbordam compaixão, os adversários, agora presos, assistem Jessua se esvaindo em sangue, agonizando, não muito longe dali.

Harry trava os dentes contendo as lágrimas:

__ Kat, amor? Reage! Volta para mim! Kat??_ Se inclina outra vez e assopra os lábios arroxeados, a abraça apertado contra o peito, já não retém as lágrimas_ Volte, carinõ..._ Esconde o rosto no pescoço dela estreitando um pouco mais o abraço_ Eu te amo tanto, tanto!_ Fala baixinho como se quisesse que só ela escutasse.

Katerina engasga com a água que começa a jorrar de sua boca, busca o ar com desespero, sente alguém coloca-la de lado deixando a água fluir para fora, uma crise de tosse a acomete logo que seus pulmões se enchem de ar. Ouve vozes masculinas soltarem urras de alegria, levanta o olhar e vê o rosto querido banhado em lágrimas, sorri de leve e em seguida volta a apagar.

Harry a olha com carinho, cheio de cuidados tentando deixá-la mais confortável, o peito invadido pelo alívio de tê-la consigo, a beija assim que os espasmos de tosse de acalmam, ela sorri e perde a consciência.

CAPÍTULO 32

Uma hora depois.

Harry acaricia a pele quente e macia, observando as sardinhas nos ombros de sua esposa, que permanece adormecida na cama, sem roupa, coberta pelo cobertor de peles... Lá fora há algum barulho ainda, ordenou que os adversários vivos fossem colocados em um dos botes e soltos no mar a própria sorte sem água ou comida. Jessua não sobreviveu, ele e os corpos dos inimigos foram jogados no mar... Perdeu 3 homens, grandes amigos e dois estão com ferimentos graves, o restante tem ferimentos leves, Ed, Joffrey e Fuller cuidam dos feridos.

Até ele mesmo está ferido, só notou o corte no ombro agora, depois de deixar Katerina segura e confortável na cama. Levanta e despe a camisa imunda, vai até o baú onde as roupas e joias de katerina foram colocadas, abre e retira uma garrafa de uísque, joga no próprio ferimento gemendo baixinho pela dor, segura uma caixinha e pega linha e agulha, morde um pedaço de pano e inicia o curativo em si mesmo, o suor escorrendo pela testa.

Quando termina de dar os oito pontos, joga mais um pouco de uísque no local, soltando um palavrão baixinho... Deita de barriga para cima na cama, olhando para o teto, exausto... Mas não pode descansar, tem muito o que organizar ainda, e também fazer um enterro decente para seus amigos que não sobreviveram. Levanta e caminha em direção à porta destruída.

Kat desperta com um gosto amargo na boca, a garganta dolorida, abre os olhos meio desorientada, vê Harry se banhando na tina, o olhar triste, porém ao vê-la se movimentar, sorri meigo:

__ Bem vinda de volta.

Kat também sorri de leve, vira de lado, a garganta parece ter uma corda apertando, a respiração um pouco difícil.

__ Tudo bem?_ Harry a observa preocupado.

__ Uhum_ Kat afirma com a cabeça.

Ele levanta da tina, se enxuga e veste a roupa sob o olhar atento da esposa, deita, puxando-a para seus braços:

__ Vamos dormir mais um pouquinho?

__ Como estão todos? O que aconteceu? Só me lembro de... Ele tentou me matar!

__ Aquele francês filho de uma... Morreu. Se não tivesse morrido eu o mataria!

Katerina se aconchega um pouco mais, Harry a beija na testa:

__ Como está se sentindo?

__ Estranha.

__ Eu também... Perdi três amigos de longa data.

__ Sinto muito_ katerina fala com dificuldade, a voz fraca e rouca por causa do estrangulamento.

__ Quase te perdi_ Harry sussurra, como uma carícia.

Kat levanta o olhar para ele, trocam um beijinho:

__ Quanto tempo dormi?_ Kat fala baixinho.

__ Mais de oito horas.

__ E os prisioneiros?

__ Não há nenhum, os soltei em um bote no mar.

Kat abaixa o olhar, Harry a beija na testa:

__ Descanse, Carinõ. Tirando essa porta, o barco não precisa de reparos, poderemos finalizar nossa viagem.

__ Porque estás sendo procurado? És um criminoso como ele disse?

Harry respira fundo:

__ É uma longa história mas para resumir... Eu trabalhei para a coroa nos ultimos dois anos, uma espécie de... Infiltrado, entende? Me envolvi sim com pessoas criminosas, cometi alguns... Enfim, mas tudo para ajudar meu país.

__ Espionavas pela Inglaterra_ Kat afirma.
__ Sim. Não vou falar nada além disso, não posso.
__ E as coisas que algumas pessoas falam é verdade? Atitudes cruéis etc.?
__ Acha que sou cruel?
Kat nega com a cabeça timidamente.
__ A situação é... Precisei fazer algumas coisas para me defender... Nem tudo foi digno ou decente. Em algumas situações, nesses casos, a única coisa que nos resta as vezes é a crueldade, Kat. Em uma guerra, ou se mata ou se morre.
Katerina não responde, o olhar baixo, Harry a beija na face:
__ Tens medo de mim?
Katerina pensa sobre tudo o que já ouviu, tudo o que descobriu, chega a uma conclusão:
__ Não.
Harry estende a mão e entrelaça os dedos nos dela, Kat vê os pulsos dele em carne viva, respira fundo, Harry a acaricia na fronte com o nariz:
__ Hoje aconteceu algo... Quando te vi daquele jeito, inerte, parecia sem vida, foi tão...
Katerina encontra os olhos verdes, brilhantes...
__ ... Sempre achei isso uma bobagem, coisa da minha cabeça..._ Harry continua.
__ O que?
__ Eu acho que...
Os dois se olham por vários segundos, Kat levanta a outra mão e o acaricia no rosto, na testa arroxeada ainda inchada:
__ Hm?
__ Acho que te amo.
__ Acha?_ Katerina sente vontade de rir.
Harry afirma com a cabeça, se inclina e a beija cheio de ternura, kat corresponde, o coração jubilando, sentindo a carícia da língua macia na sua, o acaricia no rosto, olhando-o intensamente:
__ Eu te amo_ Afirma segura.
__ Te amo_ Harry a abraça, os olhos fechados_ Tive muito medo de te perder hoje.
__ Também tive.
Os olhos verdes estão pesados mas mesmo assim a observam atentos, como se quisesse carimbar na mente cada detalhe do rosto delicado, tenta se manter desperto porém o cansaço é grande, o corpo dolorido reclama...
Kat lhe dá um selinho, o observa adormecer devagarinho, fica assim por alguns minutos e só então se acomoda na cama. Fica pensativa um tempo, um sorrisinho nos lábios... Nada melhor do que ouvir "Te amo" da boca do homem de sua vida.

*****

Uma semana depois.
O barco navega veloz sob a brisa da tarde, faltam mais ou menos uma semana para aportar se não houver nenhum contratempo.
Os homens se recuperam a cada dia, a movimentação no barco já voltou a rotina normal.
__ Senhores, recolham as velas, vamos pescar nosso jantar!_ Harry ordena de cima da lateral do barco segurando firme na corda para se equilibrar observando de longe um cardume de peixes, não percebe os olhos castanhos pousados nele um tanto apaixonados.
Katerina apoia o queixo na mão observando, encantada, aquela imagem arrebatadora... A camisa de algodão recebe golpes de vento marcando as costas largas, o cabelo solto esvoaçando pelo pescoço, testa, face... Ele continua observando, uma mão cobrindo acima das sobrancelhas fazendo sombra para os olhos enxergarem melhor...
Harry vira em direção a Ed, que guia o timão, aponta para o local em que ele deve seguir:

__ DOIS GRAUS A ESTIBORDO!_ Ordena. Levanta o olhar e vê a imagem meiga, o vestido florido rosa e braço esvoaçando, o sorrisinho doce... Sorri de leve, pula no convés e começa a caminhar até Katerina, sobe as escadas em dois longos passos e para de frente com ela.
Kat sorri:
__ Pelo jeito o jantar hoje será farto!
__ Assim espero!_ Harry a abraça pela cintura_ Hoje não estarei de plantão..._ O sorriso se torna sacana.
Katerina acha graça no jeito charmoso dele falar:
__ É mesmo?
__ É!_ O sorriso aumenta lembrando muito a expressão de um menino travesso.
Com a diminuição da tripulação a carga horária de trabalho aumentou bastante, Harry tem passado a maioria do tempo acordado, dormindo poucas horas durante o dia ou noite, sem tempo para nada, nem mesmo para a esposa.
Harry se afasta e faz uma leve reverência:
__ Aceita jantar comigo essa noite, milady?_ Pergunta galante.
__ Aceito, milorde_ Kat entra na brincadeira, acaba rindo com a expressão maliciosa no rosto bonito conforme ele levanta as sobrancelhas duas vezes sugestivamente.
__ Capitão, chegamos perto!
Harry vira para onde ouviu o chamado:
__ Recolha as velas e jogue a rede!
__ Sim senhor!
Os marinheiros correm a cumprir a ordem, Katerina faz menção de se afastar, Harry permanece segurando-a pela mão:
__ Onde você vai? Fique aqui me olhando!_ Finge suplicar, dramático.
__ Vou buscar os baldes para colocar os peixes e já volto!_ Katerina imita o tom suplicante deixando-o com um sorriso divertido, se solta e corre em direção a cozinha, ainda um pouco desequilibrada, agarrando-se nas laterais.
Harry fica observando-a se afastar, os quadris ondulando coberto pelo tecido do vestido, sorri de lado.
Finalmente, depois de uma semana poderá dar a atenção que sua linda esposa merece!

__ JOFFREY?!!!_ Katerina chama, subindo a escada rumo a cabine.
__ Sim, milady!_ O jovem aparece quase de imediato, sorridente.
__ Vá até o galão de água e encha o balde para mim, vou me banhar para jantar com milorde.
Joffrey a encara por alguns segundos, confuso. Kat sorri de leve:
__ Com o capitão, meu marido.
__ Ah sim_ Joffrey volta a sorrir_ A tina?
__ Não, o balde, não quero desperdiçar água.
__ Está bem_ O rapazote sai correndo.
Katerina continua pelo corredor, entra na cabine e vai até o baú com seus pertences... Felizmente aquele verme francês trouxe as coisas de valor para esse barco, senão estaria somente com aquele vestido que foi rasgado e ficou completamente tingido de sangue, sabe-se lá como o costuraria decentemente. Sentiu pena em se desfazer do vestido, era um de seus preferidos... Mas o que foi já foi.
Escolhe um vestido elegante, porém de tecido leve, deposita na cama, segura a caixinha com sabão de gordura vegetal com perfume, uma iguaria que poucos tem acesso, ganhou vários de lady Anne antes de viajar. Ouve Joffrey entrar com o balde d'água:
__ Aqui está, milady.
__ Obrigada Joffrey_ Kat observa ele deixar o balde no chão e sair, vai até a porta recém concertada da cabine e tranca, desamarra as fitas e despe o vestido, segura o sabão de lavanda e um pano, inicia a higiene.

Harry retira a camisa e olha para o mar calmo, ainda não escureceu mas o cheirinho de peixe assado está pelos ares, a brasa acessa em uma espécie de caixa de ferro é usada para cozer o alimento ao ar livre, Fuller mantém a lenha acessa e mais dois estão atentos para que não ocorra nenhum acidente que acabe incendiando o barco. A pesca foi um sucesso, hoje vão se esbaldar.
Descalça a bota, ficando somente com as calças e mergulha no mar, querendo se refrescar um pouco.... A água está gelada mas não exageradamente, submerge um pouco mais e depois gira o corpo subindo até emergir, a sensação gostosa de relaxamento. Passa os dedos nos cabelos retirando-os do rosto e volta a deslizar pelas águas, longas braçadas para lá e para cá... Minutos depois sobe pela escadinha de madeira revigorado, segura um balde tirado do galão da água de chuva e se lava o melhor possível, os peixes começam a ser servidos, segura dois pratos e caminha em direção a cabine, pronto para retirar aquela calça molhada.
Katerina termina de ajeitar os cabelos, que estão mais rebeldes do que o normal pela falta de lavagem, aperta bem a trança e prende, caminha em direção a porta e abre, vê Harry se aproximar descalço, os cabelos úmidos, a calça grudada na pele e dois pratos na mão, ele sorri:
_ Nosso jantar está pronto.
_ Vou pegar algo para te vestir e depois comemos.
Harry entra e deposita o prato em cima da mesa meio capenga soldada no chão, Kat abre o baú e retira uma camisa e calça, vira e paralisa... Harry está nu em pelo torcendo a calça do lado de fora da cabine, ele pendura o tecido no gancho onde tem o castiçal e entra... Kat não consegue desviar o olhar do corpo atraente quase sem nenhum hematoma.
Harry segura a roupa de baixo, veste, depois a calça e a camisa, alheio ao olhar quente da esposa, decide não calçar as botas, passa os dedos nos cabelos prendendo-os como um samurai, ouve o suspiro profundo, olha para ela e sorri:
_ Desculpe a demora.
_ Não foi nada_ Kat senta na cama puxando o prato para mais perto, Harry vai até outra caixa de madeira e retira uma garrafa de vinho, puxa um banco e senta ao lado dela, meio de frente, abre a garrafa e serve as duas canecas:
_ Que fome!_ Segura a faquinha e inicia a refeição com apetite.
Kat come devagarinho observando-o, também tem fome mas não é de comida, sente o corpo inteiro sensível depois da visão do corpo daquele homem. Bebe o vinho tentando acalmar aquela sensação quente.
Harry observa Katerina beber o vinho com vontade, sorri de leve:
_ Carinõ, devagar, não vá se embebedar.
Katerina retira a caneca da boca:
_ Não é essa minha intenção, mas me deu sede.
Harry levanta o olhar percebendo como ela está bonita, as sardas destacam na pele branquinha, resultado do contato diário com o sol. Encantadora!
_ Como é esse lugar que iremos?_ Kat volta a beber.
_ Lindo é uma boa palavra_ Harry também beberica o vinho_ Litoral, bastante calor...
Katerina observa ele falar de Bahamas com paixão, contando os detalhes da cidadezinha litorânea onde "viveu" nos ultimos anos, quando não estava no mar.
Vários minutos depois a conversa continua, Harry já semideitado na cama, apoiado no travesseiro, muito á vontade, Kat ri das histórias divertidas que ele conta, encantada com toda a liberdade que ele aproveitou, um pouco alta por causa das duas canecas cheias que tomou, pela falta de costume de beber álcool. Observa ele dobrar e redobrar uma folha com anotações antigas que aos poucos vai tomando forma, porém ainda não dá para perceber o que é.
_ O que estás fazendo?_ Pergunta curiosa.
_ Se chama origami, é chinês.
_ Ah... E é o que?
_ Já verás.
Katerina se aproxima observando os dedos ágeis trabalhando no papel, Harry gira de lado escondendo cada vez que ela inclina um pouco mais, um meio sorriso travesso nos lábios.

__ Deixa eu ver!_ Kat ajoelha na cama segurando-o pelo ombro.
__ Espera!_ Harry continua escondendo, a cabeça baixa, concentrado na tarefa.
__ Pare de ser bobo, Harold!
Harry termina rapidamente os ultimos detalhes e vira de barriga pra cima apoiado no antebraço direito, estende algo para Katerina, que segura... Uma rosa delicada de papel! O sorriso se alarga:
__ Que lindo, Harry!_ Kat observa os detalhes do papel dobrado, levanta o olhar, inclina o corpo e deposita um selinho nos lábios dele, ainda doces por causa do vinho_ Adorei_ Sorri meiga sem afastar dele, os narizes quase se tocam.

Harry levanta a mão e a acaricia no rosto, desliza a mão até a nuca e a puxa para outro beijo, brincando com a ponta da língua, provocante, com o outro braço a envolve deitando-a a seu lado, o tronco por cima.

Katerina sente a carícia da boca gostosa, a barba por fazer discreta arranha sua pele deixando uma sensação gostosa, o abraça pelo pescoço estreitando o abraço, sente a mão deslizar, subindo e encontrando um seio, acariciando, apertando de leve, um gemidinho rouco e grave escapa dos lábios dele, se olham intensos...

Harry desamarra o cordão que mantém o vestido fechado no busto, desnudando o ombro, os seios, a boca acaricia conforme a pele vai surgindo. Katerina fica ofegante assistindo ele deslizar os lábios por sua pele, chegando próximo ao mamilo, ele sustenta seu seio com uma mão, a língua brinca ali, sem pressa, até abocanhá-lo e sugar com vontade fazendo-a fechar os olhos, estrelinhas começam a dançar em frente aos olhos castanhos... Sussurra o nome dele enquanto o agarra pela camisa, a necessidade de sentir a pele quente, ele volta a procurar sua boca, giram na cama entrelaçados em um beijo languido, sensual. Ele enfia a mão por baixo do vestido subindo pela coxa até fazer a curva do bumbum, Kat se acomoda, uma perna de cada lado, apoia a mão no peitoral ficando ereta, começa a desamarrar o cordão que prende a camisa preta, ao mesmo tempo que ele retira a fita que prende a ponta de sua trança, se olham sorrindo com promessas, Kat puxa a camisa para cima, ele levanta os braços ajudando-a a despi-lo, os olhares se encontram, em chamas, ela se inclina e beija o peitoral, de inicio timidamente mas logo começa a imitá-lo, acariciando-o com os lábios e língua, percebe a respiração dele ficar irregular, se sente poderosa, sabendo que pode dar o mesmo prazer que sente.

Harry fica com um meio sorriso safado, percebendo que sua doce esposa está aprendendo a seduzi-lo, observa ela acariciá-lo no estomago, a ponta da língua desenha sua tatuagem, ela levanta o olhar para ver se ele aprova, um misto de inocência e sedução. Harry acha a cena extremamente erótica, morde o lábio inferior excitado.

Kat desce da cama sem se incomodar com o vestido descomposto, o busto meio exposto, solta o cadarço da calça e o despe, os olhos fixam no membro ereto, hipnotizados. Olha para ele...

Harry sorri de lado:
__ Quer que eu te ensine uma coisa?_ Fala baixinho.
Kat fica curiosa:
__ O que?
__ Ajoelhe aqui_ Harry mostra ao lado de suas pernas
Kat segura as saias do vestido e obedece, Harry a segura pela mão e a ajuda a segurar o pênis ereto:
__ Agora beije-o como me beija.
Kat fica surpresa, se inclina e deposita um selinho bem em cima, na glande:
__ Sim, mas use a língua...
Kat olha para o membro protuberante, se inclina e o abocanha, o gemido dele a arrepia todinha, levanta o olhar sem retirar da boca, ele tem o cenho ligeiramente franzido:
__ Continue..._ A voz parece implorar, meio fraca.
__ Assim?_ Kat suga e desliza a língua em volta da glande, volta a abocanhá-lo indo mais profundo.

__ Oh, sim!_ Ele solta um gemido consistente e o inicio de um palavrão.
Kat levanta o olhar e o vê completamente ruborizado. É a melhor coisa que já viu! Ele assim, entregue, parecendo desprotegido... E é tão gostoso fazer aquilo, a textura "dele" é uma delicia, não quer parar mais!
__ Que gostoso, carinõ! Não vou aguentar muito tempo, venha cá...
Kat para olhando com gula para o objeto de sua atenção:
__ Por quê?_ Sente a mão dele segurando a sua, encontra os olhos verdes com um brilho malicioso.
Harry sorri de lado:
__ Porque agora é minha vez.
__ Que?!_ Katerina fica escandalizada.
Harry ri deitando-a na cama e girando o corpo por cima, puxa as mangas do vestido e em seguida as saias, a olha completamente nua de cima a baixo, seus olhos fixam na penugem ruiva, a segura nos joelhos abrindo-a para ele, Kat se deixa levar, observa ele se inclinar, a sensação da língua deslizando em sua parte mais íntima, uma sensação inexplicável a invade, seu corpo fica ainda mais sensível.

As mãos enormes a seguram nos quadris mantendo-a presa, Katerina se contorce gemendo alto, o calor no pé da barriga aumenta e aumenta...

Deliciosa... Senti-la arquear as costas gemendo alto com suas caricias é um deleite, não se cansa, nunca é o suficiente, ao ouvi-la suplicar "vem Harry" como uma gata manhosa não resiste, sobe beijando a pele com gotículas de suor, se acomoda entre as coxas e a penetra lentamente, abafando os gemidos com a boca em um beijo avassalador, apoia as mãos no colchão ondulando a pélvis sensualmente... Ela é apertada, gostosa demais! Desliza a boca pelo pescoço, subindo pelo queixo, de repente ambos estão juntos no pico do êxtase perdidos no olhar um do outro, loucos de paixão. E adormecem juntos, pernas entrelaçadas, corações acarinhados...

154

CAPÍTULO 33

__ TERRA Á VISTAAA_ Joffrey grita do caralho onde está de castigo por ter desobedecido Fuller.
Katerina sai de dentro da cabine, o sorriso contente. Finalmente, Bahamas!!
Se passaram quase nove dias, a cada dia se vê mais e mais apaixonada por Harry. E Harry por ela, os dois enredados pelo clima de romance.
Vê ele gritando ordens, a expressão satisfeita, os olhos verdes brilhantes, os cabelos esvoaçando apesar de estarem presos por uma espécie de turbante verde, a camisa preta semiaberta... Kat outra vez se pega suspirando, cheia de admiração.
O movimento no convés triplica, uma correria para aportar, Kat corre a arrumar suas coisas no baú que será transportado para a casa do Capitão Edwards... Cap. Edwards, seu marido. Não tem como não andar nas nuvens!
Ao aportar se inicia o processo de descarregamento dos produtos, Kat observa o movimento paciente enquanto Harry põe a mão na massa, pegando sacas e mais sacas pesadas e levando até uma carroça, trabalhando ombro a ombro com seus homens. No final do dia, uma charrete chega, confortável o suficiente para a rápida viagem até o endereço dele, que fica a 30 minutos do porto.

*****

Katerina desce da charrete com a ajuda do marido, olha para a casa de madeira pintada de branco... Já é noite, está iluminada com lamparinas, dois homens, um mais jovem e um mais de idade, que dirigiu a charrete por todo o trajeto, iniciam o descarregamento de seu baú. Continua olhando encantada para a casinha bonita, agradável.
Harry termina de desatrelar o cavalo, caminha em direção a ela sorrindo:
__ E então, o que achou do meu humilde lar?
Kat corresponde o sorriso porém antes que possa responder, a porta abre e uma mulher vestindo um robe de seda rosa bebê sai as pressas, o ventre avantajado de gestante se destaca. Passa pelos dois criados que já estão quase na escada e abre os braços:
__ Harry, que bom que estás de volta!
Katerina assiste boquiaberta a mulher se jogar nos braços de Harry e enchê-lo de beijos, inclusive na boca... Não consegue reagir, petrificada.
Harry tenta evitar aos beijos, pela primeira vez incomodado com a recepção calorosa. Sempre foi assim desde que a conhece, porém dessa vez não pode e não quer corresponder. Se desvencilha delicadamente.
__ Com licença?_ A voz cortante de Katerina soa um pouco alterada, as mãos na cintura, o corpo tenso pela raiva.
Caroline o solta, confusa com a frieza, levanta o olhar e encontra os olhos verdes que a fitam carinhosos porém distantes, olha para a mocinha ao lado notando-a pela primeira vez:
__ E tu, quem és?_ Pergunta ríspida.
__ Sou Lady Katerina Mullingar Milward, ou melhor, Mrs. Edwards, esposa do Capitão Edwards_ Katerina estende a mão colocando o corpo na frente de Harry como se fosse um escudo contra a aproximação daquela mulher_ E tu?
Caroline ignora a mão estendida, olha para Harry com desespero:
__ Esposa? Harry? Hã, não pode ser, eu sou a mulher dele!_ Olha para Katerina com desdém... Conhece Harry, ele nunca se interessaria por alguém tão sem graça quanto essa moça.
__ Carol_ Harry a interrompe incomodado_ Não és não! katerina é minha esposa e...
__ Ah não? Explica para ela então, como estou esperando um filho teu?_ Carol coloca as duas mãos na cintura.

155

__ Como?_ Kat fica chocada, olha para Harry, que também tem uma expressão de choque_ Harold_ Me explique isso!
Harry continua encarando Caroline, olha para o ventre proeminente, olha de volta, temendo a reação de sua esposa.
Katerina semicerra os olhos, entendendo tudo... Outra amante! E agora é pior, a mulher espera um filho dele! Sim, um filho que talvez não seja capaz de conceber! Essa dúvida está lhe matando desde que suas regras desceram há dois dias. Tem se perguntado se será capaz de gerar um bebê, pois já era para estar grávida, quase todas as moças que conhece engravidaram no mês seguinte ao casamento, tirando algumas que usaram ervas para evitar. Agora além desse temor, tem que encarar uma estranha que diz estar esperando um filho de seu marido!

Harry engole a seco:
__ Carol, depois conversamos sim? Kat, venha comigo..._ A Segura gentilmente pelo braço.

Katerina se esquiva:
__ Não vou a lugar algum, me responda, há possibilidade desse filho ser teu?
__ É dele!_ Caroline responde segura.
__ Vamos conversar, sim?_ Harry insiste com katerina, que se ofende:
__ Mas olha! Não vales nada mesmo! Vou voltar imediatamente para o porto e pegar o primeiro barco de volta para casa.
__ De jeito nenhum, acalme-se!
__ E eu? Não te preocupas comigo? Como pôde arrumar outra esposa?!_ Caroline choraminga.

Harry se irrita, a cabeça começa a doer:
__ Carol, entre, logo conversaremos. Katerina, venha comigo!_ A segura pelo braço.
__ Não!_ Katerina finca os pés no chão, deixando claro que ele terá que arrastá-la se insistir.
__ Por favor! Tenha bom senso!
__ Quem és para me falar de bom senso? Trouxeste a mim, sua esposa, para a casa onde vive uma de suas concubinas e achou que eu iria me submeter a tal humilhação? Jamais! Não piso lá dentro enquanto essa mulher não se retirar levando toda a tralha dela!
__ Acha mesmo que vou colocar na rua uma mulher grávida sem ter para onde ir? Que tipo de pessoa achas que sou?
__ Não tem problema, vou voltar para o porto, durmo no barco ou em uma pousada e assim que puder, volto para a Inglaterra. E Tu? Seja feliz com a mãe de seu filho!_ Katerina tenta desviar dele para alcançar a charrete_ Chame um dos seus homens para me levar ou vou sozinha!

Harry olha para o alto pedindo paciência, a agarra e levanta no braço, apoiando as pernas no outro, uma posição extremamente desconfortável para ela, de maneira que a impeça de se movimentar, os braços imobilizados na lateral dele:
__ Irás entrar e ficarás quietinha até que eu esclareça tudo_ Passa pela porta sob o olhar curioso da cozinheira e da arrumadeira, já acostumadas com situações estranhas e atitudes pouco usuais do capitão.

Harry inicia a subida da escada de madeira até o andar superior, Katerina quase sufoca com a pressão dos braços dele:
__ Harold! Não ouse! Me recuso a aceitar uma situação estapafúrdia dessa, me deixe ir!
__ Não!_ Harry entra no quarto e a deposita na cama, o tronco por cima, a olha suplicante_ Por favor, Cariño, deixe eu resolver isso, por favor?_ Tenta acariciá-la com o polegar.

Katerina vira o rosto para o lado, evitando olhá-lo, magoada, humilhada:
__ Não consigo acreditar que tiveste coragem de me fazer passar por isso!
__ Eu sinto muito, tudo vai se arranjar. Carol nunca foi importante, somos amigos, somente isso.

156

Katerina vira o rosto encarando-o furiosa:
— Ah é? E porque ela se auto intitula tua mulher?!
— Não sei o que se passa na cabeça dela, eu nunca prometi nada!
— Mal caráter! Te deitaste com ela! O bebê pode ser teu filho!
Harry abaixa a cabeça escondendo o rosto no pescoço dela:
— Eu sei... _ Harry fala baixinho, a olha inseguro, como se implorasse apoio em um momento tão delicado.
— Some-da-minha-frente!_ Katerina fala, os dentes travados.
Harry respira fundo, a voz soa carente:
— Eu nunca poderia imaginar que...
— Some!
— Não há necessidade de me tratar assim!
— Deveria tratá-lo muito pior!
Harry engole a seco irritado... O que? Vai permitir que uma mulher o domine, que dite as regras? Nunca! Levanta e arruma o casaco:
— Vou conversar com ela, o que eu decidir, ambas irão acatar_ Determina.
Katerina apoia os cotovelos no colchão macio feito de penas, suspende o corpo rindo amarga:
— Jura? Vai fazer o que? Me obrigar?
Harry a olha, superior:
— Sim. Sou teu marido, eu dou as ordens, resta a ti acatar e obedecer.
Katerina ri alto, debochada, cheia de desdém:
— Vamos ver então!
— Kat, não me provoque!
— Saia! Me deixe sozinha!_ Katerina se joga na cama, fitando o teto, encerrando a discussão.
Harry cerra os punhos, vira e sai, batendo a porta ao fechá-la.
Katerina olha para a porta infeliz. Fixa o olhar no teto, os lábios trêmulos de choro retido:
— Não acredito nisso, não acredito!_ Cobre os olhos com as mãos, as lágrimas insistentes querendo explodir... Não vai suportar isso, não vai mesmo! Vai voltar para casa, não há nada que possa fazer ali... Ou melhor, vai fugir para a Espanha, quanto mais longe, melhor!

*****

Harry dá uma batidinha na porta da sala, Carol levanta do sofá:
— E então? Ela irá embora? Não tem cabimento continuar aqui, vai destruir nossa família...
— Não existe "nossa" família, Carol e "ela" é minha esposa!
— Eu sei e não me importo, podes mantê-la por conveniência! Mande-a de volta para a Inglaterra, podes visitá-la as vezes para manter as aparências, mas fique comigo! Eu sou tua mulher, estou esperando um filho teu...
— Não vou mandá-la de volta_ Harry corta. A olha atento_ Tem certeza que esse bebê é meu?
— Não me ofenda! Óbvio que é!
Harry enfia os dedos nos cabelos, cobre os olhos com as mãos:
— Carol, nós evitávamos.
— Eu sei. Mas aconteceu, descobri pouco depois de tua viagem, cheguei a mandar duas cartas, vejo que não chegou no endereço que deixaste comigo.
Harry nega com a cabeça, senta pesadamente no sofá sem saber o que fazer, Carol se aproxima indo para atrás do encosto, apoia as duas mãos no ombro dele e se inclina, sussurrando no ouvido:

__ Não percebes como é fácil? Livre-se dessa garota, vamos ser felizes, nós dois, nosso filho_ O abraça pelo pescoço.
Harry vira o rosto olhando-a, o cenho franzido:
__ O que queres dizer com "livre-se dela"?
Carol fica tensa, talvez foi com muita sede ao pote:
__ Quero dizer, o que já disse. Mande-a de volta para a Inglaterra_ Disfarça, faz menção de beijá-lo no rosto, Harry se esquiva e levanta, a olha:
__ Isso não vai acontecer. Katerina é minha esposa, nada mais irá acontecer entre tu e eu, Carol. Vou te ajudar com tudo o que for preciso, assumir a paternidade desse bebê, nada além disso.
__ O que? Por quê, Harry? Ela só vai atrapalhar nossa vida!
__ Porque eu a amo_ Harry é categórico.
Carol petrifica, imaginando se ouviu errado:
__ Como assim, a ama?
__ Sim, eu a amo. Não há explicações, eu... a amo, ponto.
Carol sente o estomago revirar... Não! Não pode ser, ele lhe pertence, não pode amar outra mulher:
__ E eu, Harry? Eu sempre estive aqui, sempre te esperei. EU te amo, sou a mulher certa para ti!
__ Não! Não é!... Sinto muito, Carol, não pude evitar, quando percebi já estava mergulhado nesse sentimento.
Os dois se encaram, Harry se aproxima e a abraça, carinhoso:
__ Eu não vou te desamparar, vou arrumar um lugar que possas ficar, vou cuidar de ti... Mas no coração não se manda e o meu pertence á ela.
Carol fecha os olhos, o ódio corre por suas veias... Só uma vez odiou alguém assim, e pelo mesmo motivo, a possibilidade de perder Harry.
Na época, ele estava se engraçando pela filha de um dos comerciantes mais bem sucedidos de Bahamas, a moça era linda com seus cabelos dourados como fios de ouro e lindos olhos azuis. Harry chegou a fazer a corte á ela por dois meses porém ela ficou doente e faleceu, ninguém sabe qual a doença até hoje, os médicos não descobriram... Mas Carol sabe e irá fazer o que for preciso para afastar o único empecilho que impede que sua família seja feliz. Harry superou uma vez, irá superar outra, e depois perceberá que, na verdade, a ama, que é a única mulher para ele.
Carol estreita mais o abraço, adorando o calor do corpo de SEU HOMEM. Já aguentou tantas mulheres na vida dele, uma lambisgoia sem sal não será um problema!

*****

Katerina sente fome pois não aceitou o oferecimento da criada, que lhe trouxe um lanche, mandou levar de volta a cozinha, orgulhosa... Está aguardando a casa silenciar para colocar seu plano em prática. Felizmente tem suas joias que servirão á seus propósitos.
Harry já deve ter se recolhido no quarto ao lado, deixou claro que não o aceitará em sua cama quando ele tentou entrar... Terá que ser esperta, rápida e discreta. Tudo dará certo.
O barulho da madrugada afora vai longe, pio de coruja, algum animal uivando, a brisa leve que vem do mar ameniza o calor da noite. Katerina abre a porta do quarto lentamente e sai na ponta dos pés, desce as escadas... A casa está silenciosa, provavelmente todos dormem o sono dos justos... Abre a porta, sai e fecha, alguns fios do cabelo escapam da trança enquanto caminha sorrateiramente até o estábulo.
Há três cavalos ali, a charrete está desatrelada no chão, entra e abre a portinhola puxando o cavalo pela focinheira, segura os arreios e encaixa ali, vai em direção á estrada o mais silenciosa possível. A certa distância, já na estrada, monta e sai em disparada.

*****

Harry desperta meio confuso, aos poucos a mente vai raciocinando não estar mais em alto mar... Senta na cama, ainda sonolento... Como será que está Katerina? Ela não comeu nada a noite, deve estar faminta... E silenciosa desde... Sua mente apita, a intuição avisando que algo não está certo.
Levanta, veste a calça, abre a porta conjugada em um safanão... Tudo vazio. A cama desarrumada como se ela tivesse acabado de levantar... Talvez esteja na latrina? Se aproxima da porta atento, não ouve movimentos, aguarda um pouco, nada... Apoia a mão na madeira, que cede, deixando claro não ter ninguém ali, abre para conferir e ter certeza... Ela não está! Não é possível que...
  Corre para o corredor:
  __ WILLIAM!_ Chega na ponta da escada e se dá conta de que veste somente a calça_WILLIAN! SEBASTIAN?!!
  Willian, o mais jovem aparece esbaforido, o lençol envolta do corpo provavelmente seminu por baixo:
  __ Sim, capitão!
  __ Vá atrelar um cavalo para mim, lady Katerina fugiu!
  O rapaz fica com uma expressão chocada, volta pelo corredor correndo, Harry vira e vê Caroline no corredor, meio confusa:
  __ O que houve?
  __ Katerina fugiu!_ Harry volta para o quarto sem perceber o sorrisinho de pura satisfação vingativa no rosto da mulher.
  Entra no aposento e veste a camisa usada que deixou na cadeira na noite anterior, calça uma bota rapidamente:
  __ Mulherzinha irritante!_ Nega com a cabeça, inconformado, calça o outro par_ O que fiz para merecer?!_ Levanta e desce em disparada, um Sebastian sonolento com roupa de dormir e touca o encara:
  __ É verdade que milady...
  __ É!_ Harry esbraveja, desce os três degraus na porta da saída, Willian vem com o cavalo, o lençol amarrado na cintura:
  __ Cap...
  __ Agora não Will_ Harry monta no cavalo de um pulo e esporeia, deixando uma carreira de pó para trás.

CAPÍTULO 34

Já no porto, Katerina sai apressada do estábulo onde se guarda cavalos. Deixou ordens para ser entregue na casa do Cap. Edwards.

Chega próximo a uma das pranchas, há vários barcos embarcando e desembarcando produtos, pergunta para um marinheiro aleatório:
___ Poderia me informar, por favor, qual o próximo barco de partida e para onde?
___ O Manasses, é aquele ali_ Aponta para o terceiro barco atracado_ Vai para Portugal.
___ Obrigada_ Katerina agradece, levanta a barra do vestido e caminha até o barco, determinada a seguir viagem seja para onde for...
Dez minutos depois, acompanha um homem careca pelo convés, ele para em frente a uma cabine e abre, Katerina pode ver o cubículo onde há somente uma cama, entra:
___ Está ótimo, vou ficar.
O homem afirma com a cabeça e sai, Kat fecha a porta, tranca por dentro, senta na cama, suspira desanimada...
Teve que se desfazer de seu lindo colar de esmeraldas para pagar a viagem até Portugal e em seguida seguirá um comboio até a Espanha.
O capitão aceitou levá-la sem muitas questões, acreditando que é uma viúva sozinha que quer voltar para o seio da família.
Recebeu ordens do próprio capitão Husvell, terá que ficar ali dentro e só sair no convés na companhia dele.
"Homens no mar se tornam selvagens, madame, é para sua própria segurança".
Kat olha para o alto, sua cabeça alcança o teto da cabine, cabe só ela ali, se tivesse trazido uma mala teria que deixar em cima da cama!
Deita, aguardando ansiosa a partida, espera que demorem a sentir sua falta na casa.

*****

Harry desmonta antes mesmo do cavalo parar, há um barco que já vai longe, um que está prestes a partir e vários em movimentação de embarque e desembarque. Pergunta para algumas pessoas sobre uma jovem lady andando sozinha... Felizmente, logo consegue informações, afinal, é impossível não notar uma senhorita bem vestida de cabelos de fogo transitando por ali sozinha.
Katerina está quase cochilando, ouve as ordens para partir, a barulheira lá fora de gritos e correria para cada marinheiro chegar ao seu posto, uma batidinha discreta em sua porta:
___ Madame? Preciso lhe falar.
Levanta meio sonolenta, apalpa a perna onde amarrou o saquinho com o restante das joias, a adaga em sua bota a acalma, destranca a porta:
___ Pois não?_ Abre.
Não é o capitão, é Harry com uma expressão furiosa:
___ Olá, cariño_ Sorri de lado, malévolo, e a agarra pelo pulso puxando-a para fora.
Katerina grita tentando se esquivar, olha para Husvell:
___ Capitão, me ajuda! Pelo amor de Deus!_ Quase não acredita no desespero da própria voz, seria ótima atriz!_ Me ajudaaa! Esse homem é um bárbaro!!!_ Os olhos castanhos suplicantes.
___ Bem a tempo, Husvell_ Harry a agarra pela cintura imobilizando os dois braços.
___ Tens sorte, Edwards, se chegasse um pouco mais tarde...
___ URGH! DEVOLVA MEU COLAR, MISERÁVEL_ Katerina esperneia, olhando raivosa para Husvell.
___ Já devolvi para seu marido_ Husvell responde seco.

Harry continua imobilizando-a com um só braço, enfia a mão por baixo das saias, Katerina o encara ofendida:
__ MAS QUE DIABOS ESTÁS FAZEN... HAROLD!
Harry sobe apalpando as pernas até encontrar o saco de veludo com as joias, puxa:
__ Isso fica comigo!_ Se inclina e desliza o braço até o bumbum e a suspende, jogando nos ombros.
Katerina trava os dentes:
__ Hijo de una desdichada, piensas que me impediras de hacer lo que quiero, estás muy equivocado!
Harry comprime os lábios irritado, desde a rampa a passos largos e continua andando até o cavalo que continua no mesmo lugar que deixou, sentindo o corpo feminino sacolejar em seu ombro.
Para ao lado do cavalo e a coloca no chão:
__ Melhor assim, fique quietinha.
Katerina respira com dificuldade, puxando o ar que ficou preso ao ter o estomago pressionado no ombro dele_ Patife! Pode até ter me pego agora, mas na próxima...
__ Não haverá a próxima, Katerina. Tens ideia do que acabou de fazer? Dos riscos que correu, sair sozinha esse horário, se meter no meio desse monte de homem que não vê uma barra de saia há meses!_ Tenta reprimir a fúria, conforme vai falando. Percebe o quanto temeu que algo ruim acontecesse com ela_ Como és inconsequente! Minha vontade é te dar uma surra!_ Agarra as rédeas para montar.
__ Jura?_ Kat debocha_ Então bate! Bate para ver o que te acontece!_ Coloca as duas mãos na cintura, provocativa, empinando os seios, desafiadora.
Harry a encara, solta as rédeas e a puxa de encontro a si, ficando com os lábios a poucos centímetros dos dela:
__ Não podes fugir de mim, estás me ouvindo? Querendo ou não, és minha esposa, sua vida está ligada á minha!
Os dois se encaram por vários segundos, Katerina engole a seco:
__ Não podes me obrigar a conviver com aquela mulher!
__ Eu não vou jogá-la na rua! Ela espera um filho meu!
__ Tens ideia de como me dói ouvir isso?_ A voz de Katerina embarga, ela desvia o olhar, retendo as lágrimas.
Harry respira fundo sem saber o que fazer, a segura pela cintura e a suspende colocando-a de lado em cima do cavalo, apoia o pé no estribo e monta logo atrás dela.
Katerina arruma a postura olhando para o nada, orgulhosa.
Harry segura as rédeas e o cavalo sai em um leve trote, suspira depositando um beijinho no ombro tenso, fala baixinho:
__ Eu não sou capaz de abandonar Caroline, cariño, mas também não consigo, não quero abrir mão de ti. Me perdoe, não posso permitir lhe que se vá, simplesmente não posso.
Katerina continua olhando a frente, evitando os olhos verdes:
__ Estás sendo egoísta!
__ Eu sei_ Harry envolve a cintura esbelta com um braço_ Sabes desde sempre que não abro mão do que quero.
__ Isso é humilhante, Harry!
__ O que queres? Que eu a jogue na rua? Ela não tem para onde ir!
__ Não sei... Não tens amigos para acolhê-la? Não sei...
__ Não quero me distanciar dela, quero acompanhar o restante dessa gestação, tenho que apoiá-la!
__ Então me deixe ir! Não irei atrapalhar esse momento tão importante_ Kat ironiza.
__ Não!
__ É o cumulo do egoísmo!_ Katerina esbraveja.
__ Não, Kat... É amor_ Harry responde baixinho, olhando-a carente.

161

Katerina sente o coração querer sair pela boca, aquecido pela ternura, porém finge ignorá-lo, continua ereta, fria, distante, inconformada.

Está começando a amanhecer quando chegam na bela casa praiana de madeira, Harry desmonta e ajuda Katerina, os dois se olham, uma mistura de carinho, medo, insegurança... Um movimento chama a atenção dos dois, olham em direção á porta e veem Carol saindo, a manta cobrindo os ombros, a mão alisando o ventre arredondado.

Kat desvia o olhar da visão que lhe causa tanto ciúme, tanta dor, olha para Harry acusadora, arruma a postura, orgulhosa e entra sem dar uma segunda olhada na mulher quando passa pela porta.

Harry deixa Willian, agora devidamente vestido, levar o cavalo, vai até Carol e a guia para dentro, meigo:

___ Entre, a brisa está gelada, vai chover.

___ Então ela aceitou voltar_ Carol afirma, disfarçando o desgosto.

___ Ela não tem escolha_ Harry fala taxativo.

Fecha a porta depois de ela entrar.

Carol observa ele subir para descansar, cruza os braços. Não voltará a dormir, precisa cuidar de um assunto...

*****

A viela é bastante estreita, tem alguns cachorros aparentemente abandonados em um canto, coçando suas pulgas, a porta de madeira da casa que parece que vai cair a qualquer momento capenga. Uma batida faz o pó cair da madeira já infestada de cupins.

Caroline olha outra vez para os lados, desconfiada... É sempre bom ter certeza de que não está sendo seguida, seria estranho o povo da cidade saber que tem contato com "a bruxa".

A porta abre milimétricamente, o olho acinzentado aparece:

___ A senhora! Sabia que ia voltar. Entre.

Carol entra em silêncio, a mulher de pele cristalina a encara, os cabelos negros caem pelo rosto, não se é possível ver as faces direito.

___ Quem é a vítima? Outra mulher?

___ Sim. Vou tirar do meu caminho. Não vai atrapalhar meu plano de ser feliz com ele.

___ Mas a senhora sabe que terá consequências...

___ Não importa! Abro mão de tudo, contanto que ele seja só meu.

___ Até do seu filho?

___ Até do meu filho. Posso ter muitos outros.

A mulher encara a elegante senhora a sua frente de maneira enigmática, vira e vai mexer em seus vários potes de vidro e barro, escolhe um pequenino:

___ Cianeto. A senhora sabe como é fatal, para não levantar suspeitas, de aos pouquinhos, como da outra vez, a vítima adoecera cada vez mais, até falecer.

Caroline segura o frasquinho e entrega um saco de moedas:

___ Aqui está. Como sempre, esse encontro nunca aconteceu_ Vira e sai do casebre.

A mulher fecha a porta logo em seguida, não sem antes negar com a cabeça, pensativa. Da outra vez, a elegante senhora conseguiu retirar a outra jovem do caminho, dessa vez será muito mais difícil. Segundo sua visão, dessa vez, o amor é verdadeiro e mesmo que seja atrapalhado, nunca será destruído.

*****

Harry olha para o lugar vazio na mesa... Kat não come desde antes de ontem pouco antes de chegarem no porto. As bandejas de todas as refeições desde então foram recolhidas intactas... Mas não é possível que ela continue a fazer birra!

___ Dora? Vá buscar milady. Ela precisa se alimentar, irá que comer nem que eu tenha que forçá-la.

Dora se apressa a obedecer, também preocupada com a esposa do capitão, afinal, a coitada já parece uma varetinha que qualquer vento leva, quanto mais sem comer!
Sua mãe disse que iria caprichar ainda mais no almoço para agradar a jovem lady, só espera que a Miss Foster não ache ruim... Corre escada acima, entra no corredor e dá uma batidinha na porta, fica um tanto decepcionada ao receber uma negativa, dá meia volta e desce apertando os aventais de nervoso... A ultima coisa que quer é despertar a fúria do capitão.
Carol entra na cozinha e tira a capa, pendura e olha para os pratos preparados, vira para Elza:
_ Três pratos? Milady decidiu comer?
_ Não, mas vou tentar despertar o interesse dela. Veja que belezura, só de olhar, salivamos_ A mulher idosa sorri, deixando duas covinhas profundas marcadas na face.
Carol olha para o prato bem ornado com carne de galinha, legumes e feijão. Realmente apetitoso.
_ Vá pegar limões para o suco, me deu vontade_ Carol ordena, observa a mulher sumir pela porta, segura o vidrinho com cianeto e salpica um pouco no prato. Lady Katerina terá uma bela indigestão hoje.
Fecha o frasquinho e guarda entre os seios nas curvas escondidas pelo tecido do vestido. Vai para a sala de jantar.
Harry aguarda paciente, vê Carol sair da cozinha:
_ Onde estavas?
_ Fui levar as doações à igreja como faço toda semana.
Harry passa os dedos nos cabelos, impaciente, vê Dora entrar na sala:
_ Então?
_ Milady disse que não_ Dora responde trêmula.
Harry fecha os olhos, respirando fundo. Levanta jogando o guardanapo na mesa e sai a passos largos, sobe as escadas de três em três degraus, para em frente a porta e esmurra com força:
_ Katerina, abre essa porta!_ Fala autoritário. Alguns segundos passam, quando levanta a mão outra vez para esmurrar a porta, ouve o trinco abrindo, uma Katerina pálida aparece:
_ O que queres?
_ Venha comer.
_ Não.
_ Jesus, mulher, acabarás doente desse jeito!
_ Prefiro morrer do que ser obrigada a viver embaixo do mesmo teto que a amante do meu marido, que por sinal espera um filho dele.
_ Conversaremos com calma sobre isso depois, venha_ Harry a segura pelo braço sem muita delicadeza e sai levando-a pelo corredor.
_ Nada que faças irá me levar ao conformismo, Harold_ Katerina se vê dando corridinhas para acompanhar os passos largos, decide não lutar, não tem energia para isso, as vistas já meio embaçadas de fraqueza.
Entram na sala de jantar, Harry afasta a cadeira e praticamente a obriga a sentar, toma seu lugar na mesa, dê um lado Katerina, do outro Caroline. As duas mulheres se encaram com animosidade.
Carol levanta o olhar para Dora:
_ Pode servir.
Dora obedece, indo a cozinha buscar os pratos.
Dez minutos depois.
Harry come sem vontade, a fúria prestes a estourar, Carol se delicia com a refeição e Katerina permanece com os dedos cruzados no colo, o olhar baixo.
Harry para, o punho esquerdo fechado com força:
_ Katerina, come!

Kat permanece imóvel.
— Por favor? Irás adoecer!_ Harry praticamente implora.
— Pelo amor de Deus, menina, come logo, pare de ser mimada, de querer chamar atenção!_ Carol fala com desprezo.
— Não me dirija a palavra_ Kat responde cortante.
— Pelo amor de Deus! Vamos ter que conviver devido as circunstâncias, vamos ser civilizados sim? Come, Kat_ Harry tenta manter a calma.
— Não.
Harry soca a mesa com violência fazendo todos darem um pulinho com o susto:
— PARA DE SER INFANTIL, SUA ATITUDE NÃO VAI MUDAR NADA. QUER MORRER DE FOME?
Kat não se move. Harry sussurra um palavrão, um safanão no prato dela faz a refeição e a louça de porcelana voar direto para a parede, deixando um rastro de sujeira:
— CHEGA! KATERINA, CHE-GA! COMECE A AGIR COMO A ADULTA QUE ÉS!
— Isso, perfeito, suje tudo mesmo, não és tu quem limpa!_ Katerina retruca, uma calmaria provocativa.
Harry levanta da mesa de supetão, fazendo a cadeira cair para trás, sai dali quase bufando, a porta da saída fecha em um estrondo.
Katerina levanta placidamente, a fraqueza no corpo começa a pesar, se retira. Carol a segue até a escada:
— Se quiseres ir embora, te ajudo, ele só saberá quando estiveres bem longe. Mas me dará sua palavra que irás sumir da vida do Harry.
Kat para no início da subida da escada, olha para Carol, que continua:
— Harry está destinado a ser meu, sou a mãe do filho dele, tudo conspira...
Katerina se sente ferida:
— É tudo o que queres, não? Que eu desapareça.
— Mesmo que fiques, no final ele irá me escolher, irá se apaixonar pelo filho, te deixará de lado.
— Ao contrário, Harry me ama e não ficará contigo nem se eu partir.
— Não? Eu darei a ele o que mais deseja, um filho, coisa que provavelmente nunca serás capaz. Não achas que o fato de ainda não estares prenha seja um mal sinal?_ A voz de Caroline soa cruel.
Katerina engole a seco, magoada, faz menção de subir, porém sente a mão da mulher segura-la com força pelo pulso:
— Ouça meu conselho e saia do meu caminho, sua cretina!_ Carol vomita seu veneno.
— És muito suja, mulher! Posso ver sua podridão! Não vou deixá-lo em suas mãos nojentas!
— Maldita! Mereces morrer!_ Carol tenta empurrá-la contra os degraus da escada.
Katerina agarra o corrimão sentindo tudo girar, levanta o queixo disfarçando, orgulhosa:
— Nossa, como deve ser frustrante para ti! Se eu morrer, aparecerá outra pessoa na vida dele, nunca serás tu, nunca!
Harry entra pela porta, percebe a tensão entre as duas mulheres, se aproxima:
— O que está acontecendo aqui?
Carol cai em prantos, fingida:
— Essa mulher me agrediu, me insultou, insultou nosso bebê!_ Cobre o rosto com as duas mãos, os ombros trêmulos.
Kat fica boquiaberta com a mentira, tenta balbuciar alguma defesa, encontra os olhos verdes, que tem uma expressão chocada, um brilho de decepção... Sente tudo escurecer...
Um passo rápido a frente, Harry consegue segurar o corpo franzino, impedindo que caia nos três primeiros degraus da escada, percebe as faces pálidas, os lábios esbranquiçados...
Mas que coisa, porque ela é tão teimosa? Segura-a com carinho e sobe para o quarto:

__ ELZA! FAÇA UM CALDO BEM REFORÇADO PARA MILADY, O MAIS RÁPIDO POSSIVEL!

Carol assiste SEU HOMEM demonstrar um carinho único, o olhar preocupado, se enche de ódio. Como é possível? O que aquela mulher fez para enfeitiçá-lo daquela maneira? Nem com Alicia foi assim! Observando agora, vendo as atitudes que ele tem com "milady" se nota a grande diferença. Alicia foi um namorico, seria aquilo amor? Isso a desespera:

(Não, não e não! Ele só pode amar a mim, eu terei esse filho, ele ficará grato, irá me amar!)

E ela não comeu a droga da comida... Precisa ficar mais atenta à tudo o que ela ingere, irá colocar pequenas doses na jarra de água diária que fica na cabeceira da cama dela e sempre que tiver oportunidade em outras refeições... Tem que dar certo, precisa se livrar desse empecilho!

CAPÍTULO 35

Katerina sente um leve tremor, seu corpo parece flutuar mas ao mesmo tempo está segura em braços fortes, tão familiares... Só deseja se aconchegar um pouco mais. Abre os olhos devagarinho, encontra o rosto que tanto ama, o olhar preocupado:
— Está vendo? 48 horas sem comer, caiu como fruta madura.
Kat sorri de leve, suspira apoiando a cabeça no ombro dele:
— Não estás mais bravo comigo?
— Estou_ Harry a deposita na cama_ Mandei Elza fazer um caldo e ai de ti se não comer!
— Vai fazer o que?_ Katerina provoca, levanta a mão e o acaricia no rosto.
Harry não sabe o que responder. Se encaram por um tempo... Ele respira fundo:
— Amanhã vou procurar um lugar para Carol ficar. Prometo.
Katerina sorri, satisfeita:
— Ótimo, já é um bom começo.
— Eu disse desde o inicio que iria fazê-lo!
— Mas sua verdadeira intenção era que eu me acomodasse com a situação. Vai negar?
Harry enfia os dedos nos cabelos, desistente:
— Não.
— Hm. Tentando me manipular, me admira sua força de vontade por ainda tentar tal feito!
Harry respira fundo, desistente, Katerina o acaricia no rosto:
— Espero que cumpra sua promessa, quero ver essa mulher bem longe daqui, longe de ti.
— Amanhã resolvo isso.
— Sem falta.
— Está bem. Como estás se sentindo?
— Com fome.
Harry semicerra os olhos fazendo-a rir, se inclina procurando-a carente, o abraça receptiva, ele apoia a cabeça nos seios macios:
— Não há como me afastar, carinõ. Por favor entenda.
Katerina olha para o teto, engole a vontade de chorar:
— Não era pra isso estar acontecendo. Será o universo me testando? Fazendo eu passar pela mesma situação que minha mã... Que Miranda?
Harry não responde, fecha os olhos adorando a carícia que os dedos delicados fazem em seus cabelos.
Katerina suspira:
— Mas comigo será diferente. Não descontarei em um inocente minha frustração.
— Não espero menos de ti.
— Sabe? Depois que o bebê nascer, talvez a convença a deixar-nos criá-lo... Apesar que, duvido muito ela abrir mão desse trunfo.
Harry suspira, Katerina o imita:
— Acho que não serei capaz de gerar o tão sonhado herdeiro para seu avô.
Harry levanta a cabeça, a olha confuso:
— Que bobagem é essa??
— Eu não engravidei, Harry.
— Mas nem tentamos direito!_ Harry brinca, tentando fazê-la sorrir, não suporta a tristeza nos lindos olhos cor de mel.
— Não sei..._ Katerina respira fundo, aproxima os lábios dos dele_ Bem, é inútil sofrer por antecipação.
— Sim, temos tempo para isso, eu não tenho pressa_ Harry a beija, carinhoso, os dois se abraçam como se nada mais no mundo fosse importante do que estarem ali, juntos, em paz.

Minutos mais tarde, depois de assistir Katerina se esbaldar com caldo e pão, Harry desce as escadas apressado e vai direto aos aposentos de Carol. Dá uma batidinha na porta...
Carol tricota calmamente uma manta para o bebê, sentada em sua cama, vestindo o penhoar e aguardando a água quente que pediu a Will buscar para seu banho, ouve as batidinhas na porta, reconhece como sendo Harry. Sorri, cheia de esperança, corre em frente ao espelho e aperta as faces, esfrega os olhos dando uma aparência de que esteve chorando, vai até a porta e abre, levanta o olhar, carente e encontra um Harry calmo, centrado. O abraça pela cintura:
_ Não estou suportando isso. Por favor, Harry, faça algo, eu vou enlouquecer! Eu te amo tanto, como podes colocar outra mulher no meu lugar?
Harry fica sem reação ao vê-la tão sensível, tão mal, nunca a viu assim antes, frágil. Deve ser a gestação. A abraça, beijando-a na testa, deixando ela desabafar, os soluços tomando o quarto, a leva até a cama:
_ Shiiii, calma, Carol, tudo vai ficar bem.
_ Não tem como, só vou ficar bem ao teu lado_ Mais soluços e suspiros.
_ Acalme-se..._ Harry acaricia os ombros, se sentam,
_ Não percebes? Como nossa família seria feliz, como tudo seria tão simples.
_ Não é uma escolha minha Caroline! Eu...
_ Eu posso te dar tudo o que deseja, tudo!_ Carol levanta passando a mão no rosto_ Lembra de quantas noites, manhãs, tardes maravilhosas tivemos?
_ Era só sexo, Caroline!
_ Não importa, eu aceito o que tens a me oferecer_ Carol solta o laço do penhoar, deixando o tecido leve deslizar até o chão, Harry observa o corpo feminino, lindo, o ventre avantajado dando um charme a mais a beleza da mulher em sua frente. Em outros tempos jamais recusaria ao convite sensual. Agora prometeu a Katerina ser fiel, irá cumprir essa promessa.
_ Vem Harry. Vamos matar a saudade_ Carol se aproxima estendendo a mão em uma tentativa de acaricia-lo.
Harry a segura pelo pulso, levanta:
_ Vista-se. Amanhã irei procurar um lugar confortável para te instalar, sua presença já causou muitos problemas no meu casamento e agora vejo que não me respeitas. Sou um homem casado agora!_ Nega com a cabeça, decepcionado, e sai, deixando-a envergonhada e humilhada.
Carol chora, dessa vez é real... Chora de mágoa, de ódio.
Durante o jantar, Caroline dá a desculpa de que não se sente bem e enquanto todos estão na sala de jantar, vai até o quarto do casal e joga o pó na jarra de água do lado direito, já que Harry sempre dorme do lado esquerdo, a sensação prazerosa da vingança lhe deixando de bom humor... Harry vai pagar muito caro por escolher a pessoa errada, quando perder a "esposa" voltará direto para seus braços, procurando consolo.
*****
Harry arruma o travesseiro na cabeceira da cama, cruza os pés observando atento enquanto Katerina trança os longos cabelos:
_ Vou pedir á Dora que seja sua camareira e contratar outra moça para a limpeza geral da casa.
_ Não há necessidade, carinho, me viro muito bem sozinha, só precisarei de ajuda em algum evento de elite, ou da alta sociedade...
A risada debochada dele lhe chama a atenção, vira de lado na cadeira encarando-o com um meio sorriso:
_ Do que estás rindo?
Harry continua sorrindo, um tanto divertido, as covinhas encantadoras bem aparentes:
_ Kat, aqui não sou membro da alta classe social. Aqui sou o capitão de um barco mercante de origem duvidosa. Desculpe decepcionar suas expectativas.
_ Então me casei com um pária!_ Katerina brinca, levanta jogando a longa trança para as costas, caminha até ele_ O jovem excêntrico e misterioso que por onde passa, deixa corações quebrantados.

167

Harry dá de ombros, displicente, observa ela sentar na cama e se inclinar em direção a ele oferecendo os lábios, a beija puxando-a junto de si, acomodando-a em seus braços:
___ Já se arrependeu?_ Sorri debochado.
___ Não, o capitão de um barco de origem duvidosa é mais empolgante do que um lorde almofadinha_ Kat assopra a vela sorrindo ao som da risada divertida, o abraça pela cintura apoiando a cabeça no ombro forte.
___ Sempre soube que tinhas fraqueza por homem de reputação duvidosa_ Harry sorri safado, estreita o abraço beijando-a na testa.
Os dois suspiram, fecham os olhos ouvindo a respiração um do outro até adormecerem completamente.
No dia seguinte, Katerina desperta com a cama vazia, levanta, animada para o novo dia. Ao chegar na mesa de café da manhã, encontra Caroline tomando o desjejum. Não se deixa abalar, senta e serve para si um copo de suco:
___ Bom dia_ A observa cortar um pedaço de bolo.
___ Onde está Harry?_ Carol pergunta sem voltar o cumprimento.
___ Saiu muito cedo, provavelmente foi resolver sua situação.
___ Fique sabendo que só sairei daqui se ele me colocar na rua.
___ Não se preocupe, eu mesma farei isso caso necessário_ Katerina responde com muita calma.
Carol deixa o guardanapo na mesa, levanta e se retira, furiosa, caminha diretamente até o quarto do casal... Provavelmente Dora já trocou a água... Precisa de uma solução urgente! Precisa se livrar dessa garota já!
A jarra está ali. Sim, outra jarra. Carol se aproxima e tira o frasquinho de entre os seios, joga tudo no líquido... De hoje para amanhã tudo estará resolvido.

*****

Katerina suspira satisfeita, sentindo o sol aquecer sua pele delicada... Observa a bela paisagem que vai além da casa, respira fundo a maresia, o barulho de cascos de cavalos chama sua atenção, olha na direção da estrada e vê Harry se aproximar, acompanhado outro homem em outra montaria.
Levanta do banquinho e caminha em direção a pequena escadinha que leva á porta, observa os dois desmontarem.
O homem é muito bonito, tem uma expressão séria porém os olhos parecem doces, amorosos. Moreno, os cabelos curtos e bem cortados, um pouco menor e mais troncudo do que Harry... Sorri e estende a mão.
Harry segura e entrelaça os dedos, trocam um selinho:
___ Bom dia_ Afasta os cabelos esvoaçando na testa por causa da brisa.
___ Bom dia, saiu cedo hoje!
___ Negócios_ Vira em direção ao rapaz_ Esse é Liam Durstan, meu advogado e grande amigo_ Harry evita comentar que ele faz parte do grupo que trabalha para a coroa britânica. Quanto menos informação ela tiver, mais segura estará.
Atualmente, Liam terminou de decifrar vários códigos interceptados durante uma missão e organiza um jeito de enviar para a Índia. Harry olha para o amigo:
___ Durstan, essa é minha esposa. Lady Katerina.
___ Milady, é um imenso prazer!_ Liam estende a mão, Katerina deposita a dela e observa ele tocar os lábios discretamente em um cumprimento respeitoso:
___ Prazer, Mr Durstan. Ficará conosco para o almoço? Me diga que sim.
___ Infelizmente não será possível, minha esposa está em casa aguardando-me, marcamos outro dia, sim?
___ Muito bem então_ Katerina recolhe as mãos, Harry sorri:
___ Essa noite acontecerá uma festa na praça da vila comemorando a inauguração da fonte, podemos nos encontrar lá?

__ Sim! Boa ideia, meu amigo!_ Liam apoia a mão no ombro do amigo.
__ Vamos entrar, senhores_ Katerina convida_ Vou deixá-los á vontade, tenho algumas tarefas a cumprir. Até mais tarde, Sir_ Katerina faz uma breve mesura.
Liam se inclina, educado:
__ Milady.
Katerina solta a mão do marido, sorrindo para ele carinhosamente e some, corredor adentro.
__ Ora, ora, ela é uma belezura!_ Liam comenta.
__ Eu disse_ Harry sorri de lado.
__ Entendi o porque não a esqueceu todos esses anos. Mas... Vamos ao que interessa.
__ Vamos_ Harry e Liam caminham em direção ao escritório.
Katerina entra na cozinha, ouve Caroline passar o cardápio do dia, se aproxima:
__ Elza?
As duas mulheres a encaram, Katerina cruza os braços:
__ A partir de agora, seguirás minhas ordens. Miss Foster não tem mais autoridade alguma nessa casa.
__ Estás enganada. Vou morar em outro lugar mas continuarei a trabalhar aqui, como sempre.
__ Não. A senhorita não continuará, não precisamos de uma governanta, sou a senhora dessa casa, a função de administrá-la é minha agora.
__ Não conseguirás dar conta, não conhece os gostos de Harry.
__ Me chame por milady, a senhorita não está conversando com um subordinado. E não se preocupe, tenho boca, o que não souber, eu pergunto.
Caroline fecha os pulsos:
__ Vamos ver o que Harry dirá sobre isso_ Sai a passos largos.
Katerina respira fundo, relaxando a postura tensa, olha para a senhora a sua frente:
__ Elza, me conte, quais são os gosto do meu marido, quais os horários que ele se alimenta, os costumes que ele tem, a rotina de limpeza da casa, etc.
Elza sorri deixando a mostra a falha dos dois dentes da frente:
__ Pode deixar, vou ajudar no que for preciso.
__ Ótimo! Precisarei de vocês duas para me encaixar nessa nova rotina_ Kat sorri para Dora, que está entrando com uma bolsa onde tem algumas batatas e cenouras. Katerina olha para Elza:
__ Uma coisa que lembro muito bem. Meu marido adora batatas. Vamos fazer um bom purê e ave assada com pimentões. Ainda tem pãezinhos? Será um ótimo acompanhamento. Para bebida, podemos..._Katerina continua passando as instruções enquanto olha o que mais há na sacola.
Harry olha para Liam de braços cruzados:
__ Eu disse que não voltaria mais á ativa mas sempre aparece alguma coisa para me colocar no meio.
__ Se não quiseres essa responsabilidade, vou entender. És recém casado, deve mesmo se concentrar nessa nova etapa. Porém não consegui contato com Hoggan e além de mim, não posso confiar essa informação a ninguém, Harold. Estamos muito perto de chegar ao cérebro dessa máfia, e então estaremos livres. Essa informação precisa chegar á Malik, ele está pisando as cegas e não poderá ajudar se não souber o próximo passo.
__ Essa falta de noticia é preocupante_ Harry enfia os dedos nos cabelos jogando-os para trás.
__ Sim! Te seguiram e descobriram quem és. Quantos mais conhecem sua identidade? O que farão se tiverem acesso a essa informação? Que riscos corremos?
Harry caminha até a mesinha e serve dois drinks com uísque, oferece um ao amigo.

169

___ Está bem. Eu irei. Porém, antes preciso resolver esse problema com Carol e tu será responsável pela segurança de Katerina. Se quiserem me afetar, virão atrás dela e também da minha família.
___ Sua família está bem assistida, Cowell já cuidou disso. E eu cuidarei pessoalmente de sua esposa.
Harry bebe gole, respira fundo... Serão meses longe, estarão correndo um grande risco. Como irá convencer Katerina de que está viajando a trabalho? E como fará para negar se ela pedir para ir junto?
Uma batidinha na porta os traz de volta a realidade:
___ Pois não?
"Sou eu, posso entrar?"___ A voz de Carol soa do lado de fora, Liam e Harry trocam um rápido olhar, Liam abre a pasta com as finanças de Harry na mesa, espalha alguns papeis fingindo estarem conversando sobre isso, Harry se aproxima da mesa e segura a pena como se estivesse escrevendo algo:
___ Entre!
A porta abre, Carol entra:
___ Desculpe interromper mas... Harry, sua mulher me expulsou da cozinha, vá avisá-la de que continuo trabalhando nessa casa como governanta?
Liam ajunta os papeis e fecha a pasta:
___ Bem, vejo que precisas resolver alguns problemas domésticos, continuamos outro dia.
___ Sim, obrigada, Durstan_ Harry coloca a pena no aparador e aperta a mão do amigo, Liam cumprimenta Carol rapidamente, se retira.
Harry senta na cadeira atrás da mesa, a olha:
___ Carol, sinto lhe informar, mas Katerina ficará responsável pelo bom andamento dessa casa, mas não te preocupes, ainda receberás seu salário para poder se manter. Faça suas malas, amanhã vou levá-la ao hotel onde ficarás hospedada até que eu encontre uma casa para comprar em seu nome.
___ Isso e tão humilhante! Estás me descartando de sua vida!
___ De Jeito nenhum! Sempre serás uma amiga querida, vou continuar cuidando de ti.
___ Marque minhas palavras, Harold. Quando precisares, eu serei a ÚNICA pessoa á quem irás recorrer.
Harry não responde, observa ela se retirar do escritório, apoia um cotovelo no braço da cadeira, a ponta dos dedos no queixo, fica assim, pensativo, por um bom tempo.

Dora termina de ajudar Katerina com o vestido que usará essa noite, tagarelando sobre essa festa popular na praça. Katerina sorri, um sentimento de expectativa por uma noite cheia de diversão. Levanta, observando o vestido leve de um azul escuro com florezinhas avermelhadas, o cabelo tem um penteado singelo, um coque firme preso na nuca e vários cachinhos soltos aqui e ali. Veste as luvas e arruma o chapéu na cabeça, olha para Dora:
___ Obrigada pela ajuda.
___ Por nada, milady! Agora vá, o capitão não gosta nada de esperar.
Katerina sorri divertida, achando graça esse "medo" que as pessoas as vezes demonstram ter de Harry:
___ Estou com sede!
Dora serve um copo com a água da jarra, estende, Katerina olha para o copo de barro, nega com a cabeça:
___ Na verdade quero um bom vinho, mas obrigada, és muito atenciosa_ Sorri e caminha até a porta e sai para o corredor, segura de si.
Dora permanece sorrindo orgulhosa pelo elogio, olha para o copo e leva á boca, bebendo até o final.

CAPÍTULO 36

O caminho até o centro/a praça de Nassan é rápido, por esse motivo, Harry e Katerina decidem ir a pé, conversando e brincando entre si, ele enchendo-a de elogios e beijinhos como jovens enamorados que são. Katerina fica encantada outra vez com a cidade tropical, o clima quente, agradável.

A praça fica praticamente em frente a praia, a música soa longe, com tambores, violões. A tripulação está presente, Ned Seran é um dos músicos e solta a voz em cantigas animadas, várias moças e senhoras dançam, acompanhadas ou não.

Katerina conhece Mrs. Joana Durstan, uma linda mulher com traços marcantes e sorriso charmoso, a pele bronzeada e longos cabelos lisos e negros, o ventre levemente protuberante deixando claro o inicio da gestação. Simpatizam imediatamente, trocando conversas e risos bobos.

Logo Katerina puxa Harry para acompanhá-la nas danças, ele ensinando-a os costumes locais enquanto se divertem sem as limitações que um ambiente mais formal exigiria.

Certo momento, Liam e a esposa se despedem, voltando para a casa, que não é muito longe dali, Harry e Katerina decidem fazer um passeio na areia da praia, porém antes de começaram a se deslocar do meio da multidão, Willian aparece correndo, o rosto horrorizado:

_ CAPITÃO!

Harry fica tenso ao reconhecer o desespero no olhar do jovem:

_ O que houve?

_ Dora está muito mal. Meu pai foi buscar um médico e minha mãe me pediu para procurá-lo.

_ Fez bem_ Harry olha para Katerina_ Nosso passeio fica para outro dia, cariño. Vamos para casa.

_ Está bem_ Katerina também fica preocupada_ Ela estava tão bem quando saímos!

Os três caminham até a charrete que Willian trouxe, atrelada ali próximo.

_ O que ela tem?_ Harry estende a mão e segura Katerina pela cintura, suspendendo-a para cima do veículo, sobe em seguida.

_ Está com muita febre e o nariz sangrando.

Harry tenciona o ombro, lembranças invadindo sua mente... Sintomas da doença de Liana. Na época a querida amiga foi se esvaindo na cama por quase um mês... E agora, de repente, há outro caso na cidade... Assustador.

O rápido trajeto e feito até a casa, os três entram e caminham diretamente até o quarto da jovem, que fica na parte térrea da casa, ao lado de mais dois quartos de serviço.

Dr Travis já chegou e examina a paciente, o corpo feminino se contorce na cama em convulsão, Katerina cobre a boca com a mão reprimindo um grito assustado, Harry cobre sua visão:

_ Cariño, sobe, isso não é bonito de se ver, já já vou contigo.

Kat afirma com a cabeça, obedece, as pernas trêmulas ao subir as escadas, entra no quarto, a boca amarga. Vê o copo no criado mudo, vai até ele, serve a metade com água, bebe dois goles e senta na cama, o copo ainda na mão, a lembrança da jovem se contorcendo de dor na cama gravada em sua cabeça. Faz o sinal da cruz e inicia suas preces para que tudo fique bem.

De repente, silêncio. Parece que uma energia mórbida toma a casa, não se é mais possível ouvir as preces de Elza, que até poucos minutos soavam em voz alta acompanhada por um pranto desesperado. Kat não consegue decidir se esse silêncio é um bom sinal ou não.

Aguarda alguns minutos, sem coragem para enfrentar a notícia que pode ser boa ou não, está prestes a levantar quando vê Harry parar na porta, a expressão carregada deixa claro que as notícias não são boas.

Katerina morde o lábio inferior, as lágrimas deslizam pelo rosto, levanta e o recebe em um abraço, sem palavras:
____ Ela se foi, Kat_ Harry fala baixinho.
____ Oh Deus! Eu sinto muito!
____ Como isso é possível? Ela era só uma menina! Eu a vi crescer!_ Harry se deixa abraçar, desolado, nega com a cabeça sentando na cama e inclinando-se para frente, apoiando a testa nas mãos.
Kat acaricia o braço, tentando passar algum conforto:
____ Essas coisas não tem explicação, carinõ. É a lei da vida, um dia todos chegamos a esse fim.
____ Mas quinze anos? Ela estava bem há poucas horas atrás!
Katerina o beija no ombro, carinhosa:
____ Precisamos ficar firmes, a família dela irá precisar de todo apoio.
____ Eu sei, eu sei.
____ O Doutor disse o que aconteceu? Chegou a um diagnóstico?
____ Não, foi muito rápido! Ela começou a passar mal pouco depois que saímos, a febre subiu e ela convulsionou, segundo Elza, ficou convulsionando de minuto em minuto até agora...
____ Meu Deus, o que pode ser?
____ Eu... Estou desconfiado de... O problema de eu pensar nessa possibilidade é que todos estaríamos correndo riscos.
Katerina sente uma pontada na cabeça, franze o cenho discretamente:
____ Me conte?
____ Envenenamento_ Harry levanta o olhar preocupado_ E se isso aconteceu, vamos ter que sumir daqui! Qualquer pessoa que tiver qualquer contato comigo estará correndo riscos.
Katerina respira fundo, percebe que seus pulmões doem:
____ Vamos ter que organizar o velório e... Mas estou tão cansada! Acho que preciso dormir um pouco.
____ Deixa que eu me encarrego disso, vá descansar. Essa noite será impossível dormir.
____ Mas Elza pode precisar de ajuda!
____ Carinõ, não conseguirás ajudar ninguém se estiveres cansada. Durma um pouco, nesse momento não há nada que possamos fazer a não ser velar o corpo_ Harry a induz a deitar-se, acomodando-a.
____ É, tens razão_ Kat fecha os olhos, ele a beija na testa:
____ Qualquer coisa te chamo.
____ Está bem_ Kat sente um esgotamento extremo, permanece inerte, a mão gentil lhe acaricia os cabelos, nem mesmo percebe ele parar...
Harry levanta da cama e sai do quarto... Tem muito o que fazer.
Minutos mais tarde, passa no corredor próximo ao quarto onde jaz o corpo da jovem, espia pela porta e vê Elza deitada, alisando os cabelos da filha, chorando baixinho. Decide não interromper esse momento, até porque nem sabe o que falar. Percebe Carol se aproximando:
____ Fiz um caldo para todos, quer que eu lhe sirva um pouco?
____ Não tenho apetite, obrigado.
____ Katerina deve estar com fome, vou levar um pouco para ela.
____ Kat dormiu, deixe-a descansar.
Carol se aproxima e acaricia o ombro de Harry tentando consolá-lo, Harry estende a mão e a abraça pelo ombro, Carol suspira:
____ Nós vamos ficar bem.
____ Nós acredito que sim, mas Elza? Uma mãe que perdeu a única filha mulher? Não sei. É até egoísta pensar em nós num momento como esse_ Harry repreende.
____ Eu disse nós porque somos como uma família_ Carol justifica com a voz doce, tentando desfazer a gafe.
____ Capitão?_ Willian aparece no inicio do corredor_ Meu pai precisa lhe falar.

__ Estou indo__ Harry se desvencilha do abraço delicadamente e acompanha o rapaz.
O restante da noite transcorre bastante movimentada, Harry doa o dinheiro para a organização do velório. Quando terminam, já é quase duas da manhã, a casa começa a receber alguns visitantes para dar um ultimo adeus a jovem na cama, vestida com sua melhor roupa, rodeada pela família e os poucos amigos.

*****

Harry decide descansar antes do enterro, arruma uma bandeja para Katerina com caldo quente e outra jarra de água fresca, já que a que está lá em cima ainda não foi trocada essa noite, como de costume. Sobe para seu quarto cabisbaixo, pensativo, o coração pesado de tristeza.

Ao entrar, vê Katerina ainda adormecida, deposita a bandeja na mesa e despe o casaco pendurando no gancho, vai se aproximando... Congela ao notar o rosto pálido, os lábios arroxeados, corre até a cama e a toma nos braços, ela queima de febre, está mole, inconsciente:
__ Não, não, não, não, não! TRAVIS, SOCORRE AQUI!!__ Tenta fazê-la reagir__ Kat? Não é possível! TRAVIS!

Afasta o cobertor, começa a despi-la do vestido pesado, temendo que a temperatura continue subindo, levando-a a tão temida convulsão. Deixa-a apenas com a combinação por cima da roupa intima para que não fique tão exposta.

A porta abre, Carol aparece:
__ Harry, o que...?
Dr Travis aparece logo atrás, Harry levanta o olhar desesperado, o doutor entra a passos largos:
__ Ela está com os sintomas?
__ Sim!
Travis a examina, olha para Carol:
__ Precisamos de uma tina ou banheira e de água fria, não podemos deixar essa febre subir ainda mais. Rápido!
__ Por aqui__ Carol vira e sai para o corredor, Travis a segue, descem rapidamente, o doutor pede ajuda de Willian e outros homens, logo voltam para o quarto com a tina e baldes de água.

Carol observa tudo atenta, reprimindo o sorriso de vitória.

A luta começa, logo que a tina está cheia, Harry segura o corpo franzino de sua esposa nos braços e mergulha na água, passando também na testa, nos cabelos. Ela delira e geme de dor, o corpo estremece como se fosse convulsionar a qualquer momento.

Harry não desiste, cuida pessoalmente para que ela fique fresca, também fica encharcado por manusear a água, os lábios trêmulos pelo frio. É cansativo, várias vezes a retira, envolvendo-a na toalha e a coloca na cama para cerca de meia hora a 40 minutos ela estar fervendo outra vez.

Travis ajuda como é possível, mas não pode fazer muito. Decide fazer uma sangria para retirar o "sangue ruim" da jovem adoentada, mas Harry é taxativo. Já viu muitas pessoas morrerem por causa desse procedimento que somente aumenta a fraqueza do paciente, jamais permitirá que façam em Katerina. Continua a tentar manter a temperatura controlada.

Pouco mais das três da manhã, Katerina tem a primeira convulsão, deixando o marido desesperado e temeroso de que seja irreversível, porém ela volta a dormir, um sono agitado, ainda ardendo em febre...

Harry volta a banhá-la várias vezes, persistente, focado.

Carol permanece rondando, como um abutre que aguarda a carne putrefar para poder se alimentar, confiante de que tudo dará certo. Pouco depois de assistir a convulsão da jovem, decide ir dormir, certa de que pela manhã terá bastante trabalho para organizar outro velório.

*****

A madrugada continua agitada, Harry o lado de seu amor, assistindo-a em mais um dos pequenos momentos em que não delira e se contorce de dor. Está tão abatida! A temperatura volta a subir, acaricia a face com a costa do indicador, nos olhos verdes há uma mistura de dor e medo, os lábios ficam trêmulos, o choro contido. Respira fundo tentando se acalmar, ser positivo, mas como isso é possível se já assistiu ao final de duas vítimas dessa doença?

Katerina solta um gemido de dor, recomeça a tremer, Harry arruma a postura, apoia a mão na testa pelando, a temperatura alta parece que vai fritar o cérebro dentro da cabeça coberta por lindos fios de cabelos avermelhados, os olhos castanhos arregalam, fitando o vazio sem ver, ela começa a puxar o ar, respirando com dificuldade. Suspende-a, deixando-a semideitada, a cabeça apoiada em seu peito, acariciando os cabelos ainda úmidos, a beija na testa... Já não consegue reprimir, chora baixinho, as lágrimas deslizando silenciosas enquanto ouve o chiado no peito delicado e o quanto ela se esforça para permanecer respirando.

Começa a amanhecer, a família enlutada permanecem cabisbaixos, infelizes, sabem que no andar superior há outra moribunda que provavelmente irá se despedir da vida ainda hoje, não há esperanças de que a jovem lady sobreviva, não é fácil ter esperança quando atravessam um momento tão difícil.

O sininho da porta quebra o silêncio pela casa, Elza levanta e vai atender, passando por alguns vizinhos que ainda permanecem ali, velando com eles. Ao chegar na porta, paralisa assustada. A "bruxa" está ali, usando uma capa marrom envelhecida:

__ Bom dia_ A voz gasta pelo fumo soa enrouquecida_ Soube que milady está doente, vim ajudar.

__ Não há nada que possas fazer aqui, vá embora!_ Elza fala, amedrontada.

__ Não. Deixe-me entrar, ou ficarás com a responsabilidade da morte da jovem em suas costas.

Elza engole a seco, dá a passagem, a "bruxa" entra e sobe as escadas, determinada, abre a porta fazendo doutor Travis acordar em um susto na poltrona. Encara o jovem capitão...

Harry levanta o olhar quando a porta abre, reconhece a senhora que mora no beco na qual todos temem. Ela entra sem mesmo pedir licença:

__ O senhor quer salvar sua mulher? Faça o que digo_ Ordena e caminha até a tina, abre a bolsa que tem na cintura, jogando um pozinho enquanto sussurra algo ininteligível. Joga em seguida, várias ervas secas_ Traga ela aqui, mergulhe-a, e obrigue-a a beber um pouco dessa água.

Harry nem discute, obedece imediatamente, afinal, toda ajuda é bem vinda. Levanta e segura Katerina nos braços, a mergulha na tina, em seguida tenta fazê-la beber um pouco da água... Apesar da dificuldade, consegue fazê-la ingerir o líquido esverdeado.

Enquanto isso, a mulher caminha pelo quarto, para em frente a mesa, outra vez mexendo na bolsa, retira e ascende uma pequena vela, caminha até a cama e vai "passando" pelo ar no local onde Katerina estava deitada sem parar de sussurrar algo impossível de entender. Quando termina sabe-se lá o que, caminha de volta até a mesa e deixa a vela em cima:

__ Não apague essa vela, quando o fogo expandir, sua mulher colocará a morte para fora. Retire-a dai e vista-a, deixe-a dormir_ Vira e sai pela porta.

Harry olha para Katerina inerte na tina, não entende muito bem do que se trata, mas se for bruxaria, paciência, o que importa é que ela fique bem.

Respira fundo, observando-a com carinho, nem mesmo o cheiro enjoativo das ervas o incomoda.

__ Que mulher maluca!_ Dr Travis fala baixinho, levanta para fechar a porta.

__ Maluca ou não, toda ajuda é bem vinda_ Harry acaricia o braço imerso, já um pouco cansado de tanto apoiar Katerina, levanta, suspendendo-a e volta para a cama

Carol para no alto da escada chocada ao ver a bruxa, a mulher passa por ela:

__Seu destino foi traçado. Duas vidas foram tiradas, duas vidas precisam ser entregues_ Continua a descer os degraus.

Carol dá de ombros, ignorando o aviso:

175

___ Eu te acompanho___ A segue de perto, observando-a, silenciosa. Aquela mulher é uma louca mesmo, não há o que temer. Pelo menos, parece que ela não contou nada a ninguém. Uma pena o que aconteceu com Dora, mas não adianta se sentir culpada, foi um acidente.

Harry troca a roupa úmida de Katerina, percebendo que agora, ela está em um sono profundo, sem tremores, sem dores. Travis aguarda do lado de fora. Assim que termina, o amigo volta a entrar, ficando a postos caso katerina piore. Senta na poltrona e volta a cochilar... Foram quase 32 horas de trabalho, sem parar.

Harry deita na cama, a abraça, descansa os olhos, bastante cansado... Acaba adormecendo.

O sol já vai alto quando desperta ao sentir um movimento. Assiste Katerina soltar um gemidinho e virar de lado, vomitando um líquido esverdeado no lençol e parte da coberta. Suspende a cabeça para que ela não engasgue, assistindo-a assustado.

Travis também levanta, atento caso precise socorrê-la... Felizmente não é necessário, não há mais febre nem tremores.

Katerina sente tudo rodando, alguém limpa seus lábios, uma mão toca sua testa, procura com o olhar e encontra os olhos verdes, preocupados e um tanto cansados:

___ Quero água___ Soa débil.

Travis caminha até a jarra, pega a que tem menos água, Harry vê:

___ Não, pegue da outra jarra que está mais fresca.

O doutor obedece, serve no copo e se aproxima ajudando-a a beber. Após matar a sede, Katerina levanta o olhar, meio desnorteada:

___ Minha cabeça dói...

___ Tudo bem, meu amor, vai passar já já___ Harry a beija na fronte, estreita o abraço, aliviado... Olha a vela na mesa, Travis segue seu olhar... Está apagada, a fumaça ainda levada pelo ar.

Pouco mais de meia hora, após Harry trocar os lençóis com a ajuda de Travis, observa Katerina voltar a dormir. Então descem juntos, vão até a área de serviço, Travis joga o restante da água da jarra no chão do quintal nos fundos da casa, um gato se aproxima e começa a lamber a pequena poça, Harry deposita o lençol e cobertor sujos no barril, junto com outras roupas sujas e guia o amigo em direção ao escritório para pagar a ele seus honorários.

Quinze minutos depois, observa a charrete do amigo se afastar, volta a entrar na casa vazia, completamente silenciosa, o luto se faz presente. Sente fome, decide esquentar um pouco do caldo de ontem, volta para a cozinha e ascende o fogão a lenha, senta na mesa de canto, exausto, aguardando iniciar a fervura, encosta a cabeça na parede e fecha os olhos por poucos minutos, então levanta e serve em uma cumbuca um pouco do caldo, abafa as chamas do fogão e senta no banco, bebe o caldo lentamente...

Minutos depois, já saciado, levanta, pronto para esvaziar a tina antes de dormir, sai para o quintal em busca de um balde, o que vê o deixa gelado... O gato que bebeu a água da jarra está ali, caído no chão, os olhos abertos sem brilho. Morto.

CAPÍTULO 37

O sol já vai alto quando Harry termina de jogar o restante da terra em cima da pequena cova em que enterrou o gato. Levanta o olhar notando a aproximação da charrete guiada por Willian. Elza continua sendo amparada por Sebastian, os olhos muito inchados por causa do choro. Se sente mal por ter que falar sobre aquele assunto, não sabe como eles vão reagir, talvez até o culpem, mas... Precisa falar com urgência!

Nota que Caroline não veio com eles, respira fundo e solta devagarinho, apoiando a enxada no chão enquanto observa Willian puxar os arreios.

__ Aconteceu alguma coisa, capitão?_ Willian olha para a cova, confuso.
__ Temos um sério problema.
__ Milady está bem?_ Sebastian soa assustado.
__ Está melhor, acho que não corre mais riscos. Willian, vou precisar que venhas comigo até o cais. Mas antes, desçam, vão comer alguma coisa. Sebastian há algum problema em eu te deixar responsável pela segurança de minha esposa? Sei que todos devem estar exaustos, eu também estou mas... O assunto é de suma importância.

Elza arruma a postura:
__ Mas o que está acontecendo?
Harry enfia os dedos nos cabelos:
__ Acho que tentaram nos envenenar. Infelizmente aconteceu o que aconteceu. Milady se salvou por milagre. Grisy bebeu da água que estava no nosso quarto, assim como acredito que Dora e minha esposa fez.
__ Jesus Cristo!_ Elza cobre a boca com a mão, volta a chorar, Sebastian abraça a esposa, carinhoso, Harry a acaricia no ombro:
__ Eu vou procurar o culpado, vão pagar por isso, tem minha palavra. Onde está Carol? Ela também precisa ficar em segurança.

Willian se aproxima:
__ Ela disse que iria rezar um pouco, ficou na capela.
__ Uhm... Bem, vão comer, vou ver como milady está. Elza, quando ela acordar, ajude-a a se alimentar.
__ Sim, capitão.

Harry entrega a enxada para Willian, caminha em direção à entrada da casa.

*****

Katerina estremece, despertando devagarinho, ainda entre o inconsciente e o consciente... Passos no quarto, levanta o olhar e vê Harry secando as mãos na toalha, o olhar fixo nela. Ele se aproxima e senta na cama:
__ Olá. Como estás se sentindo?_ Deita, puxando-a para os braços.
__ Estranha_ Kat se acomoda, fecha os olhos_ Preciso dormir.
__ Durma, meu amor, pelo tempo que precisar. Vou ter que me ausentar mas estarás em boas mãos, bem cuidada_ Harry acaricia os cabelos macios.
__ Não, fica comigo?_ Kat fala baixinho segurando-o pela mão e voltando a adormecer logo em seguida.

Harry se inclina e a beija na testa, no nariz, nos lábios:
__ Vou tentar não me demorar demais_ A acomoda na cama e fica olhando-a por alguns minutos, o coração aliviado. A pior parte já passou, ela vai se reestabelecer.

Levanta com cuidado para não acordá-la e sai do quarto, silencioso.

Poucos minutos depois, acompanhado de Willian, se afasta com suas montarias. Precisam de informações e talvez o único que tenha alguma é Liam Durstan.

*****
Final de tarde...
Carol chega na casa, o silêncio deixa claro a ausência de todos... Caminha pelo corredor desconfiada... Passou a tarde toda tentando descobrir onde Harry quer instalá-la, não obteve sucesso mas já sabe o que fazer... Irá fingir ter um início de aborto, o doutor irá dizer para ficar em completo repouso, então não poderá sair de casa, muito menos fazer uma mudança.
Continua caminhando, não há sinal de alma viva na casa, será que receberá boas notícias? Vai até a cozinha e encontra Elza esquentando o caldo, respira fundo, tentando parecer entristecida:
___ Elza? Onde Capitão Edwards foi? E lady Katerina, melhorou?
___ O capitão teve que sair, milady está melhor, se recuperando.
___ Que bom. Vou descansar, estou exausta.
___ Vá sim, já passamos por muita emoção hoje.
Carol afirma com a cabeça e sai em direção à escada, sobe rapidamente, caminhando diretamente ao quarto principal, abre a porta, antes encostada, vê Katerina apagada na cama... Se aproxima, o ódio no olhar... Precisa se livrar dela, mas como?
De repente, uma ideia maligna se forma em sua mente, segura o travesseiro de Harry, dá a volta até o outro lado da cama, olha para o rosto delicado da ruiva, muito abatida... Parece ser ainda mais jovem! Se inclina e afunda o travesseiro na face pálida, usando de toda sua força para sufocá-la.
(Ar! Preciso de ar! Socorro! Harry?)
Katerina tenta respirar, levanta os braços, as mãos agarram o tecido do travesseiro, sem força, a mente grita, o corpo tenta reagir. Nada, só a escuridão se aproxima.
___ Senhorita Caroline! O que estás fazendo?_ A voz de Elza soa chocada.
Carol levanta o olhar, segurando o travesseiro, Elza deixa tudo cair no chão e avança:
___ Solte-a imediatamente! Perdeste a razão?
Carol não pensa duas vezes, avança na mulher e se engalfiam, Katerina consegue tirar o travesseiro, puxa o ar com dificuldade, tenta sentar, a cabeça girando... Vê Carol jogar Elza contra a parede, a mais velha cai e bate a cabeça, perdendo a consciência. Tenta ficar em pé, seu coração descompassado, um sentimento aterrorizante a invade. Vê Caroline agarrar a bandeja, segura o castiçal para se defender, porém tudo gira, pesa, suas pernas não a sustentam. A outra se aproxima, atacando-a, a bandeja de metal a acerta em cheio, uma dor aguda invade sua cabeça, tudo fica escuro.
Carol dá um forte golpe, para ter certeza de que a machucará, o barulho do metal batendo na cabeça da ruiva soa seco... É quase chocante como aquilo lhe dá prazer. Suspende a bandeja, já pensando como irá se safar daquilo... Harry precisa achar que foi um acidente, para isso, Sebastian também precisa morrer! Não pode haver testemunhas, a não ser ela mesma.
Vai até a lareira e segura o ferro de mexer o carvão, vira:
___ Sebastian?_ Sai do quarto.
Ao chegar no andar inferior, caminha até a dispensa:
___ Sebastian?_ Pega álcool e fósforos, o encontra no caminho de volta.
Sebastian olha para o álcool e os fósforos, na outra mão o ferro:
___ A senhorita chamou?
___ Sim, preciso de ajuda para ascender a lareira_ Carol começa a subir as escadas, ele a segue:
___ Mas está calor, senhorita.
Carol para no meio da escada, vira, pegando-o de surpresa, levanta o ferro e o acerta no pescoço, ele desequilibra e cai escada abaixo, parando inerte lá embaixo. Em seguida, solta o ferro no chão e continua o caminho de volta para o quarto.
Com alguma dificuldade, puxa Elza até a escada e a joga dali de cima, assistindo o corpo rolar degraus abaixo. Harry precisa acreditar que os dois foram atacados primeiro. Volta para o quarto e começa a espalhar o álcool pelos móveis, chão, joga a garrafa de lado e liga o fósforo,

178

em seguida, joga... Não chegou a notar a barra de seu vestido molhar com álcool... O fogo nasce como uma língua de labaredas, se desespera ao ver o vestido em chamas, chacoalha o tecido para apagar, visivelmente assustada, as palavras da bruxa voltam em sua mente:
__ Não! NÃO!_ Pisa em falso e cai de costas, diretamente no álcool, o fogo começa a engoli-la...
Gritos ensurdecedores preenchem a casa...
Harry e Willian voltam juntos, tentando não forçar muito os pobres cavalos, um tanto desanimados e preocupados. Liam não tinha nenhuma informação ou novidade. Não sabe ainda nenhuma noticia sobre Neil, ainda não recebeu respostas de Malik... Parece tudo estar em uma névoa, o que é péssimo pois não há uma pista sequer de onde pode vir a ameaça.
Estão há alguns metros da casa quando notam a fumaça preta começar a sair pela janela. Harry sente os cabelos da nuca se arrepiarem, esporeia o cavalo e sai a galope, quanto mais próximo chega, mais desesperado fica.
Desmonta em frente a porta, corre casa adentro e levanta o olhar, tem fogo chegando na escada, engolindo as paredes do corredor. Vê Elza e Sebastian no chão, o ultimo começando a despertar:
__ Milady..._ Sebastian balbucia.
Harry pula por cima do casal, já arrancando o casaco enquanto Willian entra na casa correndo para ajudar seus pais...
Harry não pensa duas vezes, se mete entre as chamas, correndo até o quarto, ignorando a dor de algumas queimaduras que o atingem, para na porta, vê Katerina no chão, a barra do vestido de um lado começa a ser engolida pelo fogo. Avança e segura a jarra de barro, joga água no casaco e joga no tecido, apagando imediatamente, ali próximo há um corpo ainda em chamas, o fedor de carne queimada se mistura ao da fumaça, deixando-o sem ar. Se inclina, suspendendo Katerina, escondendo o nariz no ombro delicado, os vidros da janela explodem, quase acertando-o. Joga o casaco por cima da cabeça dela, tentando protege-la e corre para o corredor.
As chamas estão começando a descer pelas escadas, se mete entre elas soltando um grito de dor ao sentir a queimadura em seu ombro, pula alguns degraus, descendo como pode, finalmente chegando na porta...
O ar fresco o recebe com boas vindas... Ajoelha no chão, a respiração difícil, abraçado no corpo pequenino, a observa atento, tocando, tentando encontrar algum sinal de vida, observando a queimadura que ela tem no tornozelo, preso no silêncio doloroso da angústia, alheio aos vizinhos correndo sob as ordens de Willian, tentando conter as chamas que já se alastraram pela casa toda.
Logo ao lado estão Sebastian e a esposa. Apesar de destroncar o ombro, não quebrou nenhum osso, ao contrario de Elza que tem um braço meio torto e chora muito de dor.
Sebastian olha para o patrão:
__ Srta Caroline... Foi ela.
Harry sente a garganta fechar, não acreditando naquelas palavras... Talvez com o susto, Sebastian esteja delirando? Ouve a tosse pesada de Katerina, acaricia o rosto tomado por fuligem:
__ Tudo bem Cariño, estou aqui, estou aqui_ A beija na testa, a olha preocupado, ela mal pode respirar... Então os olhos castanhos encontram os seus, ela tem uma expressão de dor e medo, o abraça apertado, como se não fosse soltar nunca mais...

*****
Horas mais tarde.
O balançar suave do barco acalenta o descanso de todos a bordo, Harry observa Katerina deixar a pomada para queimaduras sobre a mesinha e assoprar a vela e em seguida voltar mancando discretamente para seus braços, a recebe com carinho, apesar de seu ombro estar dolorido. Ela deita devagarinho e levanta o olhar, acostumando-se com a leve penumbra que a iluminação da lua causa na cabine, sorri:

___ Estás me deixando encabulada, seguindo-me aonde vou com esse olhar_ A voz soa um tanto enriquecida por causa da fumaça inalada.
Harry sorri e a beija na cabeça, próximo ao galo provocado pela pancada:
___ Deixe-me te olhar, cariño, quase te perdi hoje.
Katerina abaixa o olhar:
___ Como estás te sentindo... Sobre o bebê?_ Ouve o longo suspiro que ele solta.
___ Estava me acostumando com a ideia de ser pai, mesmo que não fosse um filho teu. Eu... Não quero falar sobre isso, te ter comigo me conforta.
Katerina afirma com a cabeça, deita sobre o peitoral:
___ O que faremos agora?
___ Íamos para a Índia, resolver alguns assuntos, mas agora, depois de quase te perder outra vez... Melhor voltarmos para casa.
___ Podemos ir para a Espanha... Meus avós vão amar te conhecer!
___ Uhm... Até que é uma boa ideia!
___ Não me agrada muito a possibilidade de voltar para a Inglaterra, precisamos de paz, depois de tudo.
___ Vamos para Espanha, então_ Harry a beija na testa e ajeita a cabeça no travesseiro.
Katerina fecha os olhos, sorrindo.
FIM...?